2

Adventure of the Outlawed Tamer with Beautiful Explorers.

Story by Skyfarm Illustration by Ookuma Nekosuke

신국의 최강전력 『드래곤 슬레이어』 기사단장

2 발

나히히! 린트 군은 역시 굉장해!
아아아아앙 힘 조절 좀 해줘!

끌어안고 휘두르는
빌레니를 떨쳐내려고 히며 말했지만
힘이 약해질 기미는 전혀 없었다.

일러스트 — 오쿠마 네코스케

CONTENTS

프롤로그

제1장
궁극의 테임으로

제2장
성장

제3장
결전

막간
휴식과 작전 회의

제4장
신국으로

에필로그

후기

프롤로그

"이런 시간부터 누가 왔나 했더니……."

길의 비행 소리를 들었는지 수도 길드의 현관 입구에서는 길드 마스터, 빌렌트가 모습을 드러냈다.

"냐하하. 실례합니다—! 데려왔어!"

빌레나가 밝게 말했다.

빌렌트의 입장에서는 새로운 정보도 많겠지.

교황을 붙잡고, 리리와 합류하고, 시케스와 싸웠다. 이래저래 이야기할 것들은 있지만…….

"오랜만이에요. 빌렌트."

"오, 오오…… 리리인가?"

"그래요."

그 목소리를 들은 순간, 빌렌트가 눈을 크게 뜨며 살짝 눈물을 글썽거리는 게 보였다.

"아아…… 잘 됐구나……."

"뭘 우는 건가요."

리리가 부드럽게 그리 말하는 것을 보고서 두 사람의 관계를 살짝 엿본 기분이었다.

리리와 합류하고 억지스럽지만 이것저것 정리한 다음에 간신히 재회했다.

"리리는 아마도 신뢰할 수 있는 어른이 빌렌트 밖에 없었을 거라고 생각해."

빌레나가 작게 귓속말했다.

"빌렌트도 빌렌트대로, 뭐라고 할까, 그 무렵의 우리는 가족 같이 대했으니까."

"그렇구나."

이렇게 봐도 확실히 부녀지간의 재회 같은 장면이었다.

눈물을 글썽이는 아버지와 얼핏 무뚝뚝하게 대응하면서도 다정한 말투인 딸, 그런 구도였다.

"미안했다……."

"후후. 무슨 말을 하는 건가요."

"내게 조금만 더 힘이 있었다면…… 그렇게 생각한 적도 많았지."

"그건 어쩔 수 없는 일이에요. 성녀를 어떻게 할 수 있는 힘이 왕국의 길드 마스터에게 있었다가는, 그쪽이 더 문제잖아요."

"그래…… 하지만 지금, 간신히, 조금 정도는 도움이 될 것 같구나……."

눈가를 덮은 빌렌트. 두 사람이 어떤 사이인지 엿보이던 참에, 분위기를 무시한 빌레나의 한마디가 투하되었다.

"뭐, 그런 소리를 할 때가 아닐 만큼 빌렌트는 고생할 거라 생각하지만."

"허?"

"일단 말이지! 이거, 부탁해."

"이거……? 아니?! 설마 그거……."

재갈을 물리고 거적으로 말아놓은 교황을 보고 아연실색하는 빌렌트.

"잠깐만…… 부탁이라고 했나?"

"응. 우리는 이제부터 바론을 쓰러뜨리러 신국까지 가야 하니까 가져갈 수는 없잖아?"

빌레나가 보기에는 국가를 대표하는 요인도 살짝 귀찮은 짐짝과 같은 취급이었다.

"그리고 활동자금으로 그 의뢰 이야기 말인데, 이거 가져왔으니까 괜찮을까?"

"뭐…… 괜찮겠지. 어쨌든 장소가 장소란 말이야……. 이동하자고."

빌렌트가 이래저래 이야기하고 싶다는 표정으로 건물 안으로 들어가고 우리는 따라갔다.

빌렌트의 주름 숫자가 또 늘어난 것 같기도 했다.

궁극의 테임으로

"우선은 당장의 활동 자금, 인가."

그러면서도 이전에 이야기했던 그대로, 금화 백 개를 꺼낸 빌 렌트. 설마 교황을 거적으로 말아서 데려올 줄은 몰랐을 테지만 목적은 달성했으니까 말이지…….

그건 그렇고 금화 백 개라니 대체 얼마인지 알 수가 없네……. 좋아하는 걸 먹고 좋아하는 걸 마구 사들여도 전부 다 쓸 수 있을 것 같지가 않은 금액이었다.

"그래서, 내가 알아두는 편이 나은 정보는 있나?"

"으─응……."

생각에 잠기는 빌레나. 대신에 리리가 이렇게 대답했다.

"그러네요……. 신국의 세력도에 대한 이야기, 주인님의 능력 에 대한 이야기, 그에 따른 우리의 능력에 대한 이야기가 있겠는 데요."

"흠……."

"내가 그게, 뿔이 생긴 것과 마찬가지로 리리가 천사화할 수 있 게 됐거든!"

"허……?"

빌레나가 가볍게 꺼낸 이야기에 빌렌트가 입을 크게 벌리고서 굳었다.

"천사화와 함께 금기라고도 할 수 있을 정도의 성 마법을 손에 넣었지만, 저희는 모두 별의 책과 관련되어 있었으니까요. 원래부터 금기의 덩어리 같은 존재예요."

"가볍게 말해주시는구나……. 하지만 확실히 그 서책에는 그만한 힘이 있겠지……."

별의 책.

나를 테이머로 만들어준 스킬 지도서인데, 일반적인 이론을 무시한 터무니없는 내용이 적혀 있다는데도 그 책을 따라간다면 규격을 벗어난 힘을 손에 넣을 수 있다면 의문의 책.

효과는 빌레나가 격투가의 책, 리리가 회복술사의 책을 각자 가지고 있다면 알기 쉽겠지.

"뭐, 됐다. 너희 세 사람이 이상한 힘을 지니고 있다는 건 새삼스러운 이야기지."

무언가를 포기한 것처럼 빌렌트가 하늘을 올려다봤다.

"그 이야기를 자세히 듣고 싶은 기분도 있지만, 우선은 이번 일에서 필요한 것을 우선적으로 할 수 있다면 되겠지. 신국의 세력도, 이쪽이 중요하겠군."

빌렌트의 말을 듣고 빌레나가 이야기를 시작했다.

"알고 있던 정보의 확인처럼 되어버렸지만, 신국은 역시 추기경 키라엠이 쿠데타에 성공해서 교황과 리리를 쫓고 있다는 예상 그대로의 전개였어."

대략 빌렌트도 예상했던 이야기이기는 했다.

신국에서는 교황 자우수르와 추기경 키라엠의 다툼이 벌어지고 그 혼란을 이용해서 성녀인 리리가 왕국으로 왔다. 성녀인 리리는 교황파로 간주되지만 본인은 이미 우리와 협력하여 제삼세력으로 움직일 것을 결정했다.

교황의 입장에서는 두 번이나 쿠데타를 당한 것이나 마찬가지겠지.

"키라엠은 신국 안에서의 결전을 상정하고 있어요. 그러니까 한 번 이렇게 왕국으로 도망쳐버리면 우리가 준비를 갖출 시간은 만들 수 있어요."

"국내의 유력한 협력자는 아마도 비하이드 변경백 정도니까 왕국 안에서 섣불리 행동하진 않겠지."

"그리고 시케스인데, 지시 없이 움직일 수 있는 타입은 아니니까 지금 상황에서 신경 쓸 정도는 아니겠죠."

"시케스……?"

빌렌트가 물었다.

"교황이 손수 기른 암살자라고 그랬지. 내가 싸웠는데 놓쳤거든."

"흠……. 리리가 그렇다면 그렇게 생각하고 움직이면 되겠지."

"랭크로 따지자면 A랭크에 상당하니까 큰 문제는 없겠죠."

A랭크는 일단 인간을 벗어난 수준으로 인정되는 레벨인데…….
두 사람의 입장에서 보면 그렇게 될까…….

"그렇다면 문제는 멸룡 기사단…… 아니, 바론인가."

"그렇겠네요."

바론──.

신국 유일의 군사 조직, 멸룡 기사단의 단장. 모험가는 아니지만 S랭크 수준이나 그것을 뛰어넘는 실력을 가졌다며 이름 높은 기사.

키라엠이 신국에서 나오지 않는다면 현재의 적대 세력은 바론이 이끄는 멸룡 기사단뿐. 그리고 멸룡 기사단 자체의 전투력은 낮아서 문제가 되는 것은 바론 개인.

"여기 팽개쳐놓은 교황을 찾아온다는 건가."

빌렌트가 말했다.

그랬지, 빌렌트는 아직 바론을 교황파로 세고 있었구나.

리리와 마찬가지로 당초에는 확실히 교황의 카드라고 예상했지만…….

"바론은 추기경파래."

"뭐라고……?"

빌레나의 말에 빌렌트가 굳었다. 그대로 어색한 움직임으로 리리를 봤다.

"아마도, 말이지만요."

"그런가……. 리리가 그렇게 말한다면 그럴 테지……."

"뭐, 교황한테 붙든 지 추기경한테 붙든 지, 어차피 바론은 쓰러뜨릴 거니까 상관없지만."

빌레나는 여전했다.

그보다도…….

"싸우는 건, 나겠지?"

"물론!"

빌렌트 탓에 그렇게 되었다고는 해도, 나도 이미 각오는 다졌다.

"뭐, 그렇게 생각하면 오히려 마침 적당할지도 모르겠군……."

바론이 당초의 공표 그대로 교황파라면 정말로 삼파전이 되니까 그것보다는 심플해서 좋다.

그리고 무엇보다도 교황을 위해서 움직이는 게 아니라면 시간적인 여유도 만들 수 있는 것이다. 싸움을 앞두고 기합이 들어간 큐르케를 쓰다듬으며 이야기에 가담했다.

"바론은 S랭크 수준의 힘을 지녔다고 그러는데…… 싸울 거라면 조금 더 정보가 있었으면 좋겠네."

빌레나도 리리도 의욕이 생겨버린 이상, 피할 방도가 없다는 건 안다.

그렇다면 할 수 있는 일을 하자.

"오. 린트 군도 의욕이 생겼구나!"

"의욕이 없어도 싸우게 될 것 같으니까……."

"냐하하. 바론에 대해서는 리리한테 배우도록 할까!"

빌레나의 그 말에 리리가 이야기를 시작했다.

"바론에 대해서, 말인데요……. 주요 무기는 도끼. 기술을 두 가지 정도는 알아요."

"오, 잘 됐네! 린트 군!"

도끼를 사용하는 전신갑옷 기사이고, 그 갑옷의 방어력과 도끼를 이용하는 무거운 일격은 드래곤이 상대라도 접근을 허락하지 않는다나.

"첫 번째 기술은 단순한 도끼를 이용한 찍고 올리기예요. 대인전이라면 첫 공방에서 이걸 막기는 어려울 것 같아요."

"그런가."

찍고 올리기는 심플한 기술이다.

S랭크 사용자라면 좀 더 큰 기술이 나올 거라 생각했는데…….

"후후, 린트 군. 머릿속으로 그려봐. 자기 몸보다 커다란 도끼를 위에서 찍은 다음 순간에 다시 아래쪽에서 들어 올리는 거라고?"

"앗……."

실제로 머릿속으로 그 모습을 떠올렸다니 확실히, 이만한 위협은 없다.

"있을 수 없다고 생각한 일에 몸은 따라가지 않지."

"바론은 두 번째 움직임이 빠르니까요. 더욱 그렇겠죠."

이건 확실히 들어두어서 다행이었다.

"또 하나가 쉽게 상상할 수 있는 큰 기술이겠죠. 지룡(地龍)이라 불리는데, 그야말로 내리찍은 도끼의 충격이 드래곤의 형태가 되어서 덮쳐들어요."

S랭크 수준다운, 인지를 초월한 공격이었다.

빌레나의 충격파보다도 그림을 떠올리기 쉬울지도 모르겠다. 도끼에서 펼쳐진다면 위력도 상당하겠지.

"대처법은……."

"으─응…… 순수한 실력을 기르는 건 물론이겠지만, 거리를 두고서도 방심하지 않는 게 중요하겠네요."

그 말에 조금 안심했다.

실력을 기를 시간은 아마도 만들 수 있다는 말투였으니까. 뭐, 그야 그렇지. 아무리 다소 강해졌다고는 해도 지금 이대로 S랭크 수준의 적과 싸울 수 있다고 여겨지지는 않는다. S랭크는 빌레나나 리리와 똑같으니까.

"리리, 지금의 린트 경이 바론과 싸웠을 때의 승률은 어느 정도로 보지?"

빌렌트가 끼어들었다.

"그렇군요……. 정확한 건 모르겠지만 7할 정도는."

"7할이나?!"

"예. 상당히 정확한 숫자라고 생각한다고요?"

리리의 말에 빌레나도 동의했다.

"그러네―. 다만 이건 희생을 생각하지 않고 계산했을 때, 겠지?"

"예."

빌레나와 리리에게는 공통되는 인식이 있는 모양이었다.

"큐르케, 카게로, 그리고 길도 자유롭게 움직여주고, 이기기는 이기겠지만 린트 군과 누군가가 죽어버리는 걸 계산해서 7할일까."

어, 죽는 거냐…… 나.

냉정하게 생각하면 죽는 건 나랑…… 큐르케인가?

"S랭크인 카게로와 A+인 길의 힘으로 밀어붙이면 이기겠지만 그럴 경우에는 나랑 큐르케가 죽는다는 건가?"

"큐―!"

큐르케가 항의하듯 목소리를 높였다. 어쩔 수 없잖아? 이 중에서 나랑 네가 가장 약할 텐데.

"큐르케는 9할은 살아남아!"

"어, 그래?"

큐르케를 빤히 봤다. 어쩐지 득의양양한 표정으로 나를 마주 봤다.

"카게로의 공격도 맞받아쳤으니까 바론의 공격도 튕겨낼 수 있겠지. 하지만 공격력이 있는 건 아니니까, 아마도 바론은 중간부터 큐르케를 내버려두고 싸울 거라 생각해."

"그렇구나……."

강한 건지 약한 건지…… 아니, S랭크 수준의 공격을 받고 튕겨낼 수 있으니까 강하기는 강할 테지만…….

"길은 도망치면 살아남겠지만 아마도 린트 군이 죽으면 분노해서 싸울 거야."

"카게로는 단독으로 호각이니까 그렇게 지독한 상황이 되진 않겠지만, 주변의 피해를 생각하고 있을 때는 바론에게 치명적인 대미지는 못 줄 테니까요."

"그러니까 승률은 7할이지만 린트 군은 거의 죽어!"

"안 되잖아!"

그걸 승률이라고 단언하는 건 차라리 시원할 정도지만.

"괜찮다고요? 한두 번은 죽어도 제가 치료할 테니까요."

"싫어, 죽고 싶지 않아……."

어째서 살해당하는 걸 전제로 상대에게 맞서야 하는 거냐고……. 빌레나에 리리, 충분히 전력은 갖추었는데.

"그렇게 될 거라고 생각해서 말이다……. 둘 다, 린트 경이 강해지는 것에 이의는 없겠지?"

"물론!"

"그러네요."

"바론은 필사적으로 교황이나 너희를 쫓고 있는 것도 아니겠지. 추기경과 이어져 있다면 더더욱. 시간 유예가 있어. 그래서 말이다. 지금 수도 길드의 퀘스트를 몇 가지 가져왔다. 이걸 소화하면서 우선 두 사람이 린트 경을 단련시켜라."

그러면서 빌렌트가 의뢰서 몇 가지를 책상에 펼쳤다.

"B랭크 대상까지군요."

"아직 너희는 파티 랭크로는 C니까 말이다. 이번 의뢰, 보수는 먼저 지불했지만 역시나 공표해서 랭크를 올리기에는 일러. 게다가 이 이상은 필요 없겠지."

그가 말하기를, B랭크 정도까지의 내용이라면 의뢰 달성을 위한 게 아니라 사람의 성장을 위해서 쓰기 좋다는 의미였다.

"그렇구나! 역시 빌렌트, 좋은 선택이야!"

"누가 너희를 길렀다고 생각하느냐……."

그렇게 말하면 뭐라고 할까, 여기서 골라준 퀘스트들이 찬란하게 보이네.

"그러면서도 길드의 성가신 일 몇 가지를 떠넘기는 듯한 퀘스트도 있지만요."

"윽……."

리리의 지적에 허둥대는 빌렌트.

"뭐, 대부분은 정말로 주인님의 특훈에 괜찮아 보이니까 나머지는 겸사겸사 처리하겠지만요."

"미안하구나."

"우리한테는 실적도 될 테니까 뭐, 괜찮겠네."

"특별 의뢰로 B랭크, 이 의뢰로 A랭크. 그렇게 딱 가지는 못하더라도 근접하기는 할까."

"그렇겠군."

리리의 말에 빌렌트가 고개를 끄덕였다.

언뜻 봐서 알 수 있다니 역시 대단하구나, 그런 생각을 하며 나도 들여다봤다. 상위 대상인 의뢰라니 제대로 본 적이 없으니까.

"작열개미 여왕 포획……? 이쪽은 박제용 빙랑(氷狼) 납품…… 그냥 쓰러뜨리기만 하면 되는 게 아닌가."

"딩동대―앵!『정령 빙의』의 정밀도를 올린다면 린트 군도 살아서 바론에게 도전할 수 있으니까!"

그건 고맙다……고 할까 보통은 죽는 걸 전제로 작전을 생각하진 않고, 생각하지 않았으면 좋겠는데……. 뭐, 그건 그렇다 치고 신경 쓰이는 걸 물어봤다.

"혹시 내가 생각하는 것보다도 유예가 있어……?"

다소의 유예가 생겼다고 해도 며칠 정도라고 생각했는데 이만큼이라면 수십 일 단위로 시간을 얻을 수 있는 걸지도 모르겠다.

"오히려 그건 우리 쪽에서 정할 수 있을 테지. 이제부터 퀘스트를 위해서 돌아다니는 너희를 바론이 찾아다니게 될 테니."

"그래그래! 필요해지면 불러내는 것 정도는 가능하니까 말이지!"

"그렇구나……."

"그렇다고는 하지만 신국의 정세도 신경 쓰이니까, 주인님께서는 20일 이내에 강해지실 필요는 있어요."

20일인가…….

그러면 퀘스트도 전부 돌 수 있겠지.

"그동안에 신국 주변의 정보는 나라와도 공유해두마."

"부탁할게요. 표면상으로는 아직 저희는 도착하지 않았다는 걸로."

"그건 아마 나라에서도 그렇게 생각하겠지."

성녀는 왕국 귀족에게 중요한 정치 도구다.

성녀와 면회를 가졌다는 사실만으로도 주위의 제후로부터 인정을 받을 정도였다.

공작이나 변경백 클래스라도 성녀와의 면회를 원하는 상황이니까 입국했다고 한다면 완전히 무시할 수도 없다는 것이었다. 그러니까 성녀도 교황도 아직 이쪽에 도착하지는 않았다, 그런 설정으로 했다.

"후후. 이제까지처럼 교황한테 강요당하는 그대로 인사나 돌게 되는 일은 없다고 생각하면 쾌적하네요."

"이제까지는 어땠어?"

"나가기 싫어하는 교황 대신에 시키는 대로……."

"교황은 안 나갔나."

"상대가 국왕이라도 아니라면 나갈 생각은 없었던 모양이에요."

"그렇구나."

뭐, 입장을 생각하면 그래도 되나? 일개 귀족 따윈 상대하지 않겠다는 거겠지.

다시금 터무니없는 상대와 맞닥뜨렸다고 생각했다. 실감이 없다는 것이 구원이었다.

"퀘스트가 끝나면 한 번 오도록 해라."

"예—."

"20일 만에 S랭크와 싸운다……인가."

머릿속으로 상황을 정리했다. 최종적인 목표는 어수선한 신국을, 키라엠을 쓰러뜨려서 바로잡는 것. 이쪽 목표는 규모가 너무나도 커서 실감이 안 나지만 전투의 경우에는 사활의 문제였다.

어떤 의미로 전초전이라 할 수 있는 바론과의 충돌은 내가 맡을 거니까.

"괜찮아, 린트 군은 강해지니까!"

"큐—!"

큐르케 쪽이 의지가 될 정도구나…….

"주인이 이래서야 멋이 안 나려나."

"좋은 눈빛을 띠게 되지 않았나."

빌렌트가 나를 보고 그렇게 말했다. 원인을 따지자면 빌렌트가 빌레나를 부추긴 탓에 싸우는 꼴이 되었는데……. 뭐, 이제 와서 그건 상관없겠지.

"기합을 넣은 건 좋은데, 무엇부터 하면 될지가 영 보이지 않는데 말이지……."

그렇게 중얼거리는 내게 리리가 손을 내밀었다.

"주인님의 의욕만 있다면 20일 만에 바론을 쓰러뜨리는 건 문제없어요."

"그래그래. 린트 군은 부족한 부분을 쉽게 알 수 있으니까 금세 강해질 거야!"

"그래, 부럽게도 말이다."

그야 두 사람과 비교하면 잠재력 같은 건 있겠지.

"부족한 부분…… 별의 책을 읽었을 당시의 나로서는 깨닫지 못한 게 있었을지도 모르니까 다시 한번 보고 싶어."

"그러네. 린트 군이 테이머로서 성장한다면 그게 그대로 같이 싸우는 아이들의 힘이 될 테니까."

"큐―."

빌레나가 쓰다듬자 큐르케가 응석을 부리듯이 울었다.

"그리고 장비겠네요. 상대도 최고급 갑옷으로 온몸을 둘렀으니까 주인님께서도 상응하는 장비를 고르셔야죠."

"장비인가……."

"모처럼 돈도 왕창 들어왔으니까 이건 전부 린트 군의 장비로 돌릴 생각이었거든."

"이거……?"

빌레나가 들고 있는 것은 좀 전에 빌렌트한테 받은 금화가 든 가죽 주머니였다.

금화 백 개를…… 전부……?

더는 따라가질 못하는 나를 제쳐놓고 빌렌트가 이런 소리를 했다.

"아, 그러고 보니 린트 경은 이쪽으로 온 뒤로도 그대로인가……. 어디, 잠깐만 기다려다오."

안쪽으로 들어간 빌렌트와 교대하듯이 빌레나가 말을 건넸다.

"테이머 장비는 어떤 느낌이 좋을까? 지금 린트 군은 평범한 모험가란 느낌인데…….”

빌레나의 말대로 지금 내 장비는 장비라기보다 움직이기 편한 옷일 뿐이었다. 그리고 일단 허리춤에 범용 나이프를 넣어뒀지만 최근에는 쓰지 않았을 정도다.

“별의 책에서 추천한 장비는, 굳이 따지자면 마법사 쪽이었네.”

“마법사인가—!”

로브를 걸치고 지팡이를 든 후위 장비. 자신은 이동을 포함해서 모두 종마에게 맡기고 테임 능력에 영향을 주는 소재로 몸을 뒤덮는다.

“제가 가진 별의 책에는 세 단계, 성장에 맞춘 장비를 추천했는데 주인님도 그랬나요?”

“세 단계……?”

리리의 말에 기억을 더듬어봤지만 더는 떠오르지 않았다. 다만…….

“어쩌면 부족했던 페이지에 있었을지도 몰라.”

“그렇구나. 린트 군이 후위라면 아까우니까.”

“그래도 마법사와 관련된 장비가 도움이 되는 건 사실이겠죠. 그러면 빌렌트가 가져올 것도 도움이 될지도 모르겠네요.”

리리가 그렇게 말하는데 때마침 빌렌트가 돌아왔다.

“기다리게 했나?”

“이건…….”

“내가 현역 시절에 입던 로브인데, 걸치는 것만으로 다양한 가호가 붙지. 그리고 뭐, 그거다.”

히죽 웃더니 빌렌트가 말을 이었다.

"로브는 멋있지."

"확실히……!"

변변한 장비를 갖추지 못했던 내가 단숨에 어엿한 모험가로 보이는 신기한 감각이었다.

로브는 후위 장비의 인상이 강하지만 이건 편한 움직임을 방해하지 않는 만듦새이기에 이제까지처럼 카게로가 빙의하고 움직여도 문제가 없어 보였다.

"수도에서 찾더라도 이렇게 좋은 건 지금 안 나올 거야."

"그렇겠군. 현역 시절의 마지막에 사용한 물건이다. 성능은 보증하마."

"그런 귀중한 물건을?"

빌렌트도 전직 S랭크 모험가다. 그런 사람이 마지막까지 애용한 장비라면 이보다 나은 물건 따윈 없겠지.

"받은 금화보다 무게감이 있을지도 모르겠네요."

리리의 말을 들었더니 건네받은 로브를 들고 있는 게 무서워졌는데…….

"괜찮다. 부족했던 정보료라고 생각하면 값싼 대가야."

"그렇군요. 앞으로 이 정보를 바탕으로 움직이는 규모를 생각하면 아직도 부족할 정도니까요."

리리는 의외로 신랄했다.

그렇지만 물건이 좋다는 건 나라도 만져본 것만으로 알 수 있었다. 이제까지도 로브에 대한 동경은 있었지만 대부분이 그냥 장식이다. 그냥 장식을 굳이 사서 몸에 걸치는 것은 주저되었지만 이건 그런 장식과는 다르다.

"잘됐네, 린트 군."

"그래, 고마워."

"뭐, 창고에서 잠만 자는 것보다는 나을 테고."

"그리고 부츠라든지 자잘한 도구라든지…… 칼, 있어?"

"음─, 굳이 따지자면 전투용이 아니라 숲을 걸어갈 때랑 해체용이니까 말이지, 이건 이것대로 편리하고."

나이프만큼은 싸구려이지만 기능이 많고 편리한 것을 가지고 있었으니까 거기에 불만은 없다.

"뭐, 됐어. 적당히 사서 수납 주머니에 넣어두면 되니까. 잔뜩 사버리자─."

"어, 잔뜩 살 필요는 없─."

"로브에 걸맞은 장비로 온몸을 갖추죠, 갈아입을 수 있을 정도로."

리리도 의욕이 가득했다. 이렇게 된 두 사람을 막을 방도는 내게 없다.

일단 빌렌트한테 이 주변의 무기점이나 도구점 정보를 받아서 나오게 되었다.

◇

빌레나도 리리도 유명인이니까 정체를 들키지 않도록 후드를 뒤집어썼다. 애당초 수도에 있다는 사실이 들키면 위험한 리리는 얼굴까지 마법으로 바꾸었다. 성 마법은 편리하다며 다시금 실감했다.

뭐, 그런 건 로브를 입고서 신이 난 지금의 내게는 사소한 문제였지만.

"린트 군, 기쁜 모양이네."

"그러게요. 흐뭇하네요."

두 사람이 무어라 말했지만 신경 쓰지 않았다. 응응. 이거야! 그냥 장식이 아니라 기능성도 있어서 멋있다. 게다가 성능이 월등하게 좋다. 물건도 좋다.

"이쪽이었나?"

"그러네요. 마법이 있다고는 해도 가까이서 본다면 의미가 없으니까 가능한 한 인적이 많은 곳을 피하고 싶어요."

두 사람이 말하는 대로 길을 걸어갔다. 지름길 겸 인기척을 피하기 위해서 고른 루트는 이른바 슬럼가였다.

수도의 어둠. 하지만 어떤 도시에도 이것은 피할 수 없는 문제이고, 이곳은 이곳의 규칙으로 치안을 유지하고 있다. 뭐, 우리한테는 관계도 없고, 지나가는 것 정도로 불평하진 않겠지.

로브가 나부낄 때마다 얼굴이 풀어졌다.

다만 뭐, 이 거리에 어울리는 인간 역시도 맞닥뜨리는 법이었다. 질이 좋지 않아 보이는, 덩치 큰 남자 이인조와 엮이고 말았다.

"오오, 형씨. 좋은 걸 갖고 있잖아."

"그렇지—?"

이런, 그만 평범하게 대답해버렸다.

원하던 반응과 달랐는지 굳어버린 두 남자. 일단 개의치 않고 계속했다.

"잠깐 빌려달라고."

"아니―, 지금 막 받았으니까 말이지…….'

"쫑알쫑알 말고 넘기라는 거야! 갸하하!"

뒤에 있던 얼굴에 영문 모를 문양을 그린 남자가 웃으면서 로브에 손을 대려고 뻗으며 그렇게 말했다.

잔뜩 들뜬 나라도 로브를 건드리는 것을 허락할 생각은 없었다.

"큐르케."

"큐큐―!"

"오? 뭐냐뭐냐, 귀여운 몬스터나 데리고서. 오늘은 그 로브만으로 참아줄 테니까 냉큼."

"해치워."

"갸흑!"

"허……?"

큐르케의 몸통박치기가 웃고 있던 쪽의 명치에 클린 히트하고 남자는 쓰러졌다.

"아니아니, 어? 이거 죽은 거 아냐?"

"죽진 않으니까…… 그 녀석을 데리고 돌아간다면 이만 됐어."

"큭…… 뭐냐, 이 자식…… 대체 뭐 하는 놈이냐!"

"딱히 뭘 하는 놈도 아니라고, 나는."

"이대로 끝낼 수는―."

"끝내는 편이 낫다고 생각하는데……."

이제까지 뒤에서 얌전히 있던 빌레나가 앞으로 슥 나왔다. 리리는 뒤에서 계속 대기하며 나올 기척은 없었다. 뭐, 귀찮은 일이 될 테니까 그편이 낫겠네.

모습을 드러낸 사람이 빌레나라는 것만으로도 충분한 효과를 불렀다.

"이 자식은 대체…… 아니, 잠깐만…… 고양이 수인이랑…… 짐승을 거느린…… 설마 그 사람?!"

"냐하하. 유명인이네, 우리."

"그래?"

"죄송합니다! 설마 드래곤 테이머 린트 씨 일행인 줄 모르고……. 저기, 로브, 엄청 잘 어울립니다. 에헤헤…… 그럼 이쯤에서 이만 실례하겠습니다!"

그러더니 남자는 쓰러진 동료를 데리고 허둥지둥 달려갔다.

"주인님, 이미 수도에서는 유명하네요."

"아니…… 우연이겠지?"

"음ㅡ, 적어도 모험가 일을 하는 사람한테는 유명인일지도? 나 때도 C랭크 정도부터 이래저래 찾아오기 시작했어. 파티만이 아니라 귀족의 스카우트라든지, 스폰서가 되고 싶다든지."

그런가…….

뭐, C랭크 모험가라고 생각하면 대단하진 않겠지만 S랭크 수인을 거느린 드래곤 테이머라는 이야기를 들으면 확실히 나도 신경이 쓰였을 테지…….

"후후. 어쩌면 어딘가의 상인 같은 사람들한테 이야기가 들어

올지도."

　빌레나도 눈에 띄는 로고 같은 건 없지만 자기 물건은 특수한 소재로 주문 제작한 걸 만들고 상인이 그것을 본떠서 판매한 적도 있다는 모양이다.

　"그렇군요. 오늘도 이거, 빌렌트의 추천이 없으면 못 들어가는 무기점이지만 주인님이라면 약속 없이도 대환영이었을지도 모르겠어요."

　"아무리 그래도 그건⋯⋯."

　"지금 수도에서 주목받는 드래곤 테이머의 단골 가게가 된다면 선전 효과는 굉장하다고요?"

　그런 대화를 나누면서 첫 번째 무기점에 다다랐다.

　주인의 반응은⋯⋯.

　"어서 오⋯⋯ 죄송합니다. 저희는 처음 오시는 분은 사양⋯⋯ 실례했습니다! 린트 님 아니십니까!"

　연신 말이 바뀌었지만 끝내 환영을 받았다.

　"어라⋯⋯? 만난 적 있었던가?"

　내 얼굴을 보자마자 날아오듯이 맞이하는 주인. 우리, 본 적 없다고?

　"이것 참 큰 실례를. 저는 이곳 일레오나 무기점의 리터 폰 일레오나입니다. 린트 님의 활약은 전해 듣고 있으니까요."

　정말로 이름만큼은 널리 퍼졌다는 것을 자각하게 되었다. 그리고 얼굴도 그럴까⋯⋯.

　"귀족인가?"

"예. 일단 남작 가문의 후계자였습니다만……. 지금은 일개 상인입니다. 수도에서 남작 가문 따윈 귀족이면서 진짜 귀족도 아니라는 상황이니까 말이지요."

"그런가."

확실히 상속할 수 있는 직위 가운데는 가장 아래 계급이라고는 생각하지만, 무척 자유롭게 장사도 할 수 있구나.

뭐, 시골이라면 농사를 지으면서 귀족이라는 곳도 있다고 들었으니까 그런 법일까.

"그래서 오늘은 어떤 용건으로……?"

"우선 이걸."

"이건…… 길드 마스터의?! 설마 이미 거기까지 연줄을 가졌을 줄이야……."

빌렌트가 가게를 지정한 이유는 그 가게의 상품 구색도 물론이거니와, 그 이상으로 신뢰할 수 있고 입이 무겁다는 것이 컸다.

"이 내용은……."

"양해를 받을 수 있을까?"

편지에 적혀 있는 것은 "중요한 비밀을 밝히겠지만 외부로 누설하지 마라"라는 문언이다. 요컨대 리리에 대한 이야기인데…….

길드 마스터, 빌렌트가 직접 적은 내용인 만큼 임팩트는 컸다.

"알겠습니다. 상인은 신용이 제일입니다. 결코 입 밖으로 내지 않을 것을 약속하죠."

그러더니 가게 서랍에서 종이 한 장을 꺼내는 주인 리터. 저 건…….

"이것에 맹세하죠. 계약은 무엇으로 하시겠습니까? 발설하면 죽는다는 걸로는 미적지근하겠죠. 일족까지 범위가 미치도록, 그렇게 생각합니다만……."

"그렇게까지 안 해도 된다고?!"

가져온 것은 노예 계약 따위에 사용하는 마법 맹약서였다. 여기에 맹세한 내용은 마법의 강제력으로 반드시 실행된다.

"하지만…… 길드 마스터가 이만한 편지를 보냈다는 건 무언가 그만큼 중대한 일이겠죠. 저도 그에 걸맞은 각오를 하겠습니다."

"각오는 충분히 보았고, 제가 있다면 그걸 낭비하지 않더라도 어떻게든 돼요."

"설마……."

입막음이 필요한 비밀이 스스로 모습을 드러냈다. 변장 마법과 후드를 걷어내고 주인에게 말을 건넸다.

"성녀님?! 잠시만 기다려주시길. 바로 가게를 닫겠습니다!"

허둥지둥 당황하면서도 신속하게 대응해주는 리터. 빌렌트가 추천할 만하다는 느낌이었다.

"계속 모습을 감추고 있어도 괜찮았을 테지만요."

"어―, 기왕이면 같이 놀고 싶잖아?"

"그것만을 위해서 가게 주인이 목숨을 걸게 만드는 건 무척 미안한 일일 텐데요. 빤히 쳐다보지만 않는다면 변장 마법으로도 충분할 테고."

"냐하하. 뭐, 하지만 성녀라는 건 알고 있는 편이 좋은 일도 있겠지?"

"그건 뭐……."

신이 난 두 사람.

"이건…… S랭크 모험가 빌레나 님에, 실례입니다만 진짜……
이시겠죠?"

"예. 성녀 리릴나시르. 사연이 있어서 한동안 이렇게 모습을 감
추고 있지만요."

"이것 참……. 터무니없는 일입니다. 이 어찌나 영광스러운……."

잔뜩 황송해하는 리터였다.

"그래서, 여긴 어지간한 무기는 있다는 거지?"

"아, 예. 그렇습니다. 실력 있는 장인과 직접 계약을 맺었으니
까 검, 창, 도끼 등등 정통적인 물건부터 아종인 외날 검이나 할
버드 등등까지 다양한──."

"가장 좋은 녀석을 하나씩 가져와."

"가장 좋은 녀석 말입니까?! 그렇다면 적어도 각각 금화 몇 개
는 될 텐데……."

"괜찮아괜찮아."

"잠시만 기다려주십시오."

가게 안쪽으로 들어가서는 잠시 후, 수납 주머니를 손에 든 리
터가 모습을 드러냈다.

"검은 이쪽이 알레키스라는 드워프가 만든 보검, 드워프는 그
다지 보검을 만들지 않습니다만 이건 기능성도 충실하고 자루에
봉인된 불사조 켈레오스의 깃털이 위력을 끌어올립니다."

"보검이라고 그러는 것 치고는 소박하다고 생각했더니 드워프

인가, 그렇구나."

"예. 가장 좋은 것, 그러셨습니다만 여러분께는 비싸기만 한 보검은 필요 없지 않을까 하여 이걸——."

"그럼, 이건 결정."

"괜찮으시겠습니까?! 정가는 금화 50개입니다만."

"됐어됐어. 대신에 저렴한 검이 적당히 잔뜩 필요하니까 그쪽을 덤으로."

"알겠습니다."

그 후로도 나오는 온갖 무기를 수납 주머니에 쑤셔 넣었다. 사용하는 수납 주머니는 내 거였다. 무서워……. 저 수납 주머니의 내용물만으로 집을 짓는다고…….

"단검입니다만 이것도 명장 레그자가 남긴 검으로, 지금은 다음 대가 뒤를 이었습니다만——."

"이쪽은 보기 드문 형태입니다만 수납형인——."

"여기! 세상에나! 이쪽은 변형이 가능해서 검, 도끼, 창 각각의 장점을——."

중간부터 분위기를 탄 리터도 점점 다양한 물건을 꺼낸 덕분에 이상한 무기까지 이것저것 나오고 있었다.

"이렇게나 사서 어쩌려고……?"

"이다음에 린트 군이 전부 시험해보고, 안 되면 그때 생각하자——!"

"그렇다면 부디 저희 가게로 가져와 주시길. 린트 님께서 사용하셨다는 것만으로 가치가 껑충 뛰니까요. 적어도 판매한 금액의 반값은…… 아니, 8할 정도는 돌려드리겠습니다."

"괜찮겠어? 정말로 이익이 남나? 그거."

"괜찮습니다. 그리고 기본적인 무기 형태가 정해진다면 그다음은 전용 무기를 만드는 편이 더욱 좋은 효과가 생길 테니까, 그때는 제가 가진 온갖 커넥션으로 최고의 대장장이를 찾아서 린트 님께 딱 맞는 걸 만들어드릴 터이니."

굉장하네……. 뭐라고 할까, 궁상스러운 성격 탓에 아깝다고 생각하는 기분과 애당초 금액이 너무 커서 감각이 따라가질 못하는 부분이 복잡하게 뒤얽혀 있었다.

그때, 이제까지 한 번도 나오지 않았던 무기가 진열대에 들어 있는 것을 발견했다.

"저건……?"

"아…… 저건 지금은 없는 전설의 대장장이, 마스터 앨런이 만들었다고 전해지는 물건입니다만……. 애석하게도 사용법을 알 수가 없어서 저렇게 장식하고 있는 겁니다. 꺼내 볼까요?"

"응. 부탁해."

언뜻 봐서는 지팡이로 보였다. 자세히 보면 칼자루 같기도 했다. 하지만 더욱 자세히 보면 봉술의 봉을 짧게 만든 것으로 보이고, 삼절곤의 일부를 분리했을 뿐인 것으로도 보였다.

요컨대 보기에 따라서 어떤 것으로도 보이는 막대기. 다만 어떤 무기로 사용하려고 해도 날도 없고 무게도 없어서, 애당초 무기로 성립이 되질 않는 신기한 물건이었다.

"아마도 무언가를 만들려다가 도중에 힘이 다하지 않았을까 합니다만, 안에 들어 있는 것을 분석해봤더니 더 이상 없을 희소한 소재가 가득 채워져 있어서……. 지팡이로 가공한다면 역사에 이름을 새길 명 지팡이가 되었을 것 같습니다만, 너무도 희소해서 취급도 어려운 소재가 많았던 터라 누구도 미처 가공하지 못했다는 과거도 있습니다."

손에 들었다. 신기할 정도로 착 붙었다.

"이거…… 마법검사 중에 사용자가 있다는 그거랑 닮지 않았나……?"

"칼자루만 들고서 날을 마법으로 만드는 물건이었죠……. 하지만 그건 겉모습이 아무리 화려하더라도 실용성은 전무해요. 통상적인 마법검사의 검이라면 마법을 흘려 넣을수록 위력이 올라가죠. 물론 그건 칼자루만이 아니라 제대로 날이 있기에 성립되니까요."

"린트 군, 쓸 수 있겠어?"

"여기서 하는 건 무서운데……."

"리터, 이건 얼마야?"

"굳이 가격을 붙이지는 않았습니다만……. 소재를 끄집어내는 것만으로도 금화 백 개는 될 테니까……."

"그럼 금화 백 개랑 필요 없어진 무기를 돌려줄 때 성녀의 가호를 붙여줄게."

빌레나가 멋대로 그런 소리를 했지만 리리 역시도 딱히 아무 말도 없었다.

"정말이십니까?!"

성녀의 가호. 리리의 성 마법은 무기에 거는 버프도 된다. 그

효과는 제대로 된 마법을 쓸 수 있다면 반영구적으로 작용한다는 모양이라, 아무런 특이점도 없는 내 옷이 B랭크 대상의 장비와 같은 수준이 될 정도. 조금 전까지 나온 레벨의 무기에 사용한다면…… 가격은 낮게 잡아도 두 배는 되겠지.

"괜찮지?"

빌레나는 주인만이 아니라 리리와 나를 보고 그렇게 말했다. 내 입장에서야 거절할 이유 따윈 하나도 없었다. 리리도 다정하게 미소를 지었다.

그리고 주인 리터도…….

"물론입니다."

"후후. 오늘 하루 만에 제대로 벌었네."

"덕분에…… 이것 참, 가게를 연 뒤로 최고의 매상입니다."

"그건 잘됐네."

리터는 희희낙락한 표정이었다.

"자, 그럼. 제한은 없으니까 얼마든지 돌려주시길. 아, 그리고 검, 창, 도끼 같이 정통적인 무기는 각각 열 개씩 수납 주머니에 넣어뒀습니다. 이용해주십시오."

"응응, 고마워—!"

그리고는 돈을 지불하는 것을 보고서야 처음으로 무시무시한 액수의 물건을 샀다며 깨달았다.

"앞으로도 오래오래, 잘 부탁드립니다."

"어, 나야말로."

미소로 배웅하는 주인에게 그렇게 대답했지만…… 이다음에 죽으러 갈 가능성이 있단 말이지. 바론 이전에 분수에도 맞지 않는 퀘스트에 도전할 거니까.

물론 그런 소리를 할 수는 없어서, 싱글싱글하는 리터에게 손을 흔들며 무기점을 떠났다.

"다음은 방어구야—!"

"기대되네요, 주인님."

그런 분위기로 방어구점, 의상점, 마지막으로 도구점을 돌았더니 어느샌가 해가 저물고 있었다.

◇

"그럼 밤에만 할 수 있는 퀘스트로 갈까……. 아니 린트 군, 괜찮아?"

"일단은……."

수납 주머니에 넣으면 무게는 느껴지지 않을 테지만 아무래도 금전적인 무게를 느끼고 발걸음이 무거워졌다. 허리에 찬 작은 이 주머니에, 빌레나와 만나지 못했다면 평생에 걸쳐서도 벌 수 없었을 만큼의 자산이 들어 있는 거니까.

"냐하하. 익숙해져익숙해져—!"

"그렇다고요? 마지막에 들른 가게에서 산 아이템 따윈 소모품이니까요."

"소모품 하나에 이제까지의 수입 전부를 더하고도 부족하다니……."

본 적 없는 효과를 가진 특제 포션, 혹시 모를 때를 대비해서 스크롤 몇 가지, 그리고 야영에 필요한 편리 아이템 같은 것들을 모았다.

방어구는 다행히도 로브가 있으니까 그렇게 고가가 되지는 않았다. 그 자리에서 갈아입고 옷을 몇 벌 산 정도로, 부츠와 합쳐도 금화 몇 개로 그쳤다. 아니, 잠깐만. 금화 몇 개는 이상한 금액이니까 말이지?! 위험해, 하마터면 상식이 붕괴할 참이었어…….

"자, 그렇다면 숲이네요……. 주인님, 벌레형 몬스터는 테임하지 않았죠?"

"응, 작은 녀석들이라서 뭘 원하는지 도무지 알 수가 없으니까 포기했거든."

곤충 계열 몬스터. 거미나 전갈 같이 독을 가진 것부터 투구벌레나 사슴벌레 같은 것이 몬스터로 변하여 크면서 흉포해진 것까지 다양했다.

지금부터 가는 곳에 있는 것은 그중에서도 자이언트 헤라클레스라고 불리는 최대급의 곤충 계열 몬스터 중 하나였다. 사이즈만 따지자면 소형 드래곤에도 미치지는 않을까 싶은 거대한 몬스터.

"벌레술사는 평범한 테이머보다 더 지위가 낮아질 것 같으니까."

"뭐, 저항감이 있는 사람이 많을 테니까 말이지……."

곤충 계열 몬스터와 관련된 의뢰는 그만큼 난이도와 비교해서 보수가 좋아지는 경향이 있었다. 사람을 타니까.

"그래서, 이번에는 표본용이었던가."

"가능하다면 생포하라고 그랬어."

"가능하다면…… 그런 사이즈인 녀석을 어떻게 옮기냐고…….."

"뭐, 실제로는 죽여서 곧바로 수납 주머니겠네."

수납 주머니에는 생물은 넣을 수 없다. 아니, 넣으면 들어갈지도 모르겠지만 안에서 살아있을 수는 없다고 그랬다.

짐승을 넣었다가 안에서 박살이 나서 큰일이 벌어졌다는 이야기가 있으니까 가급적 하고 싶지 않다. 결국 죽인 다음에 넣는 게 무난했다. 피를 빼지 않더라도 신선하게 보존할 수 있다는 건 크다.

"자이언트 헤라클레스는 평범하게 싸우면 강하니까 함정으로 잡는 거지?"

"보통은 말이지!"

"주인님, 알고 있을 거라 생각하지만 정면으로 싸울 테니까 말이죠?"

"진짜냐……."

자이언트 헤라클레스는 길게 둘로 나뉜 거대한 뿔이 있고, 사냥감은 그 힘에 둘로 쪼개지는 경우도 드물지 않다.

곤충 계열은 크기나 강함과 반대로 마법 내성이 극단적으로 낮거나, 연금술사가 만든 약품을 쓰면 간단히 쓰러뜨릴 수 있거나. 그렇게 여러 공략법이 존재하는 것이 특징이다.

자이언트 헤라클레스는 밤, 빛이나 달콤한 것에 모여든다. 이 성질을 이용해서 함정을 설치하고 수수하게 포획 작업을 계속한다면 어느 정도 간단하게 달성도 가능하니까 B랭크에 대응되는 의뢰가 되었다……고 하는데…….

"상대가 유리한 상황에서 싸운다면 A랭크 수준이라고 그랬지……."

"손상 없이 쓰러뜨릴 수 있게 된다면 충분해!"

"어쩌라는 거야……."

나는 아직 C랭크인데 A랭크 수준의 상대를 손상 없이 쓰러뜨린다는 이야기가 되었다.

바론 대책이니까 각오는 했지만 그렇다고 해도 조금 더 스텝이 필요하지는 않느냐고 생각했다.

"뭐! 우선은 실제로 싸워보자―!"

결국 두 사람의 기세에 떠밀려서 목적지로 향했다. 이동하면서 공략법을 생각하기로 하자…….

거대한 두 갈래 뿔을 휘두르는 괴물에게 정면에서…… 어떻게 이기면 될까.

손상도 가해서는 안 된다면 그냥 어려운 정도가 아니다. 아니 뭐, 애당초 어지간한 보석보다 단단하다고 하는 외피를 부술 수 있겠냐는 이야기는 있을 테지만 말이지…….

카게로의 화력이라면 할 수 있을지도 모르겠지만…….

"응……?"

카게로의 화력은 한 점에 집중할수록 강력해진다는 건 안다.

거대한 몸이다. 한곳 정도는 어딘가 상처가 있어도 이상하지 않다. 그 상처에 맞추어서 카게로의 화력을 쏟아부으면…….

"그러려면…… 그 커다란 녀석의 공격을 견뎌내야만 한다는 건데……."

현재 정령 빙의의 정밀도로는 방어에 기울일지 공격에 기울일지, 그런 세세한 조정은 못 한다.

카게로의 힘을 그렇게까지 공격에 특화해서 사용한다면 방어는 거의 맨몸이 된다.

"뭐, 카게로와 만나기 전에는 그랬을 테지……."

카게로가 상대일 때에는 그야말로, 제대로 맞으면 일격에 죽을 법한 공격 가운데서 싸운 것이었다. 게다가 그때는 리리도 없었다. 죽으면 끝, 일격을 맞으면 끝난다는 경험은 이미 지나온 길이다.

"한 번 더…… 할까."

각오를 다지고, 두 사람의 지시에 따라 자이언트 헤라클레스가 있는 숲으로 접근했다.

◇

"이게 뭐야……."

"자이언트 헤라클레스의…… 그보다 이런 벌레형 몬스터의 둥지겠네―."

"이런 곳이 있었나……."

눈썰미 있다면 알 수 있는 보물의 산이었다.

숲속 깊은 곳, 조금 트인 그 장소에 주위의 나무보다 몇 배나 두꺼운 거목 하나가 모습을 드러냈다.

이 거목 한 그루만으로 언뜻 봐서 수십의 자이언트 헤라클레스가 자리 잡고 있었다.

한 마리에 은화 몇 개, 잘하면 금화가 움직인다. 그런 생물이 무수하게 존재하는 풍경이었다. 물론 함정에 걸려든 것도 아니니까 아무 가치도 없는 소리지만…….

"자이언트 헤라클레스는 손을 대더라도 한 마리씩만 덮쳐들거든."

"그런가."

이만한 숫자와 한 번에 싸운다고 생각하면 도저히 손상 없이 처리하는 걸 의식할 수는 없겠다고 생각했더니, 그럴 걱정은 없었나 보다.

"그건 그렇고 여기, 자이언트 헤라클레스 사냥터라는 정보가 돌지 않는 게 신기할 정도네."

함정을 만들 수 있는 사람의 입장에서는 정말로 보물의 산이라고 생각했는데…….

"아ー, 이 아이들은 똑똑하니까 둥지 근처의 함정에 걸려들지는 않거든. 그보다도 만들고 있다면 습격할 테니까."

그렇구나…….

"그건 그런가. 그러니까 이렇게나 있구나."

보통은 함정을 설치하고 걸리면 운 좋은 거물이다.

아무리 그래도 이미 우글우글하게 있는 상황에서 함정을 설치하는 건 이곳에 있는 몬스터들도 허락하지 않는다지만…….

"그러면 실력행사가 가능할 만큼의 힘이 필요하고, 그런 실력이 있다면 여긴 수지에 맞지 않는 건가."

"그래그래! 뭐, 하지만 린트 군한테는 딱 적당하지? 잔뜩 있으니까."

가벼운 그 말에 메마른 웃음이 나왔다. 자이언트 헤라클레스의 전투 능력은 A랭크 수준이다. 이걸 손상 없이 납품까지 이르려면 A랭크 중에서도 상위의 실력이 필요하다.

"뭐, 그래서 몇 마리나 있으니까 말이지. 우선은 카게로와의 트레이닝으로 하자!"

"자이언트 헤라클레스는 일대일로만 습격하니까 주인님이 새로운 무기에 익숙해지는 훈련에도 최적이네요."

역시나 수도 길드 마스터인 빌렌트가 준비한 만큼 제대로 궁리를 한 퀘스트였다.

어쨌든 여기서 A랭크 상위의 힘을 손에 넣어야만 하는 것이다. 열심히 하자.

"할까."

카게로를 빙의시키려던 참에 빌레나가 이런 소리를 했다.

"아, 이번에는 우선 정령 빙의가 아니라 평범하게 불러볼래?"

"응? 어."

빌레나의 의도는 모르겠지만 시키는 대로 해봤다.

"카게로."

"큐쿠우우우우우우우우우우우."

평소보다 느긋하게 등장해서 한바탕 주위를 날아다니고는 머리를 들이밀듯이 가져다 대는 카게로.

쓰다듬어주자 기쁜 듯 자기가 먼저 머리를 더욱 비볐다.

"잘 따르는구나."

"고맙게도 말이지."

어째서 카게로가 이렇게나 잘 따르는지 모르겠지만 뭐, 좋은 일이고 굳이 생각해봐야 어쩔 수 없으니까.

"귀여워귀여워!"

"큐쿠ㅡ."

카게로를 쓰다듬는 빌레나를 보고 어째선지 큐르케가 내 곁에서 파닥파닥 어필하기 시작했다.

"너도 귀여우니까 안심해."

"큐큐!"

가볍게 쓰다듬어주자 기쁜 듯 울고는 어째선지 하늘 높이 날아올랐다. 그 모습을 좇아서 고개를 들고서야 처음으로 자이언트 헤라클레스들의 모습이 이상하다는 것을 깨달았다.

"주인님, 아시겠나요?"

"어……."

명백하게 조금 전까지와 긴장감이 달랐다. 큐르케도 그것을 느끼고는 다시 파닥파닥 날아서 돌아오더니 내게 매달렸다. 무서워하는 게 아니라 나를 지키려고 하는 것이 큐르케다웠다.

"괜찮아."

"큐ㅡ."

걱정스럽게 나를 보는 큐르케를 쓰다듬어 안심시켰다.

자이언트 헤라클레스들의 시선이 향한 곳에는 카게로가 있었다.

평범한 야생동물이라면 자신보다 강한 존재가 왔을 때에 도망치기 위한 움직임을 취하겠지만 이 녀석들은 그렇지 않았다.

"카게로, 한 마리씩이야."

"큐쿠우우우우아아아아아아아."

거대한 나무까지 뒤흔드는 포효에 자이언트 헤라클레스들 역시도 술렁댔다.

몇 마리인가 하늘로 날아올랐지만 그것은 도망치려는 것이 아니었다. 오히려 반대였다.

몇 번인가 공중에서 맞부딪친 뒤, 권리를 쟁취한 자이언트 헤라클레스 한 마리가 땅으로 내려섰다.

그것만으로 땅이 쿠웅, 흔들렸다.

"굉장하네⋯⋯."

내려서는 소리에 처음으로 중량을 느꼈다. 크기, 무게, 그리고──.

"시작이에요."

먼저 움직인 것은 자이언트 헤라클레스였다. 거대한 뿔을 비스듬히 들더니 기세 좋게 뛰어올라서 카게로를 향해 있는 힘껏 휘둘렀다.

승부는 한순간이었다.

"큐쿠──."

다음 순간, 살아있던 것은 이미 카게로뿐이었다.

휘두른 뿔은 그 기세 그대로 지면을 도려냈지만, 지면에 다다랐을 때는 중요한 몸통이 붙어 있지 않았다.

요컨대 카게로가 한순간에 몸통과 머리를 둘로 쪼갠 것이었다.

"굉장하구나⋯⋯."

"저러면 정 안 될 경우에는 붙여서 표본으로 쓸 수는 있겠네."

이번 퀘스트는 납품이다. 목적은 표본. 저건 확실히 하나의 정답일지도 모르겠네.

"그래서 여기 아이들은 자기보다 강하다고 여겨지지 않으면 도전하질 않으니까, 우선은 카게로와의 연계를 단련해야만 해요."

"그렇구나……."

그저 빙의하는 것만으로는 안 된다는 의미였다. 애당초 내 건 정령 빙의가 아니라 카게로의 모습을 바꾸어서 뒤집어쓰는 것이나 마찬가지니까…….

"그러니까, 해보자—!"

"큐쿠—!"

빌레나와 카게로의 구호와 함께 특훈이 시작되었다.

우선은 평소처럼 카게로를 둘렀다.

"큐쿠—?"

"저 녀석들 전혀 쳐다보지도 않네."

카게로가 단독으로 나타났을 때에는 거목에 있던 자이언트 헤라클레스들이 모조리 전의를 드러냈지만 지금은 느긋하게 쉬고 있었다.

"큐! 큐큐—!"

큐르케도 어째선지 자이언트 헤라클레스에게 도전하려고 필사적으로 파닥파닥 돌아다녔지만 전혀 상대하는 기척이 없었다.

"큐르케도 저랑 특훈할까요."

"큐!"

따분해하던 리리가 큐르케를 돌봐주기로 한 모양이었다.

"린트 군, 우물쭈물하다가는 큐르케가 먼저 쓰러뜨려 버릴지도?"

"설마……."

그런 생각에 빌레나를 봤더니, 반대로 빌레나가 어리둥절해서는 놀랐다. 어라? 큐르케에 대한 평가, 나랑 빌레나 사이에 상당한 괴리가 있는데?

"진짜?"

"진짜라고?"

열심히 하자.

"우선은 있지, 린트 군은 카게로를 더더욱 신뢰하고 받아들이지 않는다든지?"

"받아들인다……?"

"린트 군한테 정령 빙의의 이미지는 어떤 느낌이야?"

"그러네……."

생각했다.

내가 카게로를 둘러서 내 방어력이 올라간다……? 아니, 하지만 카게로가 있어준다면 내 신체 능력도 올라간다. 뭐지, 축복이 된 장비 같은 느낌일까.

"주인님은 지금, 카게로를 장비품처럼 생각해버리는 걸지도 모르겠네요."

마음을 읽은 것처럼 리리가 말했다.

"그래서는 정령 빙의의 효과는 별로 못 얻을 거라 생각해요."

"그렇구나……."

확실히 카게로 혼자서 움직이는 편이 수십 배는 강하니까 그저 둘러서 보호만 받아서는 의미가 없나.

"저도 할 수 있는 건 아니지만, 정령 빙의는 서로의 신뢰도가 중요하다는 것만큼은 알아요."

"신뢰도, 인가."

"예. 쌍방이 제대로 호흡을 맞추어서 하나가 되는 이미지, 그렇게들 말해요."

리리의 조언을 듣고 나 나름대로 이해한 것을 카게로에게 이야기했다.

"우선은 카게로한테 맡기는 부분을 늘려볼까."

"큐쿠—!"

딱히 카게로를 신용하지 않는 건 아니니까. 따지자면 그렇게 맡기기만 하는 것에 저항이 있었을 뿐인데, 한번 시험해볼까.

"부탁한다고?"

"큐쿠우우"우우아아아아아아아.""

놀랐다.

완전히 힘을 빼고 카게로에게 몸을 맡겼더니, 카게로의 외침이 중간부터 두 사람의 목소리가 되었다. 뒤늦게 알아차렸다. 이 목소리는, 나다.

"굉장하네요…… 갑자기 이렇게까지……? 아니, 이건…….."

리리가 무어라 말하는 것이 들렸지만 어느샌가 멀리서 속삭이는 것처럼만 들리게 되었다.

""흐슈우우우우우우우.""

카게로 때처럼 자이언트 헤라클레스 한 마리가 우리 앞에 내려섰지만 다음 순간, 몸이 멋대로 휙 움직여서 자이언트 헤라클레스 옆을 지나갔다.

감각은 길에 타고 있을 때에 가깝지만, 누군가가 내 몸을 멋대로 움직이는 감각이었다.

그리고——.

"……어라?"

"주인님!"

"큐쿠——."

카게로가 떨어진 것이 빨랐는지 내 의식의 끈이 끊어지는 것이 빨랐는지, 리리와 카게로의 모습이 흐려졌다.

마지막으로 보인 풍경은 명백하게 과도한 충격으로 산산조각이 나서 눌어붙은 자이언트 헤라클레스와 걱정스럽게 이쪽으로 날아오는 큐르케의 모습이었다.

◇

"아, 깨어나셨군요."

"잠들었던가……? 나."

주위는 이미 환하고 거목에 있던 자이언트 헤라클레스들도 모습을 감추었다. 땅바닥이나 나뭇잎 뒤로 숨은 거겠지.

"예. 육체보다도 머리나 정신에 대미지가 컸으니까 주무시게 두었어요. 힐이나 포션을 이용해서 억지로 회복하는 건 그다지 좋지 않으니까요."

"그렇게나 서두를 것도 아니었고."

자세히 보니 이곳은 텐트 안. 바깥 풍경이 보이도록 마법으로 가공되었을 뿐이었나 보다.

그보다도 이거…….

"미안해!"

"아뇨아뇨, 귀여웠다고요? 잠든 주인님의 얼굴."

어쩐지 부드럽다고 생각했더니 나는 리리의 무릎을 베고 있던 모양이었다. 어쩐지 풍경이 반쯤 가려져 있구나 싶었다……. 그건 가슴이었다.

"나도 교대로 돌봤다고—."

"빌레나도 미안해. 고마워……."

두 사람이 그렇게 흔들었는데도 난 깨지 않았나…….

"다음까지는 이럴 때에도 효과가 있는 술식을 만들어둘 테니까요."

술식이란 건 그렇게 간단히 늘릴 수 있나……? 그런 생각을 하면서도, 리리라면 어떻게든 될 것 같다는 생각에 딴죽은 그만뒀다.

"감각은 기억해? 린트 군."

"어어……."

지금도 카게로와 일체화한 감각은 선명하게 기억했다.

내가 더는 내가 아니게 되고, 녹아서 사라지는 감각. 카게로가 필사적으로 나를 움직이고, 무리한 탓에 쓰러진 나.

이제까지의 나는 지나치게 스스로 하려다가 카게로의 힘을 못 살렸고, 조금 전의 나는 카게로한테 너무 맡기다가 자신의 허용량을 대폭 넘어버린 것이었다.

카게로의 힘을 제대로 소화하려면 나도 강해질 필요가 있고, 그저 맡기기만 할 수는 없다는 것도 알았다.

"뭔가 파악했구나?"

"아마도."

"냐하하. 그럼 괜찮아."

그러더니 빌레나가 맛있어 보이는 고기를 건넸다.

"자이언트 헤라클레스, 그다지 알려지진 않았지만 맛있다고?"

"이거, 그 녀석들인가……."

고깃덩어리가 되어버리면 저항감은 없지만 벌레였다는 사실을 생각하면 말이지…….

"큐르케, 카게로. 이리 오렴."

"큐큐!"

"큐쿠──!"

부를 때까지 리리와 빌레나를 배려하듯이 얌전히, 그러면서도 걱정스럽게 나를 보던 두 마리를 불렀다. 응석을 부리듯이 연신 내게 얼굴을 가져다댔다.

"둘 다 걱정하면서 주인님 주위를 빙글빙글 돌았어요."

"큐큐!"

"고마워. 큐르케."

"아, 큐르케. 그다음에 한 마리 쓰러뜨렸어요."

"어?"

"큐!"

득의양양하게 가슴을 펴는 큐르케 옆에, 어째선지 무척 짧은 검 한 자루가 있었다.

"이거……?"

"존재 진화로 뿔도 깃털도 났으니까 말이죠, 무기도 그걸로…….."

"뭐든 되는구나…… 큐르케."

"큐큐—!"

즐거운 듯 검을 휘두르는 큐르케. 귀엽지만, 이러면서 그건가. 혼자서 A랭크 수준의 자이언트 헤라클레스를 쓰러뜨릴 만큼의 힘을 지녔다는 건가.

"정말로 나보다 강하구나, 이제는…….."

"큐—!"

지켜주겠다는 듯이 가슴을 펴며 의기양양해서는 파닥파닥 날아다녔다.

"큐쿠."

한편으로 카게로는 자기 때문에 쓰러졌다는 듯 침울한 모습이었다.

"미안해. 다음에는 잘하자."

"큐!"

화나지 않았다는 걸 알았기 때문일까. 얼굴을 들고 꼬리를 파닥파닥 흔들며 내게 달라붙었다.

"그 정도라면 다음은 괜찮을 것 같네요."

"린트 군, 무기는 어떤 걸로 할까?"

"아, 그런가. 그것 때문에 왔지."

무기를 고르기 전 단계에서 쓰러져버렸단 말이지…….

"뭐, 거의 이걸로 결정이라고 생각하지만……."

빌레나가 들고 있는 것은 마지막에 산 자루밖에 없는 검 같은 무언가였다.

"마법검……이라고 일단 부를까요. 확실히 이걸 제대로 쓸 수 있다면 가장 강하다는 건 분명하네요."

나도 두 사람의 의견에 동의했다.

이미지는 이미 있다. 카게로의 불꽃이 검으로 기능한다면 그것으로 다른 무기 따위는 가볍게 건드리기만 해도 둘로 쪼개질 우수한 무기가 된다.

"검 날이 없다는 건 어느 정도 어떠한 형태로든 된다는 의미이기도 하니까, 우선은 이것저것 써보면서 주인님께서 쓰기 편한 무기를 확인하는 게 먼저겠죠."

길이 조정만이 아니라 그런 생각만 있다면 도끼나 창으로도 쓸 수 있으니까 말이지. 경우에 따라서는 손잡이 정도야 나중에 추가하면 되고.

그렇다면 다양한 무기를 실제로 시험해보고 싶은데…….

"아무리 그래도 들어본 적 없는 무기로 자이언트 헤라클레스와 싸운다면 나, 죽겠지?"

"괜찮다고요? 죽어도."

리리는 진심이었다.

"아니아니, 죽지 않는 방법을 생각하고 싶은데…….."

내가 그렇게 말하자 큐르케가 파닥파닥 이쪽으로 다가왔다.

"큐큐!"

"뭐야? 아, 도와주려고! 오랜만이네. 대련."

"큐!"

그리워라. 내가 강해질 수 있었던 것도 큐르케가 강해진 것도, 둘이서 항상 하던 대련 덕분이라는 생각이 꽤 있다.

"호—. 그런 걸 했구나. 그러니까 큐르케 이렇게 강한 걸지도?"

빌레나도 그렇게 말해줬다.

"그 무렵보다 둘 다 강해졌으니까 다치는 게 무섭지만 뭐, 그건 리리한테 부탁할까."

"지금이라면 큰 부상을 당하더라도 제가 치유할 테니까 봐주는 거 없이 싸워도 괜찮아요."

이제는 이렇게 되었으니까 죽지 않는 범위라면 포기하기로 하자…….

◇

다시 밖으로 나와서 큐르케와 마주했다.

한손검, 양손검, 외날검, 창, 할버드, 사슬낫…… 온갖 무기를 수납 주머니에서 꺼내어 진열해놓았다. 게다가 한 종류 당 열 개. 자세히 보면 미묘하게 차이가 있다는 것도 알 수 있었다.

"이렇게나 샀구나."

"하나씩 시험하면서 해보자—!"

"응."

우선은 익숙한 검부터 어깨를 풀고 가자. 큐르케도 의욕이 가득하고.

"카게로 빙의를 하고서 싸울 생각인데, 괜찮지?"

"큐!"

물론이라는 듯이 큐르케가 대답했다.

사역마를 상대로 이대일처럼 되어서 마음에 걸리는 부분도 있지만, 그러지 않으면 이제는 A랭크 수준의 힘을 가진 큐르케에게 이길 수 있을 것 같지가 않다.

게다가 이번 목적은 최종적으로 바론에게 이기는 것이다. 여기서 이상한 고집을 부려봐야 어쩔 수 없겠지.

"그럼 시작할까요."

리리의 말에 맞춰서 나도 큐르케도 진심으로 맞부딪쳤다.

"큐—!"

"정말로 강해졌구나……."

카게로가 빙의한 상태에서도 공격이 통할 것 같지가 않았다. 그러기는커녕 내가 튕겨 나갈 정도였다.

한편으로 검을 손에 든 큐르케의 돌진은 내 방어를 간단히 박살냈다.

"으……."

"우선은 큐르케의 승리인 것 같네요."

"어떻게 할래? 린트 군. 다음은 이거 써볼래?"

리리의 회복을 받으며 다음 무기를 골랐다.

이렇게 되었다면 이제는 전부 쓸 때까지 해보자.

결국에 주위가 어두워질 때까지 계속, 카게로도 나도 큐르케도 기진맥진할 때까지 대련을 계속하게 되었다.

전적은 내가 87승, 큐르케가 98승.

후반에는 바싹 뒤쫓았지만 무기에 익숙해질 때까지 생긴 차이를 마지막까지 메우지 못했다. 그리고 단순히, 검을 들고서 종횡무진 돌아다니는 큐르케는 너무도 강했다.

내 공격을 거의 튕겨내는 큐르케의 스킬은 방어의 측면에선 이미 카게로를 웃돌지도 모르겠다.

"든든하네."

"큐!"

"큐쿠―!"

다만 그 덕분에 한바탕 무기도 시험했다. 정통적인 것부터 변종까지 이것저것 다뤄봤지만 역시 검이 친밀도가 깊어서 편했다.

의외였던 것은 대도가 쓰기 좋았다는 사실일까.

외날에 대형 검인데, 카게로 덕분에 스테이터스가 올라간 상태에서는 딱 적당한 무게이면서 일격으로 상대에게 대미지를 줄 때에는 무척 편리해 보였다.

게다가 대도와 같은 형태인 날이 창처럼 긴 자루 끝에 붙어 있는, 원심력으로 상당한 위력을 낼 수 있는 일격필살의 무기가 레퍼토리에 더해졌다.

언월도라고 부른다나.

"결국 마법검은 제대로 소화하지를 못했구나."

"어쩔 수 없어요. 우선은 기존의 무기를 쓰도록 하죠."

마법검.

검 날을 카게로의 불꽃으로 만들어내는 것까지는 가능했지만 그쪽에 너무 정신이 팔려서 방어가 소홀해지거나, 애당초 검 날을 유지하는 게 어려워서 움직임이 둔해져버리는 것이었다.

후방에서 일격을 날리기 위해서는 쓸 수 있을지도 모르겠지만 현재로서는 실용 단계에 이르진 않았다.

"확실히 이건, 전투 중에 유지하는 건 무척 어렵겠네요."

그러면서 리리가 마법검에 하얀 검 날을 만들어냈다.

"베면 회복하는 힐링 소드네요."

"굉장한데……."

붕붕 휘두르는 것만으로 주위의 식물이 한층 커졌다.

"후후. 린트 군이 그걸 제대로 소화하는 거, 기대되네."

기대에 응할 수 있도록 열심히 하자.

다만 지금은…….

"마법검을 못 쓰더라도 지금이라면 이제 자이언트 헤라클레스도 나를 무시하진 못하겠지."

리리가 나와 큐르케, 카게로에게 각각 힐을 걸어주었다.

싸우기 전보다 힘이 넘쳐날 정도였다.

"좋아, 할까."

주위는 이미 어두웠다. 자이언트 헤라클레스들의 시간이다.

그리고 그것은 큐르케와의 대련 성과를 발휘하기에 좋은 무대

이기도 했다.

자이언트 헤라클레스도 어디선지 모르게 이 거목으로 모여들었는지, 우리가 구역으로 발길을 들이는 순간에 일제히 의식을 향했다.

"린트 군, 할 수 있겠어?"

"응……!"

큐르케와 대련하는 중에 메인 무기가 간신히 정해진 것도 컸다. 검의 사용감, 대도와도 의외로 상성이 좋았던 것을 생각해서 최종적으로 고른 것은…….

"이제까지 써본 적도 없었으니까……."

"큐쿠—!"

고른 무기는 양손검, 그중에서도 일격의 크기를 중시한 대검을 손에 들었다.

정통적인 무기이면서도 사실은 이제까지 한손검밖에 사용한 적이 없었던 내게는 신선했다.

이제까지 사용하던 평범한 검과 비교하면 그 차이는 역력. 그야말로 양손으로 다룰 수밖에 없는 중량을 가진 무기.

방어력이 높은 큐르케에게 제대로 대미지를 줄 수 있는 것은 결국에 이 정도의 무기밖에 없었다. 카게로를 방어 쪽 서포트에 집중시키면 다소 공격을 받더라도 괜찮다는 것도 큰 이유였다.

요컨대 방어는 카게로에게 몽땅 맡기고 내 능력은 완전히 공격에 할당한 결과로 선택한 것이 바로 중량급 대검이었다.

외날 대도보다 범용성이 높았다는 것도 결정적인 이유가 되었다.

"뭐, 일단 무기를 하나 쓸 수 있다면 무척 편해지거든."

그러면서도 구입한 무기 전부를 어느 정도 소화할 수 있는 것이 빌레나였다. 레벨이 다르다.

그러면서 본인은 맨손이 가장 강하니까 참으로 알 수 없는 세계다……

"바론 대책으로도 괜찮다고 생각해요. 바론도 도끼를 쓰고 전신갑옷이라서 중량 장비로 대응하는 편이 나을 테니까요."

"도끼인가…… 받아낼 수 있을까……?"

"괜찮아괜찮아!"

빌레나의 괜찮아는 항상 가볍다.

"뭐, 검이 단단하지 않아서 주인님까지 통째로 일도양단해도, 깨끗하게 둘로 잘린다면 바로 되돌릴 수 있으니까 괜찮아요."

리리의 괜찮아요도 전혀 괜찮지 않은 이야기였다.

"그래도 이 검이라면 그렇게 간단히 당하지는 않겠지만."

"후후. 그러네요."

좋은 검을 사길 잘했다…… 정말로.

언제나처럼 이 대검도 상당한 물건이고 무엇보다도 물리적으로 강했다.

이거라면 반응만 할 수 있다면 둘로 쪼개질 일은 없다, 고 생각한다.

"뭐, 어쨌든 우선은 자이언트 헤라클레스에게 이겨야겠지."

"표본은 그렇게 생각하지 않아도 되니까."

"그러네요. 우선은 그걸로 가죠."

그 말을 들으니 단숨에 허들이 낮아진 것 같았다.

"주인님, 큐르케도 이긴 상대예요."

"그러게……."

기합을 넣었다. 꼴사나운 모습을 보일 수는 없지.

정령 빙의 정도를 딱 내가 지나치게 소모되지 않는 범위로 억눌러서 카게로를 둘렀다. 큐르케와의 특훈 덕분에 상당히 컨트롤할 수 있게 되었다.

움직임은 내가 주도하고 보조를 카게로에게 맡긴다.

전투에 들어가기 전이라면 좋은 균형을 유지할 수 있게 되었다.

정령 빙의한 나를 보고 자이언트 헤라클레스 몇 마리가 경쟁하듯이 지면을 향해 날아왔다. 몇 번인가 맞부딪친 끝에, 남은 한 마리가 내 앞에 내려섰다.

정면에 선 자이언트 헤라클레스의 크기와 압력에 살짝 흥분으로 몸이 떨렸다.

"처음에는 거의 못 느꼈던 터라 그런지, 다시 대치하니까 압박이 굉장하네……."

자기 몸보다 훨씬 큰 그것을 올려다보고 말했다. 크다는 건 알았지만 직접 적의가 날아들자 그것만으로도 겁을 먹고 말 것 같은 체격 차이였다.

"린트 군! 온다!"

건물 하나는 될 것 같은 거구. 공격 수단은 날개를 펼친 저공비행 돌진과 위아래로 나뉜 뿔을 이용한 길로틴 공격이다.

"카게로, 되겠어?"

"큐쿠우우우우우우우우."

당연하다는 듯이 울음소리를 흘리는 카게로. 내 몸에 두른 카게로의 불꽃이 출력을 한 단계 올려서 자이언트 헤라클레스를 맞이했다.

"간다!"

저 공격을 당하면 죽는다.

설명을 들을 것까지도 없이 피부로 전해지는 기분 나쁜 그 감각을 카게로의 불꽃으로 덧씌우듯이 몸에 둘렀다.

"우오오오오오오오오오."

몸에서 대검의 날로 전해진 카게로의 불꽃이 위력을 더욱 늘렸다.

자이언트 헤라클레스가 뿔을 휘둘렀다. 나는 그 아래쪽에서 대검을 교차시켰다. 정면으로 힘겨루기였다.

"윽……!"

역시 힘이 강했다. 무엇보다 체격 차이가 심했다. 땅을 도려내며 후퇴하게 되었지만 어떻게든 거기서 버텨냈다.

공격이 통하지 않은 것이 마음에 안 든 자이언트 헤라클레스는 마구잡이로 뿔을 휘둘러서 불만을 드러냈다.

"카게로."

"큐쿠우우우우우우우우."

그동안에 카게로의 마력을 발밑으로 집중했다. 어제 할 수 있게 된, 몇 안 되는 힘 컨트롤 중 하나. 카게로의 힘을 다리에 집중하면 이제까지는 없었던 속도로 이동할 수 있다.

"좋아, 의외로 되겠는데."

뿔을 휘두르는 자이언트 헤라클레스의 맹공을 빠져나가서 배 아래로 파고들었다.

——!

자이언트 헤라클레스가 갑자기 목표가 사라지자 놀란 듯 굳었다.

그 한순간의 틈을 놓치지 않고 대검에 또다시 카게로의 불꽃을 흘려 넣었다.

——?!

열기를 느끼고 자이언트 헤라클레스는 황급히 날개를 펼치려고 했지만, 이미 늦었다.

"으라아아아아아아아아아아아."

부드러운 배 부분에 대검을 있는 힘껏 휘둘렀다.

"큐게에에에에에에에에에에에에에."

자이언트 헤라클레스가 단말마를 내지르며 몸부림쳤다.

배 밑에 있다가는 으스러질 테고, 그 이전에 무언가 알 수 없는 의문의 액체가 쏟아졌기에 곧바로 도망쳤는데…….

"제대로…… 됐나?"

내가 배 밑쪽에서 빠져나와 호흡을 가다듬는 동안에, 싸우던 자이언트 헤라클레스는 뒤집혀서 더는 움직이지 않았다.

"해냈어, 린트 군!"

"배 쪽에만 상처가 있으니까 저것도 납품에 충분할지도 모르겠어요."

"그런가."

어쨌든 무사히 쓰러뜨려서 다행이다.

"고마워, 카게로."

"큐쿠우우우우우우우."

기쁜 듯 울고 빙의를 단계적으로 풀었다.

가라앉아 있던 의식을 떠올리며 카게로와 내 감각을 분리했다.

"이걸로 A랭크 수준이야! 린트 군."

"확실히 A랭크를 상대로 싸웠구나, 나는……."

그렇게 생각하면 굉장히 큰 성과로 보였다.

"자이언트 헤라클레스는 A랭크 모험가가 되기 위한 등용문으로 일컬어지니까요."

"그런 거야……?"

"거구, 애당초 통상적인 무기로는 손상되지 않는 외피, 게다가 일격필살의 집게를 겸비해서 공포심을 부추기는 용모……. 어느 것에 대처하더라도 A랭크로서 활동하는 교두보가 되고, 이것을 전부 갖춘 모험가는 거의 없어요."

"그렇구나……."

듣고 보니 확실히 적당한 상대일지도 모르겠다.

"그래서 이 퀘스트인가……."

"응응! 퀘스트를 하나 하면 랭크가 하나 올라갈 정도로는 성장해야 하니까!"

"잠깐잠깐, A랭크는 너무 과하고 그런 식이라면 다음이 한계잖아?"

A랭크 위에 S랭크, 거기서 끝 아닌가.

"냐하하."

기세로 넘어가는 빌레나와 교대하듯이 리리가 힐을 걸며 이렇게 말해주었다.

"다시금 수고하셨어요, 주인님. 카게로."

"큐쿠―."

"고마워. 하지만 바로 다음으로 갈 거잖아?"

받은 의뢰는 많고 바론과 싸울 때까지 날짜도 한정되어 있다.

너무 느긋하게 진행할 수는 없다고 생각했는데…….

"한번 플레멜로 가지 않겠어요?"

"플레멜…… 별의 책인가!"

"그것도 있고, 주인님도 거점을 가지시는 건 좋다고 생각해서요."

"거점……?"

"오, 좋네! 당장 가자가자―! 길을 타고 가면 금방이니까!"

"어…… 뭐, 괜찮은데 잡아당기진 마, 정말로 찢어지니까!"

"냐하하. 찢어져도 리리가 붙여주면 괜찮아!"

"그런 엉망진창인 소릴…….."

결국 빌레나에게 끌려가듯이 자이언트 헤라클레스들의 거목을 뒤로했다.

어쩐지 남아 있던 자이언트 헤라클레스들이 다정한 표정을 짓는 것처럼 보인 기분마저 들었다.

◇

　자이언트 헤라클레스의 숲은 수도에서 서쪽으로 이동한 곳에 있었는데, 플레멜은 이곳에서 북동쪽으로 가야 한다. 최단 루트는 수도를 가로지르는 것이지만 역시나 눈에 띄고, 모처럼 인기척 없는 곳에서 길도 기를 펼 수 있을 테니까 조금 우회하는 형태로 플레멜을 향해 날아갔다.

　"이대로 북상하면 신국인가."

　"그래요. 숲을 빠져나간 곳에 툭 하니 존재하고 있어요."

　길의 고도 문제도 있겠지만 지금은 아직 나무들밖에 안 보였다.

　"바론이 있다면 이 부근일지도 몰라요."

　"……그렇구나."

　"걱정하지 않아도, 아무리 드래곤 슬레이어라는 바론이라도 날고 있는 드래곤을 갑자기 습격하진 않으니까요."

　"그렇다면 좋겠는데."

　어쨌든 알고 있는 같은 랭크의 샘플이 빌레나와 리리니까 말이지.

　특히 빌레나였다면 기분에 따라서 격추시키려고 해도 이상하지 않을 테니까…….

　뭐, 지금 빌레나는 플레멜로 가는 게 기대되는 모양이니까 바론도 그런 기분은 아니기를 기도하자.

　"후후. 린트 군 집, 기대되네―."

　"그러네요."

두 사람이 살짝, **밤의 얼굴**이 된 것 같았지만 플레멜을 향하여 하늘의 여행을 즐기고 있었다.

◇

"다녀왔어요."

"여기가 린트 군의 집인가—!"

두 사람을 데리고 집 안으로 들어갔다. 다행이다, 오래 나가 있었는데도 안은 무사했나보다. 수도로 나간 시점에서 돌아올 생각도 별로 없었다고는 해도 애착은 있으니까.

뭐, 훔쳐 갈 것도 없고 애당초 낡은 오두막이니까 말이지…….

걱정할 게 있다면 부랑자의 거처가 되어 있지는 않을까, 그 정도였지만 괜찮은 것 같았다.

"주인님의 집만 묘하게 숲에 가깝고 마을에서 먼 것 같은데요……?"

리리의 의문은 지당했다.

그 덕분에 길을 쉬도록 둘 장소도 곤란하지 않을 정도니까.

그리고 숲 근처에서 오도카니 생활하던 것에는 이유가 있었다.

"이러는 편이 안전했으니까."

"무척 고생하셨군요……."

저 랭크이자 테이머라는 이중고를 짊어진 내게는 집만이 마음 편히 쉴 수 있는 장소였다.

괴롭힘이 심했다고는 하지만 굳이 쫓아오면서까지 습격할 정도로 상대측에 의욕은 없었다.

집이 있는 장소가 숲에 가까운, 보통은 사람이 다가오지 않을 법한 장소였던 것이 다행이었다.

"그럼 이 집은 특히 가족과의 추억이라든지 그런 건……."

"없어없어. 계속 혼자였다고."

가족이 죽을 때까지 어떻게 지냈는지는 이미 떠올리는 것도 어려울 정도였으니까.

정신이 들었더니 이 낡은 오두막을 거점으로 생활하고 있었다. 지금 생각하면 아마도 플레멜의 길드 마스터인 쿠엘이 이래저래 손을 써주었던 거라고 생각한다.

"알겠어요. 그렇다면 사양 않고, 깨끗하게 만들어버릴게요."

"어—, 고마워."

리리가 그렇게 말하니까 가벼운 기분으로 부탁했다. 리리가 기도를 올리는 포즈에 들어갔다.

"어?"

잠깐만. 기도를 올리는 포즈……?

골절 정도라면 숨 쉬듯이 고쳐버리는 리리가 굳이 기도를 올리는 모습에 좋지 않은 위화감은 느꼈다.

하지만 이미 말릴 틈도 없이 영창까지 완료되어버렸다. 방 청소 따위에 성녀가 기도를 올리고 영창까지 필요할 리가 없다.

"대체 뭘…… 아니, 어어어어어어?!"

두두두두, 우리가 있는 오두막이 우리를 태운 채로 움직이기 시작했다.

"주위에 집도 없는 곳이라서 다행이네."

"아니 뭐, 그건 그렇다지만 어? 무슨 일이 벌어지는 거야……?"

창밖을 봤더니 놀랍게도 어째선지 숲의 나무들을 내려다볼 수 있을 높이까지 방의 위치가 쑥쑥 올라가고 있었다. 우리 집, 단층이었을 텐데……?

"주인님의 집이니까 이 정도는 해줘야 해요."

"아니아니…… 뭔가 흘끗 보였지만 바깥, 성처럼 되지 않았어……?"

"냐하하! 저택이야! 린트 군!"

빌레나는 태평하게 웃고 있었다.

"언젠가는 역사에 이름을 남길 거라고요? 집은 중요해요."

"아니……."

이름을 남기나……?

빌레나와 리리는 이미 이름을 떨치고 있지만…… 아니 뭐, 함께 하는 이상 나도 그걸 목표로 할 필요가 있나.

아니지아니지, 지금은 그런 이야기가 아니다. 멋대로 집을 성처럼 만드는 게 문제다.

"앞으로도 주인님의 테임을 축으로 파티 멤버는 늘어날 테니까 거점으로 삼기에는 좋겠다고 생각해요."

"테임으로 늘리는 게 전제구나……."

"귀여운 아이가 늘어나면 좋겠네!"

그건 뭐…… 아니아니, 이 이상 인간이나 아인에게 손을 대는 건 위험하지 않나……? 아니, 하지만 파티 멤버를 생각하면 필요한 걸까…….

어쨌든 뭐, S랭크 파티를 목표로 하는 이상 사람이 늘어나는 건 그런가.

"여길 거점으로 삼는다는 건 좋은데…… 그건 그렇고 넓네……."

"이건…… 흙 마법? 많이 익혔구나."

빌레나도 감탄한 모양이었다.

"성 속성의 응용이에요. 재생 마법 부류겠네요."

"성 마법은 정말로, 리리가 사용하면 뭐든 되겠다고 여겨지는 데…….."

실제로도 뭐든 되겠지…….

"길이 잘 수 있는 장소도 만들었으니까 나중에 불러주죠."

듣기로는 아무래도 옥상에 길을 위한 공간까지 있는 모양이었다. 굉장해.

"뭐, 집 안의 물건은 조금씩 갖추면 될까."

"일단 집이 어떻게 되었는지 대충 확인하고 싶네…….."

머릿속을 정리하기 위해서라도.

"애당초 우리가 있는 원래의 이 오두막 말인데…… 뭔가 전망대처럼 되었단 말이지."

자세히 보면 원래 낡은 오두막이었던 이 방도 무척 깨끗해져 있었다.

장소로 따지자면 중심부, 그리고 최상층에 위치해서 전망이 좋은 방이 되었다.

아니 이거, 땅바닥까지 통째로 오두막을 들어 올리고 아랫부분에 방을 늘린 건가.

"저희는 딱히 지상과 거리가 있어도 신경 쓸 것 없으니까 일단 전망이 좋고, 위치도 높고, 조금이라도 추억이 있는 이 방을 일단 현관으로 삼아 거점으로 쓸 수 있다면 해서."

"그렇구나."

본래의 저택이나 성으로 비유한다면 감시대나 수비용 대기소 같은 장소로 보이지만, 직접 탐색하는 경우도 포함해서 기능성이 좋은 방일지도 모르겠다.

길이 쉴 수 있을 정도인 옥상의 안뜰로 직접 연결되어 있다는 것도 편리했다.

이 방이 현관이기도 한가. 뒷문같이……?

"도구가 들어 있지는 않지만 조리실, 식당, 침실, 집무실, 회의실, 응접실…… 1층에는 대목욕탕을, 지하에는 감옥이랑 저장고로 쓸 수 있는 공간도 들어 있어요."

"호화로운 저택이네……."

놀라운 비포 애프터였다.

"실제로 전부 둘러본다면 시간이 걸리겠어……."

"그럼 일단 침실로 가자!"

수납 주머니를 꺼내며 빌레나가 말했다. 틀림없이 뭔가 갖고 있겠지…….

"갈까요."

"응."

이론은 없으니까 밑으로 내려가기로 했다. 그보다도 이제는 어떤 구조인지 모르겠지만 복도만으로도 원래 오두막보다 넓다고……?

"도착했다—! 여기가 침실이지?"

빌레나가 리리에게 물으면서 뒤적뒤적 무언가를 꺼냈다. 수납 주머니에 뭔가 들어 있었나 보다.

"침대인가요."

"커다래……."

세 사람이 자더라도 충분히 여유가 있는 거대한 지붕 달린 침대가 방 한가운데 자리 잡고 있었다.

그리고 이 방, 어째선지 방에서 훤히 보이는 샤워 룸까지 붙어 있었다. 무슨 취향이야?

"린트 군. 이거, 써볼래?"

"내가 사용하는 것보다 사용하는 모습을 보는 거 아닌가……?"

"냐하하. 그럼 말도 나온 김에 써볼까, 리리."

"그러네요. 괜찮을지도 모르겠어요."

스르륵 옷을 벗기 시작하는 두 사람. 이렇게나 당당하게 벗으니까 내가 오히려 두근대고 말았다.

순식간에 빌레나의 탄탄한 몸과 비교적 큰 가슴. 리리의 압권 그 자체인 폭유가 눈앞에 아낌없이 드러났다.

"그럼, 린트 군은 봐줘—."

"후후. 만들어놓고서 그렇지만 조금 부끄럽네요."

그러면서 두 사람이 훤히 보이는 샤워 룸으로 들어갔다.

"이거, 좋은 게 있어!"

"아, 수도에서는 하던 버블 봄이네요!"

"응! 거품이 있지! 이렇게 나와서!"

"후후, 서로 씻겨주자고요."

꺄꺄, 두 사람이 온몸에 거품투성이가 되어서 노는 모습을 밖에서 바라본다. 당연히 아들이 불끈불끈 커졌다.

그리고 유리 너머로 빌레나가 나를 바라봤다. 유리에 몸을 대면서 도발했다. 가슴이 짓눌려서 이쪽으로 보였다.

『여기로 올래?』

유리에 거품으로 그렇게 적는 빌레나. 목소리도 들리는데 굳이 그런 걸 한단 말이지……. 그동안에도 유리에 짓눌린 가슴을 손으로 들어 올리거나 리리의 가슴을 만지며 도발을 거듭했다.

"자자, 리리도 하자!"

"잠깐, 이건…… 부끄러운 게……."

"냐하하. 좀 더 부끄러운 걸 해줄게!"

"어…… 꺅?! 잠깐, 빌레나?!"

빌레나가 리리의 몸을 뒤에서 들어 올렸다.

무릎 뒤로 손을 넣고서 들어 올렸으니까 이쪽으로 다리를 잔뜩 벌린 상태가 되었다. 리리의 이것저것이 훤히 보였다.

"잠깐! 이건 아무리 그래도……."

"가리면 안 돼─. 서비스니까."

"세상에……."

손을 써서 어떻게든 사타구니 부분만이라도 가리려는 리리를 재주 좋게 방해하는 빌레나.

그러면서 이쪽으로 다가왔으니까 리리 역시도 끝부분만 가슴이 짓눌린 상태로 사타구니를 벌린 광경을 드러내게 되었다.

『이리 와.』

다시 한번 유리에 적는 거품 메시지에는 곧바로 답했다.

옷을 벗어던지고 거품투성이인 샤워 룸으로 들어가자 곧바로 빌레나가 뛰어들었다.

"냐하하! 즐기자! 린트 군."

"갑작스럽단 말이지?!"

들어오자마자 하반신으로 달려든 빌레나의 머리와 귀를 쓰다듬으며 어떻게든 대답했다.

"후후…… 정말…… 부끄러웠어요………… 주인님."

"좋은 경치였습니다……."

감사를 건넸다.

샤워 룸 안은 밖에서 보던 것보다도 넓고, 또한 밑은 매트 같은 소재로 되어 있어서 넘어져도 아프지 않았다. 처음부터 이런 일을 위해서 만든 것 같은 구조였다.

그런 생각을 꿰뚫어 봤는지 내 것을 입에 문 채로 빌레나가 이렇게 말했다.

"응…… 리리는 있히, 모르는 헉하히만 야하니까."

"말할 때 정도는 입을 떼면 될 텐데."

기분 좋으니까 고맙지만…….

"그런 거 아니니까요!"

흉악하고 거대한 무기를 물컹 들이밀며 입술을 삐죽이는 리리. 귀엽다.

"그런 것도 좋아하니까."

"그건 기쁘지만…… 아뇨! 그래서야 제가 여전히 그런 사람인 거잖아요! 정말!"

그러면서 빌레나에게 물린 상태인 나를 목욕탕에서 쓰러뜨리고…….

"알고 있나요? 빌레나. 주인님은 여기가 약하거든요."

"리리…… 뭘? 응?!"

벌러덩 위로 쓰러진 상태에서 다리가 들려 올라가고, 리리는 주저 없이 애널에 혀를 넣었다.

"오, 정말이다. 딱딱해졌어!"

츄웁 소리를 내며 빌레나가 입을 떼자…….

"어…… 으응?!"

"에헤헤. 어때? 더블 애널 핥기."

"어떻기는…… 윽…….

"후후…… 주인님, 귀여워."

두 사람이 사타구니 너머로 내 것을 연신 핥는다. 그러는가 싶더니 그대로 혀가 올라와서 두 사람이 교대로 애널, 구슬, 그리고 내 분신을 공들여서 핥고는 돌아갔다.

"주인님, 슬슬 넣고 싶지 않나요?"

"우리도 원정 중에는 참고 있었으니까, 더는 못 참을지도."

혀를 날름거리며 두 사람이 말했다. 물론 대답은 예스였다.

"제안을 좀 하겠는데, 나만 애널을 공략당하는 건 불공평하니까 두 사람도 해보지 않을래?"

"“어……?”"

두 사람은 당황했지만 이럴 때에 어디부터 공략하면 되는지는 이미 배웠다.

"리리는 엉덩이도 약할 것 같으니까 반응을 보고 싶지 않아?"

"그러게!"

"잠깐? 빌레나……?! 그런 건 준비가…….."

"무슨 소릴 하는 거야, 정화 마법으로 바로잖아."

"그건 그렇지만요……. 아니, 어째서 네 발로 엎드리게 만들고……."

빌레나를 부추기면 일이 척척 진행된다는 건 알고 있었다. 그건 그렇고 정말로 성 마법, 편리하네.

"간다?"

"그런 걸 갑자기…… 응엇."

뭔가 굉장한 목소리가 나왔다.

"커다……래…… 하아…… 응?! 아앗……!"

"오—, 그렇게나 좋은 거야, 리리?"

"주인님한테는…… 응…… 듣고 싶지 않았는데…… 아앗."

찌를 때마다 리리한테서 천박한 목소리가 흘러나오는 것이 살짝 버릇이 될 것 같았다. 게다가 평범하게 하는 것보다 조여서…….

"리리, 이대로 싸도 돼?"

"예?! 그건…… 그게…… 앗…… 치사……해요…… 지금 묻는 건 앗."

"괜찮다는 말이야! 가버려—!"

평소에는 끼는 피임 도구도 없지만, 목욕탕이고 게다가 애널이니까…….

"간다."

"응?! 아아아아아아아아아아아아."

두근두근 맥박 치는 감각이 있었다. 리리 안으로 흘려 넣는 감각…… 리리는 이제 엉덩이만 높이 들고 힘이 들어가지 않아서 쓰러져 있지만…….

"다음은 나야."

빌레나가 아무런 주저도 없이 가슴에 내 것을 끼우며 날름날름 핥았다. 그렇게 했다가는 아직 한 번밖에 안 간 내 아들은 또다시 임전태세에 들어가고…….

"올래……?"

빌레나가 정상위 포즈 그대로, 한 손으로 애널을 벌리듯이 유혹했다.

"나는 리리처럼 모르는 척 안 하니까, 잔뜩 적셔서 준비했으니까…….."

확실히 리리는 욕조의 거품뿐이었지만 빌레나는 아마도 슬라임 로션으로 풀어둔 모양이었다. 그걸 생각하면 리리는……. 뭐, 지금은 됐다.

"으앙…… 하아아아아아아."

넣은 것만으로 빌레나가 웬일로 허리를 펄쩍 들었다.

"빌레나도 애널, 약하잖아요!"

"눈앞에서 보고만 있어서 그런 거라고 생각…… 히얏…… 잠깐, 리리?!"

리리가 빌레나를 위에서 덮듯이 앞쪽 구멍을 혀로 공략하기 시작했다.

"잠깐…… 응…… 아앗!"

"빌레나도…… 날름…… 천박한 목소리를 주인님께 들려주면, 된다고요!"

"잠깐…… 안 돼…… 응?! 린트 군도 지금 움직이지 말…… 아아아아아아아아아아아."

리리의 공략, 그리고 보면서 기다렸던 덕분에 평소보다 쉽게 느끼는 빌레나를 마구 찔렀다.

평소에 그 누구도 손을 댈 수 없을 만큼 강하고 자유분방한 빌레나가 지금은 내게 당하고만 있다는 게 또 흥분을 부추기고…… 게다가 리리의 혀가 이따금 내 쪽까지 뻗어왔다.

"간다……."

"나……도…… 아앗."

"빌레라는 이미 몇 번이나 간 게…… 응?! 잠깐……!"

"이런 곳에 엉덩이를 내밀고 있는 게 잘못이야!"

"히야앗…… 정말…….."

"앗…… 하아…… 아앗."

두 사람의 공방도 격렬해졌다. 리리의 커다란 가슴 끝을 붙잡고 나도 리리를 공략했다.

"응…… 잠깐…… 주인님?! 저는 이제…… 히얏."

리리는 쉽게 느껴서 귀엽다.

기왕이면 이대로 셋 다…….

"간다!"

"응…… 핫……."

"하앗…… 예…… 으응…….."

서로의 사타구니를 정신없이 공략하는 두 사람. 빌레나를 찌르고 리리의 가슴을 연신 공략해서…….

""아아아아아아아아아아아아아.""

두 사람 다 그대로 쓰러지듯이 목욕탕에서 힘이 빠졌다.

"하아…… 하아…… 굉장했어…….."

"목욕, 좋네요."

"리리가 좋았던 건 엉덩이 아니었어?"

"……정말이지."

얼굴을 붉히면서도 부정하지 않는 리리를 보고는 또 하자고 마음속으로 맹세했다.

◇

"좋─아! 별의 책을 가지러 가자─!"

어제 그만큼 했는데도 날이 밝자 빌레나는 이미 기운이 넘쳤다.

"주인님, 살짝 기운이 나는 마법이에요."

"가벼운 주술처럼 말하지만 이거, 상급 힐이란 말이지…….."

외부에 부탁한다면 이것만으로도 그야말로 어제까지 이곳에 있던 오두막 정도는 여유롭게 살 수 있는 금액을 요구하겠지만…… 뭐, 새삼스러운 이야기네.

"자, 아직 있다면 좋겠지만……."

"괜찮을 거라 생각하지만요. 금세 없어질 것 같다면 빌레나의 감이 작동했을 테니까요."

그렇게 말하면 그런 것 같기도 했다.

"그건 그렇고, 주인님께서 지금 별의 책을 본다면 어떻게 되어 버릴지 벌써부터 기대되네요."

"애당초 별의 책이 뭔지 영 모르겠지만. 이상한 지도서라고 생각했으니까."

내 말에 리리가 조용히 대답해주었다.

"신의 서책, 현자의 유산…… 다양하게 호칭이 있지만, 역사상의 인물 가운데도 이 서책에 영향을 받은 사람은 많을 테죠."

"빌레나한테도 들었는데, 정말로 터무니없는 물건이었구나……."

어째서 그런 곳에 아무렇게나 버려져 있었을까.

"저희도 페이지를 모아서 완성했는데, 주인님은 서책으로 완성된 물건이었나요?"

"아니, 띄엄띄엄 있었어."

"그럼 남은 부분도 찾아야겠네—!"

그러고 보니 사이에 비어 있던 부분, 뭐가 적혀 있었을까. 아마도 다양한 몬스터의 공략법이 실려 있었을 것 같은데……. 그렇게 생각하니 어쩌면 카게로도 조금 더 편하게 테임할 수 있었을지도 모르겠다.

"큐쿠—?"

"뭐, 지금 귀여우니까 됐나."

얼굴을 내민 카게로를 쓰다듬어주자 기쁜 듯 내게 달라붙었다.

"들으면 들을수록 불안해지니까 빨리 회수하고 싶네. 그런 귀중한 물건이라면."

"괜찮겠지. 그건 보는 눈이 있는 사람만 읽을 수 있으니까."

"그런가……?"

"응. 아마도 린트 군이 내가 가진 걸 봐도 제대로 이해 못 할 거라고?"

빌레나가 실제 서책을 팔랑팔랑 펼쳐서 보여줬다.

"응—…… 정말이야. 무슨 이야긴지 모르겠어……."

"나는 스르륵 머리로 들어오는데 말이지."

빌레나가 말했다.

"저도 이건 읽을 수 없었어요. 뭐, 반대로 제 것도 빌레나가 못 읽었으니까 알았지만요."

"그렇구나."

"그리고 뭐, 그런 건 보통은 믿고 쓰는 사람이 적을 테니까요."

"냐하하. 평범한 가르침을 무시한 엉망진창 이론이 가득하니까. 별의 책을 읽을 수 있더라도 이걸 해보자고 생각하는 시점에서 이미 제대로 된 게 아니거든."

빌레나가 말하니까 설득력이 굉장하다.

리리도 이렇게 덧붙였다.

"황당무계하게 보이는 내용도 많이 포함되어 있지만 애당초 별의 책은 필요로 하는 인간 곁에 어느샌가 나타난다는 이야기마저 있으니까, 별의 책과 만난 시점에서 엮이는 운명이었을 테죠."

　나는 그것밖에 몰랐을 뿐이지만 말이지⋯⋯. 뭐, 됐나. 그보다 기억을 되짚는 와중에 신경 쓰이는 것이 있었다.

"그러고 보니 읽을 수 없는 종이가 몇 장인가 있었을지도 모르겠네."

"정말?!"

"별로 기억은 안 나지만⋯⋯ 아마도."

거기까지 말한 참에 빌레나가 더는 참을 수가 없다는 듯 움직였다.

"어쨌든 가자─!"

"가는 길도 모르잖아!"

허둥지둥 빌레나를 앞장섰다. 길한테 부탁할 정도의 거리도 아니니까 오늘은 도보였다.

집 앞에서 숲의 나무들을 누비며 나아갔다. 주위에 인기척도 없고 몬스터의 기척도 없었다. 안심하고 있었더니 빌레나가 지루하다는 듯 중얼거렸다.

"아무것도 안 나오네."

"이런 곳에 빌레나나 리리를 상대로 맞설 몬스터가 있었다면 너희랑 만나기 전에 내가 죽었다고⋯⋯."

F랭크였던 내가 드나들던 숲의, 그것도 입구다. 이런 곳에 그런 몬스터가 나왔다면 버틸 수 있겠느냐는 상황이었다.

"그건 그렇고 인기척도 없네요."

"입구가 맞은편의 길드 쪽에 있고, 이쪽은 채집할 것도 몬스터도 없으니까 보통은 안 오거든."

"그런 곳부터 들어왔다는 건……."

"뭐, 이것 덕분에 벌이를 뺏기지 않고 넘어갔으니까."

별것 없다고는 해도 채집할 약초류나 위험이 적은 생물은 있긴 있다.

저 랭크 테이머였던 내게 저쪽 입구로 드나드는 건 이상한 몬스터에게 도전하는 것보다 훨씬 위험한 일이었다.

"플레멜, 벌이가 괜찮은 곳이기는 하지만 정말로 치안이 나쁘구나……."

"확실히…… 이 부근에서는 가장 거친 사람들이 모이는군요."

태어난 곳이었으니까 의식한 적도 없었지만 수도로 나가고서 알았다. 플레멜의 치안은 이상할 만큼 나빴다.

수도에서 말하는 슬럼가 중에서도 깊은 곳과 같은 상황이 일상이었으니까 말이지……. 잘도 살아왔다고 생각한다.

뭐, 부모도 친척도 없이 그저 노예 신세를 피하기 위해서 모험가 일에 매달렸으니까 내게는 특히 혹독했다는 이야기도 있을 테지만.

모험가 따윈 애당초 나와 마찬가지로 살기 위해서 어쩔 수 없이 하거나, 플레멜에 모인 거친 자들처럼 그것밖에 할 수 있는 일이 없거나. 그런 패턴이 많은 것 같긴 했다.

"모험가의 마을, 이니까 말이지. 플레멜은. 목숨을 거는 일이니까 평범하게 살 수 있다면 뭐, 그다지 되고 싶은 직업도 아니겠지만."

"나는 되고 싶어서 됐지만."

"제 경우에는 이걸 위해서 성녀를 한때 그만뒀으니까요."

두 사람은 정말로 레어한 케이스라고 생각하지만 뭐, 이런 게 위로 올라가는 인간일지도 모르겠다며 납득되는 부분이 있었다.

"뭐, 저희 같은 타입이 소수라는 건 알아요."

"하지만 말이지, 모험가 일을 잘만 하면 귀족 따위보다도 훨씬 더 버니까."

"S랭크라도 된다면 성녀 지급액보다 컸으니까 말이죠."

"굉장한 이야기네……."

다만 뭐, 성녀의 지위와 명성을 일단 내팽개치고서라도 되고 싶으냐면 그렇지 않다고 대답하는 사람이 많을 거라고는 생각하지만.

"슬슬 도착인가?"

"응, 저기 보이지?"

조금 앞쪽에 무너진 돌이 뿔뿔이 흩어져 있었다. 저게 입구다.

처음 봐서는 알아보기 어렵지만 이야기를 들으면 알 수 있는, 그 정도 모습이었다. 그렇게 생각했다.

"어? 아무것도 없는 것처럼 보이는데……."

"어?"

확실히 쓰러진 나무나 다른 것들이 너저분하게 굴러다니기는 해도, 먼저 듣고서도 빌레나가 놓칠 것 같지는 않았다.

"리리는?"

"듣고서야 처음으로, 그런 느낌이네요."

대화를 나누면서도 걸어왔으니까 이미 지하로 이어지는 계단이 보일락 말락 할 정도까지 가까워졌는데도 이랬다.

"제 생각이지만, 주인님과 별의 책이 공명하고 있는 거겠죠."

"공명……?"

"테이머의 책과, 아마도 다른 서책도 있다는 유적과 상성이 좋을수록 잘 보인다. 그런 이야기일까요."

"그렇구나…….."

그러는 사이에 입구에 다다랐다.

"여기야."

"뭐, 들어가보자—!"

"그러네요……. 불을 밝힐게요."

리리가 한마디 중얼거리는 것만으로 주변 일대에 빛이 넘쳐났다.

편리하네…… 마법. 매번 횃불을 붙여서 어떻게든 빛을 확보하던 것이 그리웠다.

"킁킁…… 응. 생물이 모여드는 곳의 기척도 없어."

"냄새로 알 수 있는 거야……?"

빌레나의 수인다운 면모를 또 하나 엿본 기분이었다.

"빌레나가 다른 사람 앞에서 그걸 하는 건 드물거든요."

"냐하하. 무심결에……?"

"후후. 좋은 일 아닌가요? 마음을 허락한 사람 앞에서만 그런 모습을 보여주니까요."

귀여운 구석이 있다고 생각했다.

수줍음을 감추듯이 혼자 앞장서서 걷던 빌레나가 조금 앞에서 소리를 높였다.

"우와…… 이거 뭐야."

뒤를 따라가자…….

"이건…… 그때는 이런 곳까지 보진 않았는데……."

"고대 문자일까요……?"

넓지 않은 외길을 만드는 벽에 빼곡히, 무언가 글자가 휘갈겨져 있었다.

"게다가 이건…… 피, 겠지?"

빌레나가 가리킨 곳에는 혈흔이 보였다. 흩뿌려진 피가 군데군데 글자를 가렸다.

"리리, 읽을 수 있겠어—?"

"으—음…… 중요한 부분에 피가 들러붙어서…… 이건 위에서 떼어내도 아래에 있는 글자까지 벗겨질 것 같네요."

리리는 당연하다는 듯이 고대 문자를 해독할 수 있는 모양이었다.

"오. 뭐라고 적혀 있어—?"

"별의 책의 숫자, 행방, 목적…… 그런 내용이에요."

"그거…… 굉장한 정보 아냐?"

이렇게나 S랭크 모험가들이 직접적으로 엮여 있는 서책의 행방을 알 수 있다면, S랭크 파티를 목표로 나아가기에 중요한 지침이 될 것 같다.

"그래서, 그래서! 어디에 있는 거야! 몇 개나 있는 거야?!"

빌레나가 잔뜩 신이 나서는 리리에게 물었지만, 리리는 조용히 고개를 가로저었다.

"그런 알고 싶은 정보가 깔끔하게 가려져 있어요."

"그런가……."

어쨌든 뭐, 나아갈 수밖에 없나.

길은 한 줄기다. 헤매지 않고 계속 나아가서 금세 목적지인 가장 깊은 곳까지 다다랐다.

허물어진 제단 같은 것이 보이지만 목적은 그 앞에 아무렇게나 흩어진 서책 파편들이다.

"오랜만에 왔는데…… 이렇게나 엉망진창이었구나."

횃불의 한정된 빛과 다르게 주변 전체를 비추는 리리의 마법 아래에서 보니 난잡함이 두드러지게 보였다.

테이머의 별의 책을 주워들었다.

"어라? 이쪽은 다른 거야?"

"응? 그건 뭔가 이렇게, 아까 빌레나가 본 거랑 같을지도 모르겠네."

어지러워서 무엇이 적혀 있는지 모를 상황이었다.

"그럼……."

빌레나와 리리는 그 종이를 살펴보기 시작했다.

나는 일단 보이는 범위에서 테이머의 책만을 계속 주워 모았다.

자연스럽게 다른 내용들이 남았다. 참고로 언뜻 봐서는 이전에 본 저속한 서책은 사라져 있었다.

누가 들어왔나……? 뭐, 길드에는 보고했으니까. 들어와서는 저속한 것만 줍고, 가치를 판단할 수 없는 이쪽 내용만 남겨놓았다면 있을 수 있는 일이었다.

"이제는 서책이라기보다 퍼즐이네요……."

"처음부터 뿔뿔이 흩어져 있었으니까 이게 보통이라고 생각하는데."

"그건 그렇고 이렇게나 뿔뿔이 흩어져 있는데도 딱 알아낸 거, 굉장하네."

"주인님은 간단히 하고 있지만 저희로서는 차이도 알 수 없으니까요."

두 사람의 이야기를 들으며 나는 주워 모으는 작업에 집중했다.

내가 제외한 읽을 수 없는 종이를 주워든 리리가 소리 높였다.

"아, 이건 아마도 고대 마법과 관련된 기록이 있는 것 같아요."

"읽을 수 있어?"

"술술 읽히는 내용은 아니지만 단편적으로 아는 단어가 있다, 그런 상황일까요."

"그렇구나……. 일단 테이머 책과 아닌 걸로 나눠서 챙겨두는 편이 나을까?"

"그렇게 하자."

두 사람에게는 어느 쪽이든 영문 모를 종이니까 내가 할 수밖에 없었다.

무의식중에 읽어 들이려고 하는 기분을 꾹 참으며 테이머의 책을 모았다.

◇

"이걸로 전부일까."

"페이지는 갖춰졌어?"

"아니, 아마도 부족할 거야."

모을 때에 머리에 들어온 내용은 조금씩 틈이 있었다. 읽는 방법의 문제를 제하더라도 일부 페이지가 없는 것은 틀림없는 모양이었다.

"그렇구나! 그럼, 일단 나가자—!"

빌레나를 따라 밖으로 나가서는 바로 옆의 나무 밑에 셋이서 앉았다.

"오오…… 정말로 안 보이게 됐네."

신기하게도 그만큼 명확하게 장소를 알고 있던 유적의 위치가 흐려지듯이 더는 알 수가 없었다.

아무리 그래도 들어갔다가 막 나왔으니까 알긴 알겠지만 존재감은 완전히 사라진 것이었다.

"이런 거였나……."

"주인님께도 안 보이게 됐군요."

"응."

신기한 기분이었다. 애착이 있는 장소인 만큼 조금 쓸쓸한 느낌도 들었다.

감상에 잠긴 사이에 빌레나가 갑자기 이쪽으로 뭔가를 던졌다.

"린트 군! 자!"

"어."

빌레나가 던진 것은…….

"다이너마이트 프루트?"

"응. 그때 딴 거."

"어째서 이걸……."

빌레나는 리리에게도 마찬가지로 건네고 자기도 얼른 먹기 시작했다.

"그렇구나……."

리리도 먹기 시작했으니까 일단 먹어뒀다.

맛있기는 한데……? 뭐지……?

"리리. 할 수 있지?"

"맡겨주세요."

뭘…… 하고 말할 틈도 없이, 리리가 손에 들고 있던 남은 다이너마이트 프루트가 빛을 내기 시작했다.

잠시 하얀 빛을 계속 발한 뒤, 들고 있던 다이너마이트 프루트는──.

"싹……?"

"자자. 린트 군 것도!"

"어어……."

빌레나가 들고 있던 것도 합쳐서 리리의 마법으로 새싹 세 그루가 완성되었다.

"이걸 말이지, 저기에 심자."

"다행히 주인님의 집 바로 옆이니까요. 정기적으로 여기 와서 이렇게 맛있는 과일을 먹는 것도 괜찮을 것 같아요."

"둘 다……."

배려해준 건가.

두 사람이 들고 있던 새싹을 받아서 확실히, 이제는 거의 장소를 알 수가 없게 된 유적에 표식을 놓듯이 심었다.

"고마워."

다이너마이트 프루트는 어디서나 자랄 수 있는 게 특징이다. 틀림없이 이곳에서도 잘 자라주겠지.

나는 죽을 뻔한 상대이기는 하지만 이곳이라면 군생하지 않고, 오히려 모험가들에게도 위험보다 이익이 많은 존재가 되겠지.

"냐하하. 그래서, 뭔가 적혀 있었어?"

쓸데없이 어두운 분위기가 되지 않도록 배려한 것인지 빌레나가 명랑하게 화제를 바꾸어줬다.

"잠깐만. 지금 확인할게."

차분한 자리에서 읽으려고 생각했지만 나도 내용은 신경이 쓰였으니까 바로 봐버리자.

"빌레나. 저희 것도 같이 꺼내두면 부족한 페이지의 내용을 보완할 수 있을지도 몰라요."

"오. 그럼 오랜만에 읽어볼까—."

내가 그러모은 종이와 씨름하는 사이에 두 사람도 별의 책을 꺼내어 읽기 시작했다.

셋이서 각자 나무에 기대어서 한동안 집중했지만…….

"안 되겠어. 생각했던 것보다 더 부족해."

"이런."

내가 전부 읽는 것과 동시에 두 사람 모두 고개를 들었다. 계속 기다려준 거겠지.

"내용은 테이머의 전설, 테이머의 마음가짐, 테이머의 비법, 수행 방법, 몬스터에 따른 테임 방법 등인데 이미 아는 내용이 많았어. 중요한 수행 방법 중에서 알 수 있었던 건 하나뿐이야."

"그래도 하나는 알았구나!"

빌레나는 항상 전향적이다.

"어떤 내용이었나요?"

"서책에는 자신을 알아라, 라고 적혀 있었는데…… 요컨대 다양한 상대를 테임해 보라는 이야기였어."

처음에는 신뢰할 수 있는 몬스터와 마음을 통해라, 라고 적혀 있었지만…….

"테임하는 몬스터의 질과 양을 각각 높이는 트레이닝이겠죠."

"질과 양, 인가."

"질은 주인님의 경우에 이미 더 이상 없을 정도니까 양에 도전한다면……. 그 결과 어떻게 될지는 적혀 있었나요?"

"페이지가 조금 비어 있었지만 높아진 테임 능력은 지금 있는 종마에게 환원된다는 이야기였으니까, 아마도 다들 강해질 거야."

"오―! 좋네좋아!"

강해진다, 그 말에 빌레나가 반응했다.

"뭐, 그런 의미에서는 다음으로 가려는 퀘스트의 작열개미는 딱 적당할지도."

"그러네요."

곤충 계열 중에서도 수가 많은 개미가 상대라면 여기에 적혀 있는 트레이닝으로서는 최적이다.

"별의 책도 회수했으니까 이만 갈까?"

작열개미가 사는 사막 지대는 나라를 가로질러서 남쪽으로 갈 필요가 있다고 생각했는데…….

"주인님, 가자로 함께 가주실 수 있을까요?"

"가자……?"

들은 적이 있는 것 같기도 없는 것 같기도 한 이름에 고개를 갸웃거렸다.

"플레멜로 온 또 하나의 목적은 이거예요. 감정사가 가자에 있는데…… 가자의 노파, 라고 하면 아실까요."

"아! 점술사라는!"

"예. 하지만 그녀의 본업이 바로 저희가 원하는 감정사예요."

가자의 노파.

백발백중이라 일컬어지는 점술사로 플레멜에서도 자주 들은 이름이었다.

플레멜 주변에는 가자를 비롯해서 다수의 마을과 도시가 있다. 중심이 되는 것이 변경백 가문인 비하이드 직할 영지. 대분류로 따지자면 플레멜도 가자도 비하이드령이기는 하지만…… 아마도 관리하는 것은 좀 더 지위가 낮은 귀족이었을 것이다.

뭐, 그건 제쳐놓고. 가자의 노파는 가자를 중심으로 돌아다닌다고 해서 그런 이름이 붙었는데, 만나는 것만으로도 몇 년이나 예약을 기다려야 하는 존재였을 텐데.

"두 사람이 그럴 정도니까 무척 굉장하겠네."

"그건 안심해!"

"주인님의 스킬에 대해서는 한번 봐두고 싶었는데, 가자의 노파를 제외한다면 테임 이외의 스킬이나 레벨까지는 볼 수 없겠죠."

감정은 감정사의 레벨에 따라서 볼 수 있는 것이 다르다.

가장 간단한 것으로는 기초 스킬을 하나 알 수 있을 뿐인 수준부터 현 시점의 스테이터스만이 아니라 성장 한계를 전망할 수 있는 수준, 앞으로 취득 가능한 스킬의 조건을 알 수 있는 수준까지 있다고 한다.

평생을 살아도 감정이라는 것을 받을 기회가 있으리라고는 생각한 적도 없었으니까 말이지…….

"후후. 주인님, 긴장하셨나요?"

"어째선지 리리가 끌어안았다.

"긴장……일까?"

"스킬도 스테이터스도 전부 알게 되니까요……. 그건 다시 말해서, 지금의 자신은 이 정도라고 밝혀지는 것이기도 해요."

"그렇구나……."

그렇게 생각하면 무서운 이야기다.

"통상적으로 감정사는 그걸 알고 있으니까 모든 결과를 감정 상대에게 이야기하지는 않지만, 주인님에 대해서는 전부 제대로 정보를 털어놓을 거라고 생각하니까요."

"괜찮아. 바론에게는 전혀 이길 수 없을 것 같다면 이길 수 있을 때까지 단련시켜줄 테니까!"

빌레나의 그런 적당함이 어째선지 든든했다.

그렇구나. 바론에게 이기겠다는 목표 이상으로, 빌레나와 최강의 파티를 만들자는 목표가 있는 것이다. 현재 상태를 확인하는 건 중요하겠지.

현재 파티의 약점은 틀림없이 나다. 약점을 보완해서 파티를 강하게 만든다. 틀림없이 이것을 반복한 끝에 있는 것이 S랭크 파티일 테고, 빌레나와 목표로 하는 최강의 파티일 터.

"리리, 롬 할머니는 어느 쪽에 있어?"

롬 할머니라는 게 가자의 노파인가.

가자 주변에 있다는 건 알아도 한곳에 머무르는 게 아니라고 그러는데, 리리는 장소를 파악하고 있나보다.

"방향은 저쪽일까요. 길한테 돌아가는 것보다 빠를 테니까 뛸까요."

"린트 군, 따라와."

두 사람을 따라간다, 그것만으로도 무척 큰일이지만…….

"카게로, 부탁할게."

"큐쿠―."

빌레나의 신호에 맞추어서 곧바로 정령 빙의를 실행했다. 역시나 속도로는 따라오지 못하는 큐르케는 정위치인 주머니에 들어가도록 했다.

"좋아! 출발―!"

"가죠."

두 사람이 목소리를 남기고 숲속을 뛰어갔다.

이것저것 퀘스트를 하는 동안에 단련한 성과일까. 그 모습을 놓치지 않고 어떻게든 따라갈 수 있었다.

"후후. 굉장해! 린트 군. 제대로 따라올 수 있게 됐어!"

"꽤나 봐주고 있는 거잖아?!"

말을 할 여유 따윈 거의 없지만 일단 대답했다.

"그래도 만났을 무렵에는 생각도 못 할 일이잖아!"

"그도 그런가……."

막 만났을 무렵에는 그야말로 감정을 받아봐야 아무런 의미도 없지 않았을까 싶을 정도다. 지금이니까 이렇게 함께 있을 수 있고 감정을 받을 가치가 있겠지.

"이쪽이에요."

"냐하하! 힘내, 린트 군!"

카게로의 힘을 눈과 다리로 집중해서 어떻게든 따라갔다.

이동만으로도 상당히 의미 있는 수행이 되진 않을까 생각했다.

"주인님, 저희는 당연하게 달리고 있지만 S랭크가 된 모험가라도 모두가 이 스피드에 따라올 수 있는 건 아니에요."

리리의 말은 의외였다.

그리고 그 말에 담긴 의미를, 빌레나가 알기 쉽도록 이렇게 축복해주었다.

"어서 와. S랭크의 풍경에."

태어나고 자란 땅의 숲을 달려가며 그런 말을 들은 탓인지, 집중하고 있는데도 살짝 앞을 보기가 힘들어졌다. 간신히 나도 다시 태어나기 시작한 걸지도 모르겠다.

◇

"도착했어—!"

달린 것은 시간으로 치면 순식간이었을 것이다. 하지만 시간 이상으로 많은 것을 생각할 수 있었던 충실한 시간이었을지도 모르겠다.

"여전히 소란스럽구나. 너희는."

가자 지역의 촌락 중 하나. 그다지 번창하다고는 할 수 없는 마을의 오두막에 그 노파가 있었다.

바쁘다고 들었는데 달리 손님은 없었다. 리리가 시간을 잡았다고는 생각하지만 어쩌면 우리가 올 것을 꿰뚫어 본 게 아니냐고 생각하게 만드는 신기한 분위기가 그곳에는 있었다.

"롬 할머니! 오랜만—."

"나를 그렇게 부르지 말라고, 정말! 롬미르라는 귀여운 이름이 있으니까 말이다."

그 나이에 귀엽다는 것도 말이지. 그런 생각이 들 정도로 주름투성이에 등도 굽은 보기에도 노인다운 노인이지만 힘은 느껴지는구나…….

"너냐. 린트라는 건."

"응."

"흐흥. 이런 사나운 말이랑 말괄량이 성녀의 고삐를 단단히 붙잡은 테미러. 좀처럼 볼 수 없는 모습이 아니냐. 기대했다고."

히죽 웃는 노파, 롬미르. 리리가 사전에 이것저것 전해둔 모양이었다.

"얼른 와라. 보여주마."

그러면서 롬미르는 오두막 안쪽을 향해, 의자에 앉았다.

책상 위에는 그럴듯한 수정 구슬이 놓여 있었다. 수정 구슬을 사이에 두고 맞은편에 앉았다.

"좋아. 그럼 시작한다……."

다음 순간. 수정이 일곱 빛깔로 빛나기 시작했다.

"오오……."

"이 정도로 놀랄 일도 아니야. 어디…… 놀라고 싶은 건 나다. 이 스킬은 대체 뭐냐……."

"주인님의 스킬은 어땠나요?"

"어땠어어땠어?!"

"정말로 시끄러운 계집애들이구나! 본인보다 먼저 들이대지 말라고, 정말!"

스테이터스까지 수치화하는 방법도 있기는 있다지만, 이에 대해서는 카게로 빙의를 점점 강하게 만든다면 크게 바뀐다고 해서 주로 스킬 쪽을 봤는데…….

"거기 나오니까 물러나라."

롬미르가 그렇게 말하자 수정을 통해서 벽으로 빛이 새어나왔다. 비친 벽에 내 스킬이 표시되었다.

● 테임
한계 돌파

●엑스트라 보너스
(존재 진화 촉진 종마 강화 종마 한계 돌파 종마 공감 자기 강화 신뢰 강화)

"한계 돌파라니……?"

"미안하군. 나로서는 미처 측정할 수가 없었다는 소리야."

"굉장해! 린트 군!"

빌레나가 어깨를 안고서 마구 흔들었다.

"뭐가 굉장한 건지 모르겠는데……."

"롬 할머니의 감정 스킬은 4S예요. 그걸로 측정할 수 없었다는 건 그 이상이라는 의미예요."

"그야말로 터무니없는 괴물을 데려왔구나, 또."

내 테임에 그런 힘이 있나……?

"어지간히도 숙련도가 높구나."

"엑스트라 보너스가 굉장하네요……. 존재 진화 촉진, 종마 강화, 종마 한계 돌파…… 이거, 저희가 한 것처럼 테임하면 강해진 다는 정보가 나돌았다가는 사람들이 밀려들겠어요."

"냐하하! 린트 군은 역시 굉장해!"

"아야아야! 힘 조절 좀 해줘!"

끌어안고 휘두르는 빌레나를 떨쳐내려고 하며 말했지만 힘이 약해질 기미는 전혀 없었다.

"종마 공감까지는 알겠는데…… 자기 강화라는 건 뭐야……?"

"자기 강화와 신뢰 강화는 네 힘이 늘어난다는 의미다."

롬미르가 대답해줬다.

"내 힘……?"

"그래. 종마가 강해진다, 강한 종마를 거느리면 그만큼 너도 강해진다. 이건 의외로 알려지지 않은 테임의 기본 특성인데 말이지. 너는 그게 더욱 강해진다는 의미다."

"신뢰 강화라는 것도?"

"종마와의 관계치가 깊으면 깊을수록 서로가 힘을 낼 수 있게 된다. 이것도 기본 특성인데, 굳이 엑스트라 보너스가 될 정도야. 보통은 아니겠지."

"그렇구나……."

너는 영문을 모르겠지만 어쨌든 굉장하다는 건 알았다.

"자, 재미있는 걸 봤구나."

"벌써 가려고?"

"그래. 한곳에 머무르면 좋지 않은 기가 흐르지."

"그게 롬 할머니가 강한 비결인가요?"

"젊음의 비결이기도 하고."

"별로 맞지는 않는 것 같네."

실례되는 빌레나를 가볍게 한 번 쿡 찌른 뒤, 롬미르가 일어섰다. 어느샌가 수납 주머니에 의자도 책상도 수정 구슬도 집어넣었다.

"네 힘은 네가 생각하는 것 이상으로 크다."

"그렇구나……."

"난 말이야, 강한 힘을 가진 아이를 몇 사람이나 봤지. 하지만 강한 스킬을, 높은 스테이터스를 가지고서도 금—새 죽어버리는 아이도 자안뜩 봤다."

보기에도 오래 산 롬미르의 말은 무거웠다.

"동료를 만드는 게야."

"나 때랑 같은 소릴 하네."

"그야 그렇지. 너도 마찬가지야. 너도."

"예."

빌레나와 리리에게도 마찬가지 충고를 건넸다.

"동료는 말이야, 그저 함께 있을 뿐인 상대여서는 안 돼. 자신을 막아줄 강하고 강한 동료가 필요하지."

"강한…… 동료인가."

아마도 단순한 강함의 이야기만이 아니고, 또한 단순한 강함의 이야기이도 하다고 느꼈다.

"뭐, 너희의 경우에는 그대로 잘 하겠지."

"맡겨둬!"

빌레나가 기운차게 대답을 했다.

"그럼 조만간에 또 얼굴을 비춰라. 내가 죽기 전에 말이야."

"아직은 괜찮을 것 같네요."

"말은 잘 하는구나. 그럼."

그렇게만 말하고는 바람이 지나갔다.

다음으로 눈을 떴을 때에는 이미 롬미르는 사라진 뒤였다.

어쩌면…… 저 할머니도 상당히 강할지도 모르겠다.

"자, 린트 군! 조금은 자신이 붙었어?"

"가자의 노파, 롬미르가 측정이 불가능한 스킬을 가진 인간이라니. 온 대륙을 뒤져도 좀처럼 없으니까요."

눈앞에 두 사람 있으니까 실감은 희박하지만 흥분을 감출 수 없는 것도 사실이었다.

"실감은 아직 없지만, 하지만 할 일은 정해져 있으니까."

엑스트라 보너스에서 본 내용은 설명을 들었더니 별의 책과 일치하는 항목뿐이었다.

테임 실력을 기르면 사역마의 힘이 커지고 결과적으로 내 힘도 커진다.

강한 종마를 만든다는 과제는 클리어한 것이다. 숫자를 소화한다는 과제를 클리어했을 때에 어떻게 될지, 나 역시도 기대되었다.

성장

"더워……."

"길이 있던 곳보다 덥네."

왕국 남부의 사막 지대. 엄밀하게 따지면 왕국의 영지가 아니라 아무도 관리하는 사람이 없는 땅이다.

길이 있던 곳도 화산 지대였으니까 서 있는 것만으로 대미지를 입을 만큼 더웠지만, 이곳은 또 다른 더위가 있었다.

건조하고 햇살이 강한, 사막 지대 특유의 찌르는 듯한 더위였다.

"마도구로 어떻게든 된다고는 해도, 그렇게 오래 있고 싶지는 않네."

"그러네요."

더위나 추위를 포함해서 환경 적응을 위한 소모품은 고가니까.

"여기서 작열개미 퀘스트와 붉은 보옥 납품 퀘스트도 할 수 있던가."

"예. 붉은 보옥은 이 부근의 몬스터를 사냥하면 나오니까요."

"알았어."

그래도 우선은 작열개미겠네.

"작열개미 여왕 납품…… 그것도 산 채로 말이지."

"예. 아무리 생각해도 귀찮은 퀘스트니까 떠넘긴 부분도 있겠지만…… 주인님 이상으로 적임자가 없다는 것도 뭐, 사실이겠죠."

"그렇겠지……."

작열개미는 일개미라도 사람 어린아이 수준의 사이즈가 있다. 여왕개미는 본 적은 없지만 평범한 개미의 비율을 생각하면 자이언트 헤라클레스 수준의 사이즈다. 그걸 산 채로 가져오는 건 무척 어렵겠지.

"여왕개미만 테임해서 데려가면 되겠지만 그럴 수도 없겠지……."

게다가 그 방법으로는 테임의 트레이닝이 되지 않는다.

"괜찮아괜찮아! 린트 군이라면 개미집을 통째로 테임해버릴 수 있다고!"

"간단히 말하지 말라고……."

뭐, 하지만 해야만 하는 것이다. 각오를 다지자.

여기서 도망쳐서 자신이 강해질 기회를 놓친다면 바론에게 이길 수는 없을 테니까.

◇

작열개미의 집은 이윽고 발견했다.

애당초 더운 곳에 자신이 있는 카게로가 후각을 유감없이 발휘해준 덕분이었다.

"큐쿠—!"

"잘했어. 장하네."

쓰다듬어주자 기쁜 듯 데굴데굴 구르며 응석을 부렸다. 꼬리를 붕붕 흔들었다.

그리고, 문제는 지금부터다.

"역시나 조금 저항감이 있네……."

동굴 정도 사이즈의 구멍에서 드나드는 거대한 개미들.

한 마리씩 각자 사람 어린아이 정도 사이즈로, 실제로 지금 눈 앞에 있는 개미집의 입구도 들어갈 생각만 있다면 우리가 들어갈 수 있는 사이즈였다.

카게로를 경계해서 그런지 조금 전보다 바쁘게 움직이는가 싶더니, 그대로 개미집 입구에서 가만히 뭉치기 시작했다.

"주인님의 테임 허용량을 시험할 수 있겠어요."

"보이는 것만으로도 수십 마리는 있었으니까 말이지……."

하나하나가 C랭크 이상이라 일컬어지는 몬스터를 수십, 개미집 안에 얼마나 있을지 모르니까 자칫하면 수백을 단숨에 테임해야만 하나…….

작열개미는 집에서 나오지 않지만 실제로 전투가 시작되면 무수한 일개미가 우리를 둘러싸겠지.

"다른 개미를 죽이지만 않으면 될 거라고 생각해요."

"그러기를 부탁하고 싶어."

통상적인 테이머는 테임할 수 있는 허용량이 정해져 있는 것으로 취급되고, 별의 책에 따르면 이 테임의 허용량은 몬스터와의 신뢰 관계와 깊은 관계가 있다고 한다.

통상적인 테이머는 몬스터를 스킬로 제압하니까 허용량이 한정되지만, 신뢰 관계가 깊어진 몬스터에게는 허용량을 거의 소비하지 않는다는 이야기였다.

신뢰 관계에 따라서 테임 허용량이 변한다면 적대하는 몬스터를 강제적으로 굴복시키는 것은 어렵다. 어렵다는 건 알지만…….

"그래도 이번에는 어느 정도 힘으로 누를 필요가 있나."

이건 트레이닝이고, 애당초 개미와 신뢰 관계라니 어떻게 맺으면 되는지도 모르겠고…….

"단독으로는 C랭크 상위 정도로 강하지만 위험도는 A랭크. 전투가 벌어지면 숫자로 덮쳐드니까요."

"단번에 테임하지 못한다면 개미 먹이가 되는구나……."

"자자, 해보고 안 된다면 전부 내가 박살 내줄 테니까—!"

"최악의 경우에는 머리카락 하나에서도 재생할 테니까요."

"그건 더 이상 성 마법이 아닌 것 같아……."

굳이 따지자면 어둠 마법으로 보이는 부류라고, 그거…….

"뭐, 여하튼 주인님의 순수한 테임의 힘을 시험할 수 있고 단련할 수 있다는 의미네요."

이제 와서 무슨 소리를 해봐야 어쩔 수 없으니 할 수밖에 없나.

"그래도 적어도 상대의 모습이 보이지 않으면 어렵겠는데."

"아, 그럼 내가 도와줄게!"

"어……?"

내가 생각하는 것보다도 먼저, 빌레나가 움직여버렸다.

"다녀올게—!"

"잠깐잠깐 빌레나."

"늦었어요. 주인님."

어느샌가 거리를 벌리고 떨어져 있던 리리가 그렇게 말했을 때에는 이미, 빌레나가 땅바닥에 주먹을 내지르고 있었다.

S랭크 격투가의 일격. 지면이 흔들리고 아무것도 없었던 사막에 한 줄기 균열이 생겼다.

"큐고오오오오오오오오오오오오오."

"오— 왔다왔어. 그럼 이제 열심히 해봐, 린트 군."

"지금부터 스타트하는 거야……?!"

다른 개미를 죽이지 않는다면 될 거라는 이야기는 뭐였어?! 처음부터 적의가 가득하잖아!

아니, 빌레나 나름대로 힘을 조절했는지 언뜻 봐서 죽은 개체는 없는 모양이지만…….

부서진 지면에서 나온 무수한 작열개미에게 둘러싸였다. 거대한 턱을 빨갛게 빛내며 이쪽을 노려봤다.

"너희는 가능한 한 상대하고 싶지 않네……."

카게로를 두르고 일단 거리를 벌려서 대응했다. 무슨 일이 있어도 우선은 큐르케로 대응하자. 카게로는 화력 조절을 실패해서 불태울 수도 있다.

"큐!"

큐르케가 소형 검을 꽉 움켜쥐고서 응해주었다.

"우선은 보이는 범위, 해볼까."

손을 내밀어 눈앞의 개미들에게 말을 걸듯이 스킬을 구사했다.

"테임!"

첫 목표는 눈앞에 보이는 세 마리였다.

"어?"

의외로 안 될 각오로 한 테임이 세 마리 중 두 마리에게 제대로 작용한 듯했다.

테임의 방식은 상대의 요구와 내 요구의 조율. 나는 어쨌든 위해를 가하지 않을 테니까 따라 달라는 요청뿐.

작열개미가 원한 것은 개별 개체가 아니라 집단으로서의 요청이었다. 자신들의 안전을 보장한다면 테임에 응하겠다는, 정리하자면 그런 의식이 흘러들었다.

"빌레나가 저질렀기 때문일까……."

작열개미들의 입장에서 보면 S랭크 모험가의 갑작스러운 습격을 당한 형태니까 말이지……. 우선은 테임을 두 마리에게 진행한 참에, 신기하게도 주위에 있는 작열개미 전부에게서 적의가 사라졌다.

"굉장해! 린트 군 정말로 이만한 숫자를 테임해버렸어?"

"아니…… 두 마리만 했을 텐데……."

실제로 지금 시점에서 어느 정도라도 의사소통이 가능한 것은 앞에 있는 두 마리뿐이었다. 다른 녀석들은 잘 모르겠지만 일단 싸울 의사가 사라진 듯했다. 더듬이 손질을 시작하거나 부서진 둥지를 수복하려고 움직이거나, 각자 자유롭게 움직이기 시작했다.

"여왕님한테 갈 수 있다면 될까."

하지만 이거, 아군으로 삼았다고 할 수 있을지 잘 모르겠다는 것에 더해서, 사기를 쳐서 여왕개미를 데려가려는 거라서 마음에 걸리는데…….

그런 생각을 느꼈는지 테임을 받아들인 작열개미가 술렁술렁 움직이기 시작했다.

뭐, 이 의뢰는 분명히 연구용으로 나쁘지 않게 대할 터였으니까 테임한 녀석도 포함해서 넘기면 될까.

"여왕개미, 혹시 데려다줄 수 있어?"

"고그그그그."

"그그그."

뭐라고 말하는지는 모르겠지만 일단 대답을 하고 개미집 입구로 들어갔다. 잠시 후에는 숫자가 부족한지 다른 개미도 불러서 부서진 개미집을 수리하며 파기 시작했다.

"린트 군, 봐봐! 뭔가 나왔어!"

"이건…… 굉장하네요."

작열개미들이 어쩐지 의기양양하게 우리를 보고 있었다.

그 뒤쪽, 안 그래도 그럭저럭 크기가 있는 작열개미들이 여러 마리 뭉쳐 있는데도 미처 가려지지 않는 거대한 빨간색 애벌레 같은 것이 꿈틀대고 있었다.

"이게 여왕개미인가."

"개미로는 안 보이네요……."

"저런 느낌이구나―."

전투 능력은 없을 테지만 만에 하나 여왕의 몸에 위해를 가하려고 한다면 금세 모든 개미가 덮쳐들겠지.

"모쪼록 아무것도 하지 말아줘."

"냐하하. 나도 알아―."

"주인님께서 서서히 빌레나를 이해해주시는 것 같아서 든든하네요."

두 사람에게 그런 말을 들으며 나는 나와준 여왕개미와 마주했다.

"뭐, 테임을 걸어볼까."

──테임.

"뭐야…… 윽……?!"

무수한 개미들의 사고가 밀려드는 감각이 나를 덮치고 한순간 현기증을 느꼈다.

"괜찮으세요?!"

"어……."

금세 진정되고 여왕개미의 의식이 겹쳐졌다. 여왕이란 이름에 부끄럽지 않은 모성이 느껴졌다.

"조건은 전원의 안전 확보, 인가……."

전부 데려갈 수 있을까……?

"테임, 됐어?"

"아니…… 전원의 안전이 확보된다면 응하겠다고 그러는데……."

"주인님. 이걸."

그러면서 리리가 수납 주머니에서 거대한 상자를 꺼냈다. 작은 주머니에서 거대한 상자가 나오는 건 몇 번을 봐도 신기하네…….

"이건?"

"길한테 묶어둘 수 있도록 개량한 운송 컨테이너예요. 여기에 들어가면 안전하게 옮길 수 있어요."

"그렇구나."

여왕의 지시로 모두 컨테이너로 이동한다면 안전을 보장하겠다고 전하자 안심한 듯, 무언가 나까지 감싸듯이 테임에 응했다.

"오오……?"

여왕개미를 테임한 순간, 신기한 감각이 몸을 덮쳤다.

"이건…….."

"큐그고고고."

"고고고고."

"큐고고."

여왕을 테임한 것만으로 모든 작열개미가 테임된 것처럼 정확하게 움직이기 시작했다.

"곤충 몬스터는 개개의 의식보다 집단으로 산다고 별의 책에 적혀 있었는데, 이런 의미였나…….."

"그건 그렇고, 시켜놓고 뭣하지만 정말로 전부 테임해버리다니…….."

"역시 린트 군 굉장해—!"

모여든 작열개미들의 숫자는 내 예상을 넘어서 백 이상. 한 마리씩 테임하려고 했지만 이미 테임된 취급이었다.

여왕개미의 테임이 이 녀석들 전원의 테임과 같은 의미였던 걸 생각하면, 확실히 허용량이라는 의미에서는 상당한 부담이 걸렸다고 생각한다.

"빌레나랑 리리, 강해진 감각 같은 건 있어?"

"그러네요…… 풀 파워를 내보지 않고서는 모르겠지만…….."

"아, 그럼 마침 붉은 보옥 회수도 있으니까 이 부근에서 살짝 날뛰어 보——."

빌레나가 말을 꺼내려던 참에, 갑자기 지면이 흔들리는 것을 느끼고 카게로를 빙의시켰다.

"뭐야?!"

발밑의 지면이 솟아오르나 싶더니 기세 좋게 몬스터가 튀어나왔다.

"자이언트 데스 웜?!"

빌레나가 이 부근을 엉망진창으로 만든 영향이 이런 곳에서 드러난 모양이었다.

당연히 두 사람도 반응했지만 위치 관계상 가까웠던 내가 대응했다. 돌아오지 못하는 초원의 주인인 B랭크 몬스터, 드워프 데스 웜보다도 위험도가 높은 상대였다.

"큐르케!"

"큐!"

첫 공격은 큐르케로 대응하여 흙 속에서 펼쳐진 돌진 공격을 튕겨냈다. 정말로 든든한 파트너다.

"카게로! 간다!"

"큐쿠——."

자세가 무너진 자이언트 데스 웜에게 단숨에 접근해서 카게로의 불꽃을 실은 주먹을 내질렀다.

"그갸가아아아아아아아."

그것이 자이언트 데스 웜의 단말마가 되었다.

"후우……."

다행이다. 사막 지대는 정말로 뭐가 튀어나올지 알 수 없구나…….

"린트 군! 굉장해! 강해졌구나!"

"어……?"

그 말을 듣고 깨달았다.

"아……."

"후후. 작열개미를 테임한 효과, 제대로 있었잖아요."

확실히 그랬다.

자이언트 데스 웜은 위험도 B+ 몬스터. 그런 상대의 기습을 탐지하고 쓰러뜨리는 기예…….

"큐르케도 카게로도 강해졌어. 그만큼 린트 군한테도 제대로 반영됐고."

"그러네요. 마지막 공격은 빌레나와 함께 행동한 결과겠죠. 이 정도 상대라면 맨손으로 싸울 수 있지 않았을까요."

그런가……. 나는, 강해졌구나.

아직 상대는 B+. 실제로 싸울 상대는 S랭크 수준의 바론이다. 안심할 수 있는 상황이 아니다.

하지만 그래도 자신의 성장을 실감할 수 있다는 것은 기뻤다.

"그기기."

"그고고."

어째선지 작열개미들이 칭찬하듯 내 주위로 모여들었다.

"후후, 주인님은 정말로 종마들이 빨리 따르네요."

그런가……. 자이언트 데스 웜은 그들에게는 적대하는 몬스터 중 하나였다. 게다가 지금은 여왕이 무방비하게 지상에 모습을 드러낸 상황이었다.

작열개미는 숫자로 대항하니까 일방적으로 유린당하지는 않더라도 자이언트 데스 웜이 상대라면 피해는 피할 수 없을 정도의 역학 관계인 듯했다.

"이 아이들을 데려가면 상당한 전력이겠는데."

"그건 참아줘."

지금부터 이동하는 것만으로도 무척 큰일이니까……

"자, 그럼 남은 건 붉은 보옥이었지! 몇 개였더라?"

자이언트 데스 웜을 재주 좋게 해체하며 빌레나가 말했다.

그녀의 손에는 목표인 붉은 보옥이 들려 있었다.

보옥은 상위 몬스터들한테서 얻을 수 있는 희소 부위. 모은 마력이 결정화된 것이다.

무척 귀중할 테니까 일단 하나를 손에 넣은 것은 행운이었다.

"앞으로 세 개예요. 이 부근의 몬스터를 300 정도 쓰러뜨리면 세 개 정도 모은다는 계산이네요."

"그럼 백 마리씩인가!"

빌레나가 즐겁게 선언했다.

하지만 이번에는 드물게도, 두 사람의 의도를 내가 막아서는 모양새였다.

"아니, 그쪽으로는 아마도 괜찮을 거야."

"어?"

이대로 이야기가 진행되면 이렇게 서 있는 것만으로 힘겨운 환경에서 몬스터를 백 마리 쓰러뜨리고 해체할 때까지 돌아갈 수 없다는 서든 데스가 발생한다. 그건 피하고 싶다.

　그렇게 기도했더니 작열개미 여왕이 개미집에 보옥이 여럿 있다는 사실을 이야기한 것이었다.

　"부탁해도 될까?"

　"그고고!"

　기운차게 대답을 한 뒤에 제대로 열을 지어서 부서진 개미집으로 들어가는 작열개미들.

　"주인님의 힘은 상당하다고 생각은 했지만…… 이 정도일 줄이야……."

　보옥이 있다는 사실을 두 사람에게 이야기하자 리리가 놀라서 또다시 무언가 생각에 잠겼다.

　"우연히 이 녀석들이 가지고 있어서 다행일 뿐이잖아?"

　"아뇨……. 이런 수준의 의사소통, 애당초 작열개미를 집 전체로 테임하는 허용량, 한순간에 상대한테서 이만한 것을 이끌어내는 건 역시나 별의 책의 테이머라는 느낌이에요."

　"와. 정말로 가져왔네…… 어라? 이런 것까지……."

　"무지개 보옥……?!"

　빌레나와 리리가 놀랄 정도의 물건이 나왔다.

　"이거 하나로 붉은 보옥 천 개의 가치는 있어요! 온갖 마도구나 무기의 소재가 되는 전설급 소재예요."

　"오오……."

　리리가 흥분한 모습을 봐도 얼마나 굉장한지 알 수 있었다.

　"어째서 이런 걸……."

"물어볼까."

"물어볼 수 있구나— 굉장해!"

빌레나에게 칭찬받으며 여왕개미한테 정보를 끌어내기 위한 의사소통을 꾀했다.

다른 개미보다도 여왕개미 쪽이 끌어낼 수 있는 정보가 많은 것은 무언가 지능 같은 부분에서 차이가 있는 걸지도 모르겠다.

"알았어."

"오오! 뭐래?!"

"오로라 드래곤이 근처에 있었다는데."

"오로라 드래곤…… 세 속성 이상을 가진 드래곤이군요……."

"테임해버릴까?!"

"아니…… 이미 죽었다는 모양이야. 이건 죽어가는 오로라 드래곤의 둥지에서 우연히 가져온 거래."

"그렇구나……."

보옥은 몬스터의 에너지원도 된다고 들었는데, 이건 그들에게도 최대 수준의 물건이었나 보다. 하지만 이동한다면 어차피 버릴 테니까 가져다준 모양이었다.

작열개미의 습성상 집을 이동할 때에 비축해둔 것은 버려두고 가는 경향이 있다는 모양이라, 이동이 결정된 순간 개미집의 내용물에 대한 집착은 놀라울 정도로 사라지는 것 같았다. 그보다 움직임을 취할 수 없는 애벌레나 여왕을 옮기는 게 중요하다든지.

"그래서 뭔가 다른 것들도 이것저것 가져다준다니까, 받자."

"오오—!"

"역시 대단해요."

이후로도 속속 나오는 보물의 가치를 하나하나 리리가 계속 설명했다.

"굉장했어—! 린트 군! 개미집을 하나 더 박살 낼까?!"

"뒤숭숭한 소리 하지 마!"

그래도 S랭크 모험가인 빌레나가 흥분할 정도의 수확량이었다는 걸 생각하면, 어떤 의미에서는 효율이 좋은 이야기일지도 모르겠지만…….

"후후. 어쨌든 이걸로 일단락되었네요. 납품도 한 번 해야 하니까 갈까요."

"직접 연구소로 가져가면 되는 거였지?"

"그랬을 거예요. 길드로 가져가도 그다음에 옮기는 게 큰일일 테니까요."

연구 시설로 갔더니 여왕개미 이외에 개미들까지 데려온 것에 무척 기뻐하며 보수도 당초의 세 배가 되었다.

◇

"그 녀석들, 잘하고 있는가……. 아니, 오히려 지나치지는 않을지가 걱정될 정도인가."

수도 길드 마스터, 빌렌트가 혼잣말했다.

집무실에 쌓인 서류를 정리하면서도 머릿속에 떠오르는 것은 린트를 리더로 하는 그 파티에 대한 생각뿐이었다.

"흠…… 바론을 쓰러뜨린다, 인가. 할 수 있을까……."

기른 수염을 쓰다듬으며 하늘을 올려다봤다.

"S랭크…… 그건 어떤 의미로 평가하는 걸 더는 포기한 모험가들의 칭호다만……. 그 녀석들은 보고 있으면 이 시스템도 조금은 생각을 해봐야겠군……."

빌렌트가 생각하는 서열로 따지자면 테임 부스트를 익힌 빌레나나 리리는 이미 신화에 등장하는 영웅에 필적하는 능력을 지녔고, 그것은 S랭크 수준이라는 바론과 비교해도 큰 차이가 있음은 명백했다.

A랭크라는 최고위 칭호로는 한데 묶을 수 없었던 자를 한꺼번에 S랭크로 간주하는 제도인데, 이미 빌레나와 리리는 그 틀을 넘어섰다.

"그리고 린트 경도…… 조만간에 그쪽으로 가겠지."

빌렌트에게는 확신이 있었다.

이제까지 다수의 모험가들을 이끌었던 길드 마스터로서, 린트가 가진 모험가로서의 소질은 이상할 정도로 높았다.

"별의 책과 만나는 건 어째서 다들……. 아니, 그것이 바로 별의 책에게 선택받을 자격일지도 모르겠군."

끝내 자신 앞에는 나타나지 않았던 마법사의 책을 한순간 생각하고 고개를 내저어서 사고를 뿌리쳤다.

"생각해봐야 어쩔 수 없지."

하지만 그래도, 빌렌트도 모험가로서 이름을 떨친 실력자. 최상위인 A랭크를 넘어서 규격 밖의 칭호를 얻은 전설급 모험가였다.

자신이 도달하지 못했던 풍경을 보고 싶다며 애태우는 마음 역시도 있었다.

그렇기에 규격 밖의 범주조차 넘어서는 천재였던 빌레나와 리리를 키웠고, 이번에 린트에게 부여한 과제 역시도 그랬다.

빌레나의 폭주를 막기 위한 방편으로 빌렌트는 린트에게 싸우도록 지시했지만, 사실은 그것 역시 노리는 바이기도 했던 것이다.

그리고 그가 준비한 의뢰 역시도 린트의 성장을 최대한 서포트하는 최고의 것을 모았다.

"빌레나 녀석에게 끌려다니는 사이에 무척 강해져서……."

빌렌트가 처음 린트를 봤을 때의 감상은, 발전 가능성은 있지만 아직은 모자란 상황이었다. 여기까지는 빌렌트가 자주 보는 모험가들과 같았다.

아무리 재능이 있을지라도 갈고닦으면 빛날 원석일지라도, 갈고닦기 전에 죽는 경우가 압도적으로 많은 것이 모험가.

빌레나가 눈독을 들인 이상 살아남을 가능성은 높다고는 해도, 빌레나는 필요 이상으로 무리를 하는 구석이 있다. 따라가지 못할 가능성도 충분히 고려할 수 있었다.

"하지만…… 제대로 버텨냈다."

리리가 가입한 지금, 린트의 안전성은 현격하게 올라갔다.

지금 그 파티에서 사망자를 내려고 한다면 나라를 넘어서 그야말로…… 마왕 토벌용 용사들 같은 연합 파티를 만들어도 실현할 수 있을지 알 수 없었다.

이렇게 됐다면 이제 빌렌트로서도 기대할 수밖에 없었다. 린트가 어디까지 갈 수 있을지, 그 한계를 보고 싶다고 가슴을 두근대며 선택한 것이 세 가지 의뢰였다.

자이언트 헤라클레스라는, A랭크 모험가 중에서도 상위를 목표로 하는 이들의 등용문이라 할 수 있는 버거운 상대와의 대결.

이것은 린트에게 부족했던 정신적인 측면을 실력으로 따라잡기 위해 필요한 스텝이었다.

다음으로 작열개미. 흔하지 않은 테이머이지만 그래도 빌렌트 나름대로 테이머로서의 자질을 기르기에 가장 중요하다고 생각하여 보낸 퀘스트였다.

빌렌트의 생각대로 린트 일행은 파티로서도 큰 성장을 이루었다.

그리고…….

"빙랑과의 싸움…… 염제랑은 고전하겠지."

빌렌트가 즐겁다는 듯 웃었다.

린트가 바론에게 이기기 위해서는 어떻게든 정령 빙의의 레벨을 한 단계 올려야만 한다.

그를 위해서 선택한 것이 빙랑의 박제 납품 의뢰.

"안 그래도 A랭크인 몬스터를 상대하면서, 상위 종마인 드래곤과 염제랑이 불리한 설원 환경…… 이걸 뛰어넘을 수 있다면…….."

상상했다.

일찍이 A랭크에 다다른 테이머를 떠올리며.

"우리나라에서 S랭크 테이머가 나오게 될지도 모르지……. 아니, 그런 틀을 벗어날지도 모르겠군."

서류 확인도 진행하고 한숨 돌리는 참에 누군가 집무실 문을 두

드렸다.

"들어와라."

"실례합니다."

수도 길드는 우수한 직원이 모여 있지만 그녀는 그중에서는 중간 아래. 일은 해내지만 눈에 띄는 활약은 없었다.

"의뢰하였던 근방의 최신 몬스터 출현 정보 확인서입니다."

"흠…… 보도록 하지. 너는 일로 돌아가거라. 고맙다."

"아뇨……."

너무 우수한 직원이라면 그 너머의 목적까지 생각해버린다.

그러니까 일을 충실하게 소화하는 것뿐인 그녀를 골라서 이 의뢰를 했다.

"역시…… 바론은 자중하지 못하는 성격이로군."

빌렌트가 슬며시 웃었다.

상위 몬스터 출현율이 낮은 장소를 지도로 연결하면, 그것이 즉…….

"장소는 알아냈다. 남은 건…… 강해져서 돌아와라. 린트 경."

오랜만에 느끼는 가슴 뛰는 감각을 속으로 감추고, 빌렌트는 세 모험가들을 생각하며 창밖을 바라봤다.

◇

작열개미 납품을 마치고 돌아가는 길.

사막에서 발견한 오아시스로 돌아가고자 우리는 길을 타고 다시 한 번 그 불모지로 향했다.

"어째서 굳이……."

"냐하―. 그게 말이지. 밖에서, 그렇게나 물이 잔뜩 있고, 게다가 사람이 없는 장소는 좀처럼 없으니까 말이야―."

"그러네요……. 더워서 참을 수 없었으니까, 기왕이면 그 사막에서 기분 좋게 보내고 싶다는 건 알겠어요."

오아시스가 가까워졌을 때에는 이미 빌레나와 리리의 눈이 밤 모드로 바뀌어서…….

"길! 그냥 그대로 뛰어들어!"

"어? 어어어어어어어어어."

"그르르르르르."

──첨버―엉

거대한 물기둥을 만들며 길이 즐겁게 물로 뛰어들었다.

그 기세에 우리도 길한테서 내동댕이쳐져 물에 처박혔지만…….

"하―, 기분 좋아―!"

"그러네요."

"어째서 둘 다 알몸으로……."

오아시스에서 빛과 물을 받으며 두 사람이 균형 잡힌 나신을 아낌없이 드러냈다.

"그게 말이지, 아무도 없으니까! 이렇게까지 화려하게 드래곤이 뛰어든다면 몬스터들도 좀처럼 접근하지 않을 테니까."

"그래요. 어라? 주인님, 이미 건강해지셨네요."

"후후…… 해줄까?"

내 대답을 들을 것까지도 없이 두 사람이 내 쪽으로 다가왔다.

일어서면 물이 무릎 정도까지밖에 안 오는 장소니까 둘 다 내 발밑에 웅크려서 바지를 벗기고…….

"와아…… 이미 훌륭하네요."

"뭐, 하지만 역시 밖이니까 린트 군만 할까—?"

"그러네요. 저희는 조금 미루고……."

"그런가?"

"그게 말이지, 린트 군은 격렬하니까 아무래도 우리까지 한동안은 못 움직이게 되어버리면 무섭잖아?"

그건 확실히…… 그런 생각을 했더니…….

"에잇."

"어떤가요? 주인님."

두 사람의 가슴이 내 것을 두고 다투듯이 포위했다. 굉장한 광경이었다. 네 가슴이 하나의 그곳을 함께 떠받쳤다.

"잘 먹겠습니다—."

"아, 치사해."

빌레나의 가슴으로 들어가서 그대로 입으로 머금는가 싶더니 되돌리듯이 리리의 가슴이 내 것을 또 감쌌다.

오고 갈 때마다 두 사람의 타액이 뒤얽혔다.

"조금 움직이기 힘든가."

"젖지 않았으니까요…… 날름……."

충분히 기분 좋지만 두 사람은 아직 더 해주는 모양이었다. 어떻게 할까 생각했더니……

"어―…… 리리, 여기 좀 볼래?"

"어…… 으음?!"

빌레나가 갑자기 리리에게 딥키스를 했다.

"으응?!"

"에헤헤……."

두 사람 사이에는 가슴에 끼인 내 아들이 있었다. 꾸물꾸물 움직이는 자극도 좋지만 그 이상으로 두 사람이 교환하는 타액이 떨어져서 어느샌가 로션 없이도 윤활제로 가득해졌다.

"음…… 하아…… 정말이지, 갑자기……."

"냐하하. 하지만 그게, 움직이기 편해졌지?"

"그건 그렇지만요……. 응…… 유두가 닿으면, 앗…… 느껴버려요."

"리리는 쉽게 느끼니까."

"앗…… 안 된다, 고요? 지금은."

"나도 알아―. 오늘은 둘이서 린트 군한테 봉사구나―."

그런 대화에 들어갈 여유가 없을 만큼, 공세에 집중한 두 사람의 테크닉은 굉장했다.

"정말로, 리리는 야한 성녀구나."

"빌레나한테 듣고 싶지 않아요."

날름날름 혀로 공략하며 두 사람은 경쟁하듯 내게 계속 봉사했다.

"슬슬 갈 것 같아?"

"오늘은 일단 한 발로 만족하셔야 하니까요."

둘 다 양손으로 커다란 가슴을 움직이며 그런 소리를 했다.

솔직히 이미 한계에 가깝다······.

"그보다 슬슬 가지 않으면 내가 참을 수 없을지도."

"그건······."

그 말에 시선을 내리자 빌레나도 리리도 이미 흘러내릴 만큼 사타구니가 젖어 있었다.

그 모습을 보고서 더욱 흥분하고······.

"간다······!"

"앗."

빌레나가 반응 좋게 내 물건을 물었다. 그대로 입 안에 전부 쏟아부었다.

"하아······ 고마워······."

"응······."

입에 쏟은 것을 내게 보여주며 빌레나가 고개를 끄덕이는가 싶더니······.

"나눠줄게."

"어······ 으음?!"

그대로 리리의 입에 흘려 넣듯이 딥키스를 했다.

"음······ 으응······."

리리는 괴로워하면서도 어째선지 그것조차 기쁘게 삼키고······.

"잘 먹었습니다."

완전히 취한 표정으로 내게 미소 지었다.

그 후, 리리가 애를 태우며 이동하는 꼴이 된 것은 굳이 말할 필요도 없었다.

◇

"그래서, 다음은 빙랑……이라면 보기에도 추운 곳으로 가게 되겠네……."

수도 북서쪽 산악 지대가 다음 목적지였다.

게다가 빙랑은 그 산악 지대의 정상 부근에만 있다고 한다.

"뭐, 가보자―."

평소처럼 빌레나는 대충이었다.

"됐으니까됐으니까―! 길! 부탁할게!"

"그르르르으아아아아아아아아."

자세한 목적지는 빌레나가 아는 모양이었으니까 시키는 대로 지시를 내려서 날아갔다.

"그런데 어쩐지 둘 다 두꺼운 옷차림이 됐는데?"

보아하니 평소와 달리 복슬복슬한 옷으로 갈아입었다. 이건 이 것대로 귀엽다고 생각했더니 빌레나가 먼저 나서서 어필했다.

"귀엽지―?"

"그건 그렇지만."

"주인님…… 그게, 저는."

"물론 귀여워."

"다행이야……."

"아니, 두 사람이 귀여운 건 좋은데 내가 이대로 가는 건……."

"도착했어—!"

빌레나는 이야기를 들어주지 않았다.

"여긴……."

지금은 길 위에 있으니까 딱히 추위는 느껴지지 않지만 주위의 풍경은 온통 눈으로 바뀌어 있었다. 길 위는 마법 장벽이 있으니까 말이지.

"자! 뭐를 위해서 왔을까!"

"빙랑 박제……라는 건 아는데……."

"딩동대—앵! 그러니까 열심히 해!"

"어?"

주위에 보이는 것은 전부 초원. 그러니까 뭐, 떨어져도 괜찮겠지만…….

"어어어어어어어어어."

설마 정말로 떨어뜨릴 줄은 몰랐다.

"그엑."

눈에 푹 처박히는 모양새로 착지했다.

"춥잖아?!"

사막 지대까지는 견딜 수 있었다고 해도 이 환경은 역시나 장비의 성능으로 커버할 수 있는 범위가 아니었다.

당황한 기색으로 큐르케와 카게로가 따라와 주었다.

"큐큐—!"

"큐쿠—."

"괜찮아괜찮아."

걱정스럽게 몸을 비비는 두 마리를 쓰다듬었다. 두 마리의 체온이 기분 좋았다.

"빌레나! 갑자기 떨어뜨리면 위험하잖아요. 주인님도 스스로 뛰어내렸다면 착지할 수 있었을 텐데."

그건 조금 의심스럽지만 그런 걸로 해두자.

"냐하하. 미안해— 린트 군!"

전혀 반성의 기미가 없는 빌레나……. 뭐, 됐나. 정말로 위험한 일은 안 할 테고, 지금 그것도 장난의 범주라고 생각하자…….

두 사람의 착지를 기다리는 동안에 카게로를 쓰다듬었는데, 카게로의 모습이 이상하다는 것을 깨달았다.

"너도…… 추운 거야?"

"큐쿠."

어쩐지 기운이 없는 카게로가 면목 없다는 듯 울었다.

"여기로 온 이유는 그거예요."

리리는 천사화해서 날개를 펼치고 둥실 내려섰다.

한편 빌레나는 완전히 우격다짐이었다. 착지 직전에 땅바닥을 향해 주먹을 내질러서 풍압으로 자신의 무게를 상쇄했다. 주위의 눈을 모조리 날려버리며 내려오는 호쾌함도 리리와는 대조적이었다.

"조건, 상황에 따라서 힘을 발휘할 수 없는 경우도 있어요. 길도 이 지역은 힘들 테니까, 돌아갈 시간까지는 따뜻한 곳으로 돌려보내 두죠."

리리의 이야기를 듣고 길에게 그렇게 지시를 내렸다. 몇 번인가 걱정스럽게 선회한 뒤, 온 방향으로 돌아가 주었다.

그런가. 항상 카게로에게 의지만 할 수도 없다는 건가.

"린트 군도 춥지? 새로 산 장비는 어느 정도 내성이 있을 테지만."

"추운 건 추워……."

참을 수 없을 정도는 아니지만 움직임이 둔해진 것은 틀림없겠지.

"빙의를 해보세요. 두 사람에게 좋은 결과가 될 테니까요."

"응…… 카게로."

리리가 시키는 대로 카게로를 불렀다.

"큐쿠―!"

부르자 평소처럼 기뻐하며 내게 달라붙고, 다소는 익숙해진 정령 빙의를 진행했다.

"그 상태라면 카게로는 추위로 스테이터스가 떨어지지는 않겠지."

"어―, 확실히."

나도 편하고 카게로도 추위의 영향을 받지 않았다.

"빙의의 장점은 이런 부분에도 있는 건가."

굉장한 스킬이구나. 물론 빙의한 카게로 자신이 강하다는 사실도 틀림없이 관계가 있겠지만.

"제대로 사용할 수 있다면 카게로가 단독으로 날뛰는 것보다 몇 배나 강해지니까요."

"큐쿠우우우우우우."

강해진다는 말에 기쁜 듯 반응한 카게로.

확실히 그렇지 않고서야 빙의의 의미는 없으니까.

"어차피 바론을 상대로 빙의가 없다면 린트 군이 금방 쓰러져 버릴 테니까."

"그랬지…… 할 수밖에 없나."

추위를 막는 마도구는 발동시켰지만 두 사람의 복장과 마찬가지로 이런 쪽은 이미 감각의 문제였다. 추울 것 같은 풍경을 보면 추위는 느끼는 것이었다. 그래서 카게로의 빙의는 감각으로서 따듯해지니까 고마웠다.

"빙랑은 박제하는 경우, 어떻게 쓰러뜨리면 적당할까……."

"테임은 안 할 거야?"

"박제하기 위해서 테임하는 건 조금……."

아마도 그렇게 사용할 수는 없다. 날 위해서 죽어달라고 부탁하는 거나 마찬가지다.

내 기분을 제쳐놓더라도 야생의 생물에게 그런 요구가 통할 것 같지는 않고, 그냥 속일 수도 없다.

그 가능성이 내 머릿속을 스친 순간에 테임의 효력은 끝날 테니까.

"통상적으로는 내부 파괴 계열의 마법을 사용하거나, 빌레나의 경우에는 뇌진탕을 일으킨다든지 그럴까요."

"뭐라고 할까, 이렇게 몸 안에만 대미지가 들어가도록 『휘익 펑』 하는 거야."

빌레나의 말은 평소 그대로 전혀 참고가 되지 않았다.

"박제 건은 제쳐두고, 평소만큼의 보조가 없는 카게로를 어떻게 사용할 수 있을지에 집중하는 편이 나을지도 모르겠네요."

"어, 그런가?"

"예. 영향이 없는 건 어디까지나 스테이터스뿐. 카게로의 여유는 없어지긴 없어졌으니까, 평소와는 상태가 다를 거라 생각해요."

시험 삼아 움직여봤다.

"오오……."

"어색하네."

평소에 카게로가 어떻게 배려해주었는지 알 것 같았다. 평소의 보조 기능이 없는 나는 설산에서는 이동하는 것조차 곤란한 상황부터 시작하게 되었다.

처음으로 용의 둥지에서 같이 움직인 것을 떠올렸다.

"리리가 손을 잡아줄래?"

"그럴까요? 주인님."

"아니아니……."

그림을 생각하면 그다지 좋지 않을 것 같은데…….

"제 손을 잡는 건 싫은가요?"

"그럴 리는 없지만."

"그럼 다행이에요."

억지로 내 손을 붙잡았다.

"조금 부끄럽네요."

얼굴을 붉힌 리리는 귀여웠다. 하지만 그럴 겨를이 아닐 정도의 변화가 생겨나고 있었다.

"이건……."

"조금, 마력을 흘려 넣고 있어요. 흐름을 이해하면 조금은 파악할 수 있지 않을까 해서."

"굉장해……."

몸에 흐르는 자신의 힘과 카게로의 힘이 점점 어우러지는 감각을 느꼈다.

자이언트 헤라클레스와 싸웠을 때와 비교도 안 될 만큼 제대로 에너지가 흐르는 것을 느꼈다.

이것이 본래 목표로 해야 할, 나와 카게로의 연계일까.

"그럼 이대로 카게로의 힘을 컨트롤해주세요."

"컨트롤?"

"예를 들면 이걸 이렇게, 다리에만 실어서……."

"오오……."

리리의 도움으로 에너지를 점차 발밑으로 집중했다. 이제까지도 어떻게든 한다고 생각했는데, 이제까지 얼마나 카게로의 도움으로 컨트롤이 성립되고 있었는지 잘 알 수 있는 상황이었다.

지금은 리리의 도움으로 어떻게든 가능하지만, 나 혼자서는 또다시 힘이 폭주한 것은 틀림없었다. 한쪽 다리에 힘을 실었다고 생각했더니 갑자기 튀어 오르거나 최악의 경우에는 다리가 파열되는 경우도 충분히 벌어질 수 있을 만큼, 지금 카게로는 컨트롤이 통하지 않았다.

"우선은 제가 보조할 테니까 조금씩 감각을 익히죠."

"응……."

리리가 맞춰주는 가운데 조금씩 컨트롤을 익혔다.

익숙해지자 어찌어찌 알 수 있었다.

예를 들면 눈앞의 물건을 들어 올리고 싶을 때, 일일이 손을 앞으로 내밀어서 물건에 힘 조절을 하며 붙잡고 팔에 힘을 실어서 들어 올린다. 그렇게 생각한 적은 없겠지.

하지만 카게로의 힘을 사용할 때에는, 이것들 하나하나의 동작을 머릿속에 그리며 신중하게 사용할 필요가 있었다.

이것이 리리 덕분에 어떻게든, 손을 떼도 어느 정도의 부분까지는 의식하지 않고도 할 수 있게 된 것이었다.

"세세한 컨트롤은 카게로의 주도로도 괜찮다고 생각하지만, 다소라도 주인님이 할 수 있는 일이 늘어나는 건 괜찮다고 생각해요."

"그러네."

확실히 이것의 여부만으로도 많이 달라진다.

이제까지도 컨트롤은 충분히 했다고 생각했는데, 리리 덕분에 조금 더 할 수 있는 일이 늘어난 것 같았다.

"그러면 빙랑과 붙어보죠."

"너무 빠른 거 아냐?!"

말하기가 무섭게 리리가 어느샌가 붙잡아둔 빙랑 한 마리를 이쪽으로 던졌다.

여전히 이 두 사람은 생각할 틈을 주지 않아……!

허둥지둥 무기를 꺼냈지만 이번에는 양손검이 아니라 빠르게 대응할 수 있는 한손검으로 했다.

상대인 빙랑 역시도 무슨 일이 벌어지는지 모르겠다는 모습으로 두리번두리번 주위를 둘러본 뒤, 나를 표적으로 조준했다.

"크아아아아아아아아아아아아."

특유의 날카로운 포효를 내지르고 나를 향해 설원을 박차며 뛰어들었다.

"카게로의 컨트롤 없이 어디까지 할 수 있을까……!"

뛰어든 빙랑의 공격을, 다리에 힘을 집중해서 피했다. 그것만으로 빙랑은 놀라서 틈을 드러냈지만 나도 그걸 노려서 공격할 여유는 없었다.

"얼마나 카게로한테 의지하기만 했는지 알겠네……."

"큐쿠―."

어째선지 면목 없다는 듯이 카게로가 어깨를 떨어뜨렸다.

"힘내자."

나도 여유가 없으니까 짧게 그렇게만 말했다.

"큐!"

카게로에게는 전해졌는지 마찬가지로 짧게 대답해주었다.

어떻게든 착지하자 곧바로 빙랑의 발톱이 덮쳐들었다.

"카게로!"

"큐쿠우우우우우우!"

힘이 떨어졌다고는 해도 염제랑이 가진 힘은 절대적이다.

빙랑의 공격은 얼음 발톱을 이용하는 것. 카게로에게 조금만 몸을 맡기자 내 앞에서 얼음을 박살 내는 불 속성의 공격이 생겨났다.

"큭?!"

생각지 않은 반격에 빙랑의 움직임이 멈췄다.

이번에는 나도 땅에 다리를 대고 있었기에 추격할 여유가 있었다.

"카게로. 간다!"

"큐쿠우우우우우우!"

다시 한번 카게로의 불꽃을 검에 두르고, 텅 빈 빙랑의 옆구리를 찔렀다.

"크아아아아아아아아아아."

단말마를 터뜨리며 빙랑이 쓰러졌다.

"허억…… 허억…… 평소와 다르게 체력을 쓴 기분이야."

"후후. 수고했어."

말을 건넨 빌레나 곁에는 외상없이 붙잡힌 빙랑의 모습이 있었다.

"어떻게든 이겼지만…… 이래서는 박제로 만들긴 조금 힘들겠네……."

"큐쿠."

"빙랑 자체는 몇 마리라도 토벌 대상이니까, 연습하자."

"큐쿠―!"

"아니, 하지만 휴식은 필요―."

그런 말이 빌레나에게 통할 리는 없었다.

"팍팍 가자―!"

"크아아아아아아아아아아아아아아아."

만면의 미소로 빌레나가 붙잡은 빙랑을 이쪽으로 던졌다. 물론 멀쩡한 그대로였다.

"카게로, 할 수 있겠어?"

"큐!"

어떻게든 다시 기합을 넣고 빙랑과의 싸움에 도전했다.

◇

"죽겠어……."

빌레나의 손에 걸려든 빙랑들이 무한하게 튀어나오는 상황이 되어버렸다. 중간부터는 이제 주변의 빙랑 개체수가……라든지, 그런 걱정까지 머릿속을 스치기 시작하는 레벨이었다.

"아니…… 그런 생각을 할 여유는 없겠네……."

어쨌든 카게로와 함께 서서히 기술의 숙련도를 높이는 것에 집중했다.

그에 따라서 빙랑들에게 적지 않은 희생이 발생했지만, 이만한 수를 소화해낸 결과 간신히 어느 정도 의식하지 않고서도 카게로의 힘을 컨트롤할 수 있게 되었다.

"거기야―!"

빌레나의 목소리에 맞추어 빙랑의 정수리에 내지른 주먹.

처음에는 검을 사용했지만 아무래도 상처가 생기는 통에, 두 사람의 제안을 받아들여서 맨손으로 싸우고 있었다.

주먹은 빙랑의 머리에 타격을 가했지만 이제까지처럼 카게로의 불꽃으로 완전히 타버리거나 기세가 넘친 나머지 날아가는 일도 없었다.

무사히 컨트롤이 된 그 주먹으로, 눈에 띄는 외상도 없이 빙랑 한 마리를 확보할 수 있었다.

"해냈어……."

"만세—! 축하해— 린트 군!"

"훌륭해요. 이거라면 S랭크 수준인 바론한테도 맞설 수 있겠어요."

다행이다. 두 사람이 그렇게 말한다면, 그렇게 안심하고 그 자리에 앉았다. 쓰러뜨린 빙랑은 수십 마리에 다다랐고, 그때까지 한 번도 쉬지 않았다는 사실에 새삼스럽게 놀라움을 느꼈다.

"굉장한 집중력이었어요."

"아니…… 주변이 보이지 않았을 뿐이라고 할까……."

애당초 두 사람이 나를 쉬게 해줄 생각이 없었을 뿐이라고 할까…….

다만 뭐, 어쨌든 이것으로 빌렌트한테 받은 의뢰는 모두 달성했을 테지. 이제는 바론을 쓰러뜨리는 것뿐.

아니, 물론 그 너머에는 빌레나와 약속한 최강의 파티를 만든다는 목적도 있고, 그를 위해서라도 리리의 굴레인 신국의 분쟁을 정리해야만 한다.

하지만 우선은 나 나름대로 해내지는 않았냐고 생각될 정도로는 충실한 피로감을 느끼고 있었다.

"수고하셨어요. 주인님."

"고마워. 두 사람이 함께해준 덕분에 무척 강해질 수 있었던 것 같아."

"후후. 린트 군 덕분에 강해진 거랑 비교하면 아직 멀었으니까 말이지!"

"그래요. 간신히 주인님께서도 자신이 붙은 것 같긴 하지만, 저희가 느끼는 감사의 마음과 비교하면 아직은 더더욱, 주인님은 욕심을 부리셔도 된다고요?"

그러면서 복슬복슬한 옷가슴께를 펼치려고 하는 리리.

확 끌리기는 했지만 역시나 지금은 춥겠지.

"나중에 하자."

"어머…… 이런 쪽으로 귀여운 건 언제까지고 없어지지 않았으면 좋겠는데요……."

리리는 그렇게 말했지만 내가 앞으로 어떻게 될지라도 그녀에게 이길 것 같지는 않단 말이지. 많은 의미로.

"그럼 남은 건 바론이네—!"

빌레나가 밝은 분위기로 말했다.

빌렌트한테 보고를 해야 하나 싶었는데…….

"이미 빌렌트한테서는 바론이 어디에 있는지 알아냈다는 정보가 와 있어요."

"벌써 그런 것까지……."

역시나 수도 길드 마스터. 수완이 좋다.

"키라엠 쪽에서 쳐들어올 기척은 여전히 없는 모양이니까, 바론만 제압한다면 왕국 안의 문제는 해결이에요."

"그런가, 드디어……."

자신은 붙었다.

실력도 틀림없이 붙었을 터. 빌렌트가 고른 퀘스트, 그걸 이용한 두 사람의 지도를 거쳐서 틀림없이 강해졌다.

"퀘스트 보고로 빌렌트와 한 번 만나겠다고 그랬는데, 이대로 바론과 붙는 건가?"

"그게 말이죠. 아무래도 지금 왕국 측과 교섭 중이라고 그랬으니까 전부 정리한 다음이라도 괜찮을지도 모르겠어요."

리리는 빌렌트와 대화 중인 모양이었다.

"그럼 바론, 해치워버릴까."

때마침 길도 돌아왔다.

빌레나의 구호와 함께 설원을 뒤로했다.

멸룡 기사단장 바론. 얼마나 강한지는 모르겠지만, 아주 조금은 싸우는 게 기대되는 나도 있었다.

◇

"교황은 붙잡히고, 성녀도 적으로 돌아섰다……인가."

깊은 밤. 숲속 깊은 곳에서 홀로. 모닥불을 앞에 두고 고기를 먹는 바론의 모습이 있었다.

"후후후…… 재밌군."

조금 전에 무모하게도 바론에게 승부를 걸고서 진 몬스터의 고기를 뜯으며, 바론은 웃었다.

바로 옆에는 고깃덩어리로 변한 그랜드 베어의 시체가 누워 있었다. 위험도 B랭크 상위 몬스터인데, 바론이 싸운 것은 그중에서도 한층 크고 강한 개체였다.

그런데도 바론을 앞에 두면 전혀 승부가 안 된다. 일격에 쓰러지고 이렇게 식탁 위에 놓이기에 이르렀다.

"시케스, 있겠지?"

"예……."

"말했다시피, 쥐새끼는 그대로 두고 있겠지?"

"예…… 하지만……."

바론이 쥐새끼라고 내뱉은 것은 길드가 뿌린 조사원들이었다. 바론을 찾는 것은 아니지만 결과적으로는 그의 그물망에 걸려들게 되었다.

"괜찮다. 내버려 둬라. 그건 미끼다. 우리는 낚시꾼이지."

"낚시꾼……입니까."

통상보다 아득히 수지가 좋은 의뢰였던 것, 또한 애당초 추천 랭크가 좋은 장소의 조사였기에 조사원들은 모두 B랭크 이상의 모험가들이었지만 바론은커녕 시케스조차 그들 위에 있었다.

온 대륙을 둘러봐도 바론을 넘어서는 실력자는 지극히 한정적이다. 그렇기에 바론은 이렇게 생각한 것이었다.

키라엠파를 적대하는 성녀 일파를 이곳에서 일망타진할 수 있다고.

"그래, 낚시꾼이다. 기다리고 있으면 반드시 찾아온다. 상대 쪽에서 온 다음에 움직이면 그만이야."

"예."

시케스는 아직 교황파의 부활을 믿고서 행동하고 있었다. 교황이 나타난다면 가장 먼저 바론을 의지할 것은 틀림없었다. 이것은 성녀도 바론도, 같은 생각이었다.

그렇기에 바론은 지금은 기다리기만 하면 그만이었다. 장소를 알아냈을 성녀 일행이 이 부근에서 교황을 미끼로 자신을 불러낼 때까지.

"먹겠나?"

"아뇨, 저는……."

바론은 고기를 베어 물었다.

당연히 성녀 일행이 만만찮은 상대임은 충분히 알고 있었다. **자신과 같은** S랭크 수준인 성녀와 수인, 그리고 한 사람도 아슬아슬하게나마 시케스에게 이긴 테이며.

그래도 바론은, 승산은 있다고 생각했다.

아니, 그 이상으로 키라엠을 깊이 알고만 바론의 입장에서 선택지는 하나밖에 없었던 것이다.

키라엠은 신성한 신도(神都)에서 어느샌가 대륙 굴지의 어둠 마법 사용자가 되어 있었다. 그 진가는 타인을 희생양으로 삼아서 발휘할 수 있다는 것.

요컨대 키라엠은 신국 백성 모두를 인질로 잡은 상태로 신국의 쿠데타를 성공시킨 것이었다. 어둠 마법의 소양이 있는 바론이기에 키라엠과 적대시한다는 선택지 따윈 고를 수 없었다.

이곳에서 성녀와 교황을 데리고 돌아가면 자신의 지위는 약속될 터. 그것에 매달리는 것 말고 남은 길은 없었다. 바론은 그렇게 생각했다.

교황파 그대로 순진구무하게 역할에 몰두할 수 있는 시케스를 조금 부럽다고 생각할 정도였다.

식사를 마친 바론은 일어섰다. 몬스터에게 박혀 있던 도끼를 휘둘러서 피를 털어냈다.

"단장님……?"

"아무것도 아니다."

용건이 끝났음을 깨달은 시케스가 또다시 어둠 속으로 녹아들었다.

교황에게 길러지고 교황의 지시만으로 살아온 시케스. 물론 교황을 섬기는 이유는 그의 신앙심 때문이지만, 그래도 지시가 없다면 신의 의향 따윈 모르는 시케스에게 바론은 신국의 상징으로서 의지할 수 있는 존재이고…… 그리고…….

"무슨 생각으로…… 아니, 나는 그저 이곳에서 시키는 대로 그들을 내버려 둘 수밖에……."

밤은 점차 깊어진다.

신을 믿고 교황을 섬기는 시케스에게, 신도 교황도 버리고 키라엠에게 붙은 바론의 생각 따윈 도저히 알 수 없는 것이었다.

숲속 깊이 트인 장소.

마침 주위의 나무들이 없는 장소를 골라서 우리는 바론을 기다리고 있었다.

장소는 거의 특정되었다고는 해도 핀 포인트로 찍을 수는 없었다. 그래서 이런 수단으로 나선 것이었다.

"여기서 기다리면 오는 건가."

"예. 미끼도 가져왔으니까요."

"미끼……인가……."

"음—! 음—!"

재갈을 물리고 온몸을 칭칭 감아둔 교황이 지면에 굴러다녔다.

이것만 보면 완전히 우리가 악역 같네…….

"바론은 추기경파인데 이걸로 미끼가 돼?"

"교황파 시케스와 같이 행동한다는 정보를 파악했으니까, 시케스가 바론에게 당장 전달해주겠죠."

"바론은 그걸로 움직이는 타입이구나?"

이야기만 들었지만 사리사욕을 위해서 움직인다는 인상이 머릿속에 강하게 남아 있었다.

"예. 바론은 단독 전투력으로는 상당한 실력을 가졌고, 그에 따른 자신감도 있어요. 저는 바론과 싸운 적은 없으니까 제가 상대라도, 빌레나가 상대라도 자신의 힘을 과시해보고 싶다며 생각하는 건 부자연스럽지 않아요."

"그렇구나……."

나로서는 그다지 이해가 안 되는 세계이기는 하지만 그래도 뭐, 그런 인간이 있다는 건 눈앞의 두 사람을 보면 잘 알 수 있었다.

"게다가——."

리리가 무엇을 말하려고 하는지는 이제 나도 알 수 있었다.

"교황과 성녀의 신병은 좋은 선물이 된다, 인가."

"역시 주인님. 뭐, 저희로서도 바론과의 싸움에 앞서서 타협점을 찾아야만 하니까 이것도 필요하겠죠."

"음——! 음——음——음——음——!"

리리에게 물건 취급을 당하고서 또다시 무어라 떠들기 시작하는 교황.

"시끄러워."

——우둑

"음?!"

빌레나가 강제적으로 조용히 만들었다.

괜찮나, 저거……? 상당히 둔탁한 소리가 났는데……. 아, 하지만 아무 말도 안 하고 리리가 가볍게 힐을 걸었으니까 괜찮겠지.

"주인님은 이쪽에 집중하시면 되니까요."

"어어……."

이제는 생각해봐야 어쩔 수 없으니까 싸움에 대비해서 집중하기로 했다.

애당초 트여 있던 장소이기는 하지만 내가 더욱 싸우기 편하도록 숲의 일부를 억지로 개간하고, 장애물을 다소 남기면서도 카게로와 내가 움직이기 편한 공간을 확보했다.

"왔네."

"드디어 시작이네요."

이윽고 기사 한 사람이 나타났다.

검은색을 바탕으로 한 전신 갑옷에는 마법진으로 여겨지는 장식이 집중되어 있어서, 실용성과 외양을 겸비한 고급품임이 한눈에 엿보였다.

풀 페이스 전신 갑옷으로는 미처 가려지지 않는 강자의 오라는 이미, 그것이 기다리던 사람임을 몸으로 이해하게 만들었다.

정면에서 그런 압력을 받자 무심코 위축될 뻔했다.

"날 불러낼 줄이야."

풀 페이스 투구에서 흐릿한 목소리가 들렸다.

"오랜만이군요. 바론."

"성녀 경……."

바론은 재갈을 물려서 굴려놓은 교황에게는 흥미가 없어 보였지만, 뒤에 나타난 시케스가 크게 외쳤다.

"예하! 지금 구하러──."

"기다려라."

시케스를 막은 것은 바론이었다.

투구를 벗으며 시케스에게 지시를 내렸는데, 바론의 맨얼굴에 나는 놀랐다.

"어라? 여자?"

"아, 린트 군은 몰랐나!"

살짝 갈색이 도는 피부에 드센 눈. 환하고 긴 머리카락이 투구에서 풀려난 것처럼 찰랑찰랑 허공을 춤췄다. 다크 엘프일까⋯⋯?

"주인님, 취향인가요?"

"취향이라고 할까. 린트 군은 수비 범위가 넓으니까 말이지."

아무 말도 하지 말자.

"이렇게 보면 바론은 무척 예쁜 얼굴이구나."

"그러네요. 빌레나와 달리 햇볕에 탄 게 아니라 처음부터 피부가 저런 것도 재미있고요."

"나를 우롱하느냐! 성녀 경을 어떻게 홀렸는지 모르겠지만 나는 그렇게 무르지 않다. 성녀 경도 예하도, 돌려받겠다."

시케스 앞이라서 그럴까, 아니면 겉치레일 뿐일까. 그런 소리를 하며 도끼를 드는 바론.

"지금 당장 해방하겠다! 그리고 그분 곁으로 데려가는 것이다!"

시케스가 옆에서 "그분⋯⋯?" 하고 중얼거리는 게 보였지만 그쪽을 신경 쓸 여유는 사라졌다.

바론은 등에 진 커다란 도끼를 쳐들고서 이쪽으로 뛰어나왔다.

"⋯⋯스피드는, 빌레나 정도는 아닌가."

빌레나가 진심을 발휘했을 때와는 다르게 눈으로 좇을 수 있었다. 아니, 내게 여유마저 생길 속도였다.

"정령 빙의."

카게로를 다시 몸에 둘렀다.

숲속에서 부자연스럽게 트인 초원. 싸우기 위해서 적당한 바위나 나무들을 남겼을 텐데, 나를 향해 똑바로 다가오는 바론에게는 장애물 따윈 의미가 없는 모양이었다.

"우오오오오오오오오오오오오."

나무도 바위도, 모든 것을 쓸어버리며 장애물을 피하지 않고 일직선 최단거리로 내게 들이닥쳤다.

"린트 군, 힘내."

"우선은 쓰러뜨리지 않으면 그다음의 즐거움도 없어져 버려요. 주인님."

"정말로 너희는……."

그렇지만 여유는 없었으니까 곧바로 카게로와 의사소통을 꾀했다. 큐르케도 임전태세였다.

길은 두고 왔다. S랭크 수준인 바론을 상대로는, 길은 약점이 될 수도 있다.

내가 하늘을 날아서 싸우는 것에 익숙하지 않다면 단점이 더 크니까 집에 두고 왔다.

걱정스럽게 울며 배웅해준 길을 떠올렸다.

"질 수 없겠네."

카게로를 빙의하고 바론의 공격을 피하기 위해 땅을 박찼다. 에너지는 다리로 모두 집중했다. 처음에는 피하는 것만으로 충분하다.

S랭크 수준인 바론을 상대할 전술은 두 패턴이었다.

적이 힘을 발휘하기 전에 어쨌든 몰아붙이는 방법과 적이 나오는 방식에 맞추어서 대책을 세우는 방법이다.

바론의 성격을 아는 리리의 조언을 듣고 나는 후자를 선택했다.

◇

"바론은 뭐라고 할까, 이기기 위해서라면 수단을 가리지 않는 구석이 있으니까요······."

"수단을······?"

"예. 기습, 독, 환술····· 어둠 마법 사용자이기도 해서, 특히 바론을 몰아붙이고 만다면 이런 귀찮은 공격이 늘어나요."

"그렇구나······."

하지만 이건 바론이 몰렸을 때만의 이야기, 그렇다고 한다.

"기본적으로는 올곧은 성격이니까 본인이 호각 이상으로 싸울 수 있다고 생각하는 동안에는 똑바로 붙을 거예요."

"그럼 어쨌든 바론을 우위에 세워두면서 나는 카운터를 노려야 하나."

"선수를 치려다가는 후의 선을 쉽사리 빼앗길 테니까요. 지금 주인님이라면 상대의 수를 하나하나 끄집어내고 박살 내는 정도로 괜찮을지도 몰라요. 패턴을 알아내고서 몰아붙이죠."

그래서 초반에는 철저하게 방어만 할 생각이었다.

리리의 말을 다시 떠올리며 바론의 공격을 피했다.

"뭐냐?!"

피한다고 생각하진 않았는지 놀란 기색으로 바론이 말하며 나를 노려봤다.

"오오⋯⋯."

아니, 나도 놀랐다. 비스듬히 뛰어서 도망치려고 했더니 설마 머리를 넘어서 등 뒤까지 뛸 줄이야⋯⋯. 카게로, 기합이 너무 들어갔다.

"큐쿠—."

어깨에서 얼굴을 내민 카게로가 미안하다는 모습이어서 쓰다듬으며 착지를 위해 다시 한 번 집중했다. 다행히도 놀라서 굳은 바론은 추격하는 기색도 없었다.

아니, 추격할 수 없는 이유는 하나 더 있었지만⋯⋯.

"아, 걱정 안 해도 우리는 보기만 할 테니까."

"도적이 하는 말 따윌 신용할 수 있겠느냐!"

"도적인가요⋯⋯."

내가 등 뒤까지 뛰어넘어버리며 나와 빌레나, 리리 사이에 포위된 상황이 되었다.

빌레나와 리리와 나를 순서대로 시야에 넣으며 포위당하지 않는 장소로 후퇴, 협공을 당할 상황에서 위치를 조정하는 바론.

협공을 당하면 곤란한 것은 나도 마찬가지였지만 시케스에게 움직일 기척은 없었다. 게다가 시케스 쪽으로는 빌레나와 리리가 눈을 번뜩이고 있다는 것도 알고 있었다.

"뭐, 신용하진 않아도 상관없지만."

"흥."

빌레나와 리리를 완전히 무시할 수는 없겠지만, 두 사람은 바론을 상대로는 전혀 전의를 드러내지 않았다. 나도 놀랄 정도로 두 사람은 무방비했다. 바론이 보기에는 모두 적이니까 그쪽에서 손을 대지는 않을까? 그리 생각할 정도였다.

하지만 바론은 일단 전의가 없는 두 사람이 아니라 나를 노리기로 한 듯했다.

또다시 이쪽으로 뛰어오는가 싶더니 이번에는 들어 올린 도끼가 빛을 띠기 시작했다.

"우오오오오오오오오오오오오오오오오오오오오오오오."

빛을 발하는 도끼…… 이건 리리한테 들은 기술이다.

그대로 돌진한 바론이 도끼를 휘둘렀다.

"──윽!"

일단 도끼 그 자체를 피하는 것에는 성공했다. 다만 상대로 처음부터 직접적인 공격을 노리지는 않았다.

땅을 기듯이 빛의 격류가 내게 덮쳐들었다. 그 모습은 마치 빛의 용 같았다.

"실제로 보니 굉장하네……."

의외로 머리는 냉정하게 움직이는 모양이었다. 생각하며 카게로의 힘을 또다시 다리로 집중해서 피했다.

하지만 바론의 움직임은 그것으로 끝나지 않았다.

"흥!"

공중으로 도망친 나를 향해 커다란 도끼를 가로로 휘둘렀다.

"이건……!"

들은 기술의 응용이었다.

사정 범위 안에 나는 없지만 그 공격에도 예의 용을 실어놓았음은 틀림없었다.

"큐르케!"

"큐!"

큐르케의 작은 검이 빛을 발했다.

바론의 도끼 움직임은 역시나 그저 허세가 아니었다.

빛의 용이 이쪽을 향해 방향을 바꾸어 덮쳐들었다.

"할 수 있겠어?!"

"큐!"

검을 들고 빛 쪽으로 큐르케가 뛰쳐나갔다.

"큐우우우우우우우우우우우우우우우우."

"뭐야?! 말도 안 돼!"

큐르케가 든 자그마한 검과 빛이 만들어낸 용이 맞서며 공중에서 파직파직 불꽃 같은 마력파를 흩뿌렸다.

"큐우우우우우우!"

"윽…… 젠장!"

이긴 것은 큐르케였다.

치열한 승부에서 이겨내고 그대로 빛을 바론 쪽으로 되받아쳤다. 굉장하구나…… 큐르케.

"괴물 자식!"

"큐."

어째선지 큐르케는 득의양양했다.

"좋아. 그럼 이쪽에서 갈까."

"······그건 뭐냐."

수납 주머니에서 무기를 꺼냈다.

대도, 그것도 창에 단 것 같은 이상한 사이즈의 무기── 언월도였다.

외날의 대형 검이라는 것만으로도 양날에 익숙한 바론에게는 이질적으로 비치겠지. 하물며 그것이 자루까지 긴 무기라면 더더욱.

"간다."

"칫······."

이번에는 내가 땅을 박차고 바론을 향해 뛰어들었다.

처음부터 이 언월도 하나로 이길 생각은 없었다. 바론이 수세로 돌아섰을 때 취할 행동을 보려는 것이었다.

만에 하나 내게 무슨 일이 있었을 때, 빌레나와 리리에게 가능한 많은 정보를 남긴다는 목적도 있었다. 저 두 사람이 당할 것 같지는 않았지만 상대로 S랭크 수준의 괴물인 것이다. 리리가 모르는 기술 역시 있을지도 모른다.

그러니까 이것저것, 시험할 수 있는 건 시험해두자는 생각이었다.

"카게로!"

"큐쿠우우우우우우우!"

카게로의 불꽃을 날에 씌워서 붉게 번쩍이는 그것을 바론에게 날리러 갔다.

"물러!"

"오오……."

바론이 취한 행동에 솔직히 감탄했다. 내가 휘두른 언월도를 피하고 그대로 회전을 이용해서 날 등을 발로 기세 좋게 짓밟았다. 언월도는 지면에 깊이 박혀서 쉽게 뺄 수가 없게 되었다.

그렇다, 빼려고 하면 너무나도 충분한 틈이 생길 정도로는 지면에 깊이 박혀 있었다.

"받아라!"

"무르구나."

"뭐?!"

하지만 내 턴은 끝나지 않았다.

지면에 박힌 언월도는 곧바로 버렸다. 그건 무기점에서 받은 양산품. 바로 다음 무기로 교체했다.

"건방진 짓을……."

"다음은 양날이 있으니까."

중량이 있는 양손검으로 바꾸고 바론과 맞섰다.

이번에는 다리는 쓰기 힘들어질 텐데 과연 어떻게 나올 거냐.

또 마찬가지로 카게로의 보조를 풀로 활용하며 바론을 향해 검을 휘둘렀다.

──하지만.

"그렇게 몇 번이고 같은 수법이 통할 거라 생각하지 마라."

"오오?!"

바론은 도끼를 솜씨 좋게 사용해서, 세상에나 내가 들고 있던 양손검 날 중간으로 깔끔하게 휘둘렀다.

——까아아아아아아앙!

"굉장한 위력이네……."

손에 들고 있던 양손검은 중간 부분에 충격을 받고 그곳부터 산산이 부서졌다.

황급히 수납 주머니에서 다시 한번, 양손검을 꺼내고 자세를 잡았다.

이번 무기는 제대로 된 일품, 그렇게 간단히 부서지지는 않을 터.

"너는 마술사라도 될 생각이냐?"

바론이 도발을 날렸다.

뭐, 이렇게나 계속해서 무기를 꺼낸다면 그렇게 보일지도 모르겠네.

"간다!"

또다시 바론이 도끼를 하얗게 빛내며 뛰어나왔다.

"카게로!"

"큐쿠우우우우우우!"

카게로의 불꽃이 대검을 나선 모양으로 휘감았다.

정면으로 힘겨루기다.

"우오오오오오오오오오오오오오오."

──쩌엉

둔탁한 소리가 울려 퍼졌다.

"무거워……!"

바론의 공격을 받아보고 처음으로 알았다. 그냥 힘으로는 너무나도 차이가 났다.

"카게로! 부탁해!"

"큐쿠우우우우우우우우."

카게로의 힘을 빌려서 팔과 다리, 겨루기만을 위해 힘을 할당해서 대항했다.

"놀랍군…… 하지만!"

"윽…….."

그럼에도 힘으로는 밀리나 보다.

조금씩 바론의 도끼가 다가왔다.

이 양손검으로는 역시 안 되나……. 이대로는 완전히 밀린다. 집중력을 올렸다.

◇

"린트 군, 혹시 맞서게 된다면 제대로 도망칠 수 있겠어?"

"응? 카게로의 힘을 다리에 집중하면 아마도."

"응— 뭐, 해보는 편이 이해하기 쉬울까. 자세 잡아."

"허?"

빌레나가 적당한 검을 한 손으로 나를 향해 있는 힘껏 휘둘렀다. 허둥지둥 들고 있던 대검으로 그것을 받아냈다.

"윽……."

"자자, 제대로 카게로한테 의지하지 않으면 당해버린다고?"

"나도 알아! 카게로! 할 수 있겠어?!"

겨루기를 제압하기 위해서 상반신과 버티기 위해서 발밑으로도 에너지를 분산했다.

하지만——

"못 이겼어?!"

"후후. 이제부터 어떻게 할래?"

대화를 나누면서도 힘은 느슨해질 기척이 없이, 빌레나가 든 검이 점점 내게 들이닥쳤다.

"한번 떨어지고 싶지만…… 이래서는."

"그래. 도망치기 위해 힘을 쓴다면 말이지——."

——퍼엉

"겨루기에서, 져버린다고."

◇

빌레나와의 대화가 머릿속을 맴돌았다.

이때의 대처법은 두 가지다. 완전히 집중해서 순간적으로 힘을 실어서 위치를 바꾸어 상대의 칼날이 닿기 전에 도망치든가…….

또 하나는──

"큐르케!"

"큐!"

"젠장?!"

조금 비겁한 느낌도 들지만 큐르케의 힘을 빌리는 것이었다.

빌레나가 이르길, 테이머라면 당연. 리리가 이르길, 마법사에게 두 가지 주문을 쓰지 말라는 것이나 마찬가지. 그래서 이 기술은 적극적으로 사용하기로 했다.

"하아…… 다행이다."

"본체가 강한 테이머라는 건 성가시군……."

"고맙네."

칭찬을 받아서 나쁜 기분은 아니었다.

"종마에게도 약점이 없어……. 하지만 그만한 힘을 가졌으면서 뒤에 있는 두 사람과 비교하면 무명이라고 해도 될 정도…… 재미있군."

"드래곤 슬레이어가 상대니까 오늘은 드래곤은 봉인해서 말이야."

"그런가. 아쉽군. 있다면 그 부분부터 무너뜨릴 수 있는 것을……."

바론의 자세가 바뀌었다.

이제까지 도끼를 들고 있던 것과 달리, 몸 앞에 비스듬히 아래를 향해 자세를 취했다. 검으로 말하자면 하단 자세인데, 밑으로 휘두르는 것이 메인인 도끼로 그 자세를 보는 것은 처음이었다.

"드래곤 슬레이어. 그 이름에 어울리는 기술을 보여주지."

말을 마치기가 무섭게, 바론이 두른 분위기가 이제까지와는 완전히 바뀐 것을 느끼고 식은땀이 흘렀다.

등줄기가 오싹하게 얼어붙을 정도의 이질적인 마력을 방출했기 때문이었다.

"이건…… 어둠 마법?!"

바론의 발밑에서 검은 마력이 소용돌이를 휘감고 몇 겹이나 겹쳐졌다.

하단으로 든 도끼를 집어삼키듯이 검은 마력이 도끼 주위를 안개처럼 감쌌다.

"간다……."

이것이 마지막 교전이다.

빌레나도 말했지만 아무리 장기전을 각오하더라도 고 랭크 사이의 싸움은 금세 결판이 나는 경우가 많다.

그 이유가 이것이다.

드래곤 한 마리가 삼켜질 정도의 마력을 사람 하나가 견뎌낼 수 있을 리도 없다. 리미터를 해제한 초월적인 실력자들은 일격으로 상대를 죽인다.

그러니까 싸움은 길게 이어지지 않는다.

"그렇다면 나도 최대 화력으로 맞설까."

수납 주머니에서 자루 부분밖에 없는 그 무기—— 마법검을 꺼냈다.

아직 제대로 소화할 수 있는 건 아니었다.

하지만 저것에 대항하기 위해서는 이것밖에 없다며 직감이 호소하고 있었다.

"카게로. 부탁해."

이쪽도 최대 출력으로 맞서기 위해, 카게로의 마력을 온몸에 둘렀다.

상대가 검은 마력으로 몸을 감싼 것과 달리 나는 흰색에 가까운 고순도 불꽃의 마력으로 몸을 감쌌다.

그 힘을 서서히, 검 날로 띄웠다. 하얗게 빛나는 한 자루 대검이 탄생했다.

"와라."

"우오오오오오오오오오오오오오오오오오오."

튀어나온 바론은 이미 검은 마력의 덩어리였다.

몸을 집어삼킬 것처럼 전개된 어둠 마법이 바론의 몸까지 한꺼번에, 하나의 거대한 드래곤과 같은 형상을 만들었다.

"간다, 카게로!"

"큐아아아아아아아아아아아아아아아아아아아아아아아아아."

카게로의 울음소리에 공명하듯이 온몸이, 그리고 대검이 점점 더 빛났다.

힘겨루기 따윈 벌어지지 않는, 순수한 마력의 승부.

검은색과 흰색의 강력한 마력이 맞부딪치고 숲 전체를 크게 뒤흔들 정도의 폭풍이 만들어졌다.

그 교전 후, 나는 아직 그 자리에 서 있었다.

"이겼어……?"

주위는 흙먼지와 마력의 여파로 잘 보이지 않지만 검은 드래곤은 사라지고 바론도 어딘가로 사라졌다.

나와 카게로만은, 내 생각이지만 아무 상처 없이 그 자리에 서 있었다.

──하지만

"린트 군!"

"어?"

빌레나의 외침.

흙먼지 속에서 한 줄기 빛이 나를 덮쳤다.

"마무리가 물렀어."

뒤늦게 바론의 목소리.

이미 빛은 내 눈앞까지 들이닥쳤다. 자세히 보면 그건 처음에 본 빛의 용, 그 모습을 하고 있었다.

──다행이다.

"큐르케!"

"큐큐—!"

"뭐야?!"

이제 와서 비장의 카드라도 꺼낸다면 어떻게 할까 싶었다. 하지만 바론은 이미 자신의 모든 것을 드러내 준 모양이었다.

시야가 빼앗긴 상태에서 꺼낸 기술은 처음에 봤던 빛의 용뿐이었다. 이거라면 이미 대책은 마쳤다.

"큭?! 꺄아아아아아아아아아아아."

큐르케가 그 빛을 깔끔하게 튕겨내어 주었다. 생각했던 것보다 제대로 됐구나.

그리고 지금 무언가 귀여운 비명이 들린 것 같았다.

"이 자식?!"

"어, 어어⋯⋯."

큐르케가 튕겨낸 마력파는 모조리 바론을 덮쳤다.

튕겨내고서도 그럭저럭 위력이 있었는지 바론의 갑옷이 군데군데 튕겨 날아갔다.

그렇다. 깔끔하게 가슴 부근이라든지, 허벅지 부분이라든지.

갈색 피부. 적당한 둔덕 끝에는 옅은 핑크색 유두가 보일락 말락 했다. 손으로 가리고는 있었지만 갑작스러운 일에 완전히 숨기지는 못하는 모습이었다.

"역시 주인님이세요."

무언가 착각한 리리가 칭찬했다. 참고로 교황은 어느샌가 의식

을 잃은 상태였다.

"큭…… 대체 무슨 일이…….."

장갑이 벗겨지고 훤히 드러난 가슴을 누르며 후퇴하는 바론.

"좋은 갑옷은 대미지를 받으면 벗겨지니까요. 하지만…… 어째서 안에 아무것도 안 입었나요? 그런 취미가?"

"아니야! 갑옷과 함께 날아갔을 뿐이다!"

리리의 도발에 정중히 대답하는 바론.

어쩐지 단숨에 긴장감이 사라졌는데.

시케스도 어안이 벙벙해서 굳어 있었다.

참고로 갑옷은 검이나 활로부터 몸을 지키는 데에는 유효하지만 타격 무기가 상대라면 형세가 바뀌어서, 큰 위력이 아니더라도 맞은 곳에 따라서는 움직임을 취할 수 없게 된다는 결점이 있다. 그래서 고가의 갑옷에는 대미지를 받았을 때에 가동 범위가 좁아지지 않도록 마법을 이용해서 자동적으로 부품 단위로 떨어져 나가는 구조로 되어 있는 경우가 많았다.

하지만 뭐, 갑옷 안까지 이렇게나 깨끗하게 날아가는 거구나?

갑옷과 거무스름한 피부에 예쁜 핑크색, 언밸런스한 모습에 필사적으로 몸을 가리는 바론은 이미 S랭크 수준의 위협이 아니라 그저 부끄러워하는 처녀였다.

"이 자식……!"

내 시선을 알아차린 바론이 얼굴을 붉히며 노려봤다.

다만 이미 S랭크 수준인 실력자로서의 존엄은 무너졌으니까 조금 전 같은 공포를 느끼지도 않았다. 아니 뭐, 위협이라는 사실은 변함이 없을 테지만…… 뭔가 말이지?

"카게로."

"큐쿠쿠―!"

이름을 부르자 한 번 운 다음, 내가 두른 불꽃 일부를 데리고 바론 곁으로 날아갔다.

"허? 꺄악."

자세 불량. 가슴을 가린 탓에 도끼를 드는 것도 늦어져서 바론은 염제랑의 불꽃에 둘러싸였다.

"히익…… 설마 이건…… 제랑종……!"

"아, 못 알아차렸구나."

카게로가 가까이 다가가서야 처음으로 깨달았나보다, 상대의 강함을.

"그럼 알 거라 생각하는데, 그 상태로 이길 수 있는 상대가 아닐 거라고."

"큭……."

아무리 바론이 실력자라고 해도 이 상태에서 역전하는 것은 어렵다. 만에 하나 무언가 이상한 움직임을 취한다면 불꽃이 몸을 태워버린다.

뭐, 애당초 카게로는 뿔이 난 빌레나라도 압도할 수 있는 상대가 아니었는걸. 바론과 빌레나를 비교하면 누가 강한지 잘 모르더라도 준비 없이 이길 수 있는 상대는 아닐 터.

사고를 되돌리며 바론을 봤더니 눈물을 글썽거리는 새파란 얼굴로 나를 보고 있었다.

"부탁이에요…… 죽이지 말아요……."

그런 지독한 짓을 할 것처럼 보였을까.

두 사람을 보며 의사를 확인했다.

"응—, 어떻게 할래? 리리."

빌레나가 리리에게 물었다.

"어떻게 하죠? 주인님?"

리리가 내게 물었다. 어라? 결국 나한테 공이 돌아왔나.

"어떻게 할까……."

뭐, 이렇게 됐다면 이제 눈앞에서 겁먹은 여자를 굳이 죽일 수야 없다. 귀여우니까.

그렇게 방심한 그때였다.

"훗."

"이런……."

카게로의 불꽃에 둘러싸여 있었을 터인 바론이 굉장한 스피드로 내게 들이닥치고 있었다. 빙의는 거의 풀린 상태였다. 카게로의 불꽃이 희미하게 나를 감싸고는 있지만 바론의 공격을 제대로 받아낼 수 있을 것 같지는 않았다.

하지만——.

"무르구나."

빌레나의 그 목소리는 누구를 향한 것이었을까.

"?!"

바론이 믿을 수 없다는 눈빛으로 빌레나를 봤다.

빙의를 푼 나로서는 이미 눈으로조차 좇을 수 없는 속도였으니까.

다음 순간에는 이미 바론이 든 나이프를 튕겨내고는 깔아 눕히고 있었다. 목덜미에 언제든지 목숨을 빼앗을 수 있도록 손날을 댔다. S랭크 격투가의 손은 뭐, 그대로 흉기란 말이지…….

"린트 군, 방심했구나―."

"면목 없어…….”

"뭐, 이 마당에 이르러서 이런 짓을 저지르는 기사가 있다니, 보통은 생각하지 않을 테니까요."

리리가 거들어주었지만 그 정보를 사전에 그녀에게서 제공받은 몸으로서는 그걸 살리지 못해서 면목 없다는 기분이 샘솟았다. 이기기 위해서라면 뭐든 하는 상대였다.

"린트 군은 나중에 벌을 줘야겠네―!"

얼굴이 새카매졌다. 쥐어 짜이겠는데…….

뭐, 벌 같은 건 관계없이 항상 그렇지만…….

"그리고 시케스, 움직이면 교황은 죽일 거니까 말이지?"

"윽……?!"

빌레나가 그렇게 말했지만 시케스는 어차피 움직이지 못하는 상태였다.

"기사단장마저 이기지 못하다니…….

얼굴이 절망으로 물드는 시케스. 그때 리리가 다정한 미소로 이렇게 말했다.

"시케스, 신국은 변할 거예요."

"변해……? 성녀님, 하지만 신의 가르침은…….."

"그렇군요. 신의 가르침은 불변하는 것이에요. 그리고 그 신의 가르침을 직접 들을 수 있는 것이 저였죠?"

"그렇습니다만…… 그건?!"

리리가 천사화했다. 신성한 모습에 시케스도 바론도 더는 움직이지 못했다. 물론 빌레나가 지켜보고 있기 때문이기도 하지만.

"신의 인도에 따라 주인님이 신국의 지도자가 될 거예요."

"주인…… 이 남자…… 아니, 이분이 말입니까?!"

시케스의 눈에서 적의가 사라지는 것이 보였다.

오히려 반전되듯이 나를 보는 눈빛이 무언가 고마운 존재를 보는 듯한, 그런 표정을 드러냈다.

거의 동시에 표정이 흐려졌다.

"아아…… 우리 주님께 나는…… 나는…….."

아, 얼마 전에 나를 죽이려고 그랬으니까 말이지…….

"후후. 주인님이라면 괜찮아요. 관대하시니까요."

"정말입니까?!"

매달리듯이 시케스가 나를 봤다.

"그러네. 배신하지 않는다면."

"물론입니다. 저는 신께 충성을 맹세했습니다. 이제 당신께 해를 끼칠 이유 따위 있을 리가 없습니다!"

"그렇다면……."

리리와 빌레나가 눈빛으로 호소했다. "테임해라"라고.

"미안하지만 내 휘하로 들어와야겠어."

"분에 넘치는 행복입니다."

시케스는 기도를 올리듯이 한쪽 무릎을 꿇고 내게 공손히 절을 하기 시작했다.

따라가질 못하겠지만…….

"테임."

"──윽?! 이건…… 이것이 신의 힘이로군요! 온몸에 힘이 넘칩니다."

그 모습을 보던 리리가 작은 목소리로 내게 이런 말을 건넸다.

"시케스는 그게 뭐라고 할까, 보다시피 이런 믿음이 강한 아이니까요. 주인님의 테임에 담긴 은혜도 빠르게 느낀 거겠죠."

"그렇구나……."

"이걸로 이쪽은 문제없어요."

그러고는 바론을 돌아보는 리리.

그때까지의 광경에 넋이 나가서는 굳어 있던 바론에게 리리가 이렇게 말했다.

"자, 이런 구석이 있으니까 신용할 수가 없다고요. 기사단장님은."

리리 쪽은 미소 뒤로 드래곤도 놀랄 부정적인 오라를 드리우고 있었다. 직접 그 시선을 맞닥뜨린 것도 아닌데 내가 살짝 뒷걸음질 칠 뻔했을 정도였다.

그 압력을 직접 받은 바론은 물론 엄청난 모습이었다.

"히익……."

염제랑의 불꽃에 둘러싸였을 때보다 빌레나가 손날을 목덜미에 들이댔을 때보다, 리리가 미소로 다가왔을 때에 더 겁먹은 표정을 짓는 바론.

"바론은 알다시피 제 치료 마법으로 팔다리 정도라면 재생할 수 있거든요."

그렇게만 말하고 몸과 거의 같은 길이의 큰 지팡이를 들어 올리더니 바론의 발밑에 박았다.

"아……."

맞으면 다리가 날아갈 위력을 또렷하게 목격한 바론.

부들부들 떨면서 식은땀을 흘렸다. 빌레나가 짓누르고 리리가 위협하는 모습은 이제, 점점 더 정말로 악역 느낌이 강해지는구나.

"의식도 되돌려 버리니까…… 그렇군요……. 죽는 것보다 괴로운 기분, 얼마든지 줄 수 있는데 어떤가요?"

"죄송합니다…… 죄송합니다……."

바론은 더 이상 고개를 들지 않고 중얼중얼 계속 사과만 할 뿐이었다.

"냐하하. 그렇게까지 안 해도 린트 군이 있으니까 괜찮아."

"아, 그랬죠. 그만 평소 습관으로."

평소에 그런 걸 해? 아니, 무서우니까 물어보진 않겠지만 말이지?

"뭐, 그러니까. 살려두긴 하겠는데, 뭘 할지 모르니까 거스르면 안 된다는 건 알겠지?"

빌레나가 바론에게 말했다.

"어째서 날 살려두는 거냐……. 차라리 죽이면 될 텐데."

"편하게 죽을 수 있다고 생각하진 말라고요?"

"윽……."

바론이 더는 아무 말도 못 하고 고개를 숙였다.

"그럼, 해버려."

빌레나가 가벼운 분위기로 나를 봤다.

"허?"

바론이 어리둥절해서는 나를 바라봤다. 무슨 일이냐고 생각한 거겠지.

"자자, 주인님. 저 때랑 마찬가지로 삭 해버리죠!"

"여긴 밖인데."

"냐하하―. 역시 린트 군, 테임보다 그쪽이 메인인가―."

실수했다.

그만 리리의 말에 머리가 그쪽으로 가버렸다. 테임이 먼저였는데.

"테임…… 조금 전에도 그랬는데, 설마……."

바론이 중얼거렸다.

"그래. 린트 군한테 충성을 맹세해야겠어. 기사도나 그런 게 아니라 진정한 의미로."

"죽는 것보다 괴로운 경험을 몇 번이나 당할까, 주인님께 테임이 될까. 어느 쪽이 좋을까요?"

리리의 목소리에 또다시 안면이 창백해지는 바론.

"그 모습을 보니…… 키라엠은 어지간히도 무서운 남자인가요?"

"뭐…… 어떻게 그걸……?"

리리의 유도에 바론이 감쪽같이 걸려들었다.

"그 타이밍에 교황을 버리고 가는 건 아무리 그래도 부자연스러워요. 게다가 당신이라면, 진심을 발휘한다면 어디서라도 교황을 구하러 올 수는 있었을 터……. 그런데도 이런 곳에 오면서까지 그것조차 하지 않았던 거예요."

"큭…….."

"냐하하. 뭐, 하지만 말이지. 지금 싸워보니까 어땠어?"

"어땠냐고……?"

"저희는 신국의 새로운 지도자로 주인님을 세울 거예요."

"요컨대 말이야, 우리가 있어도 그 키라엠이라는 건 무서워?"

빌레나가 바론을 똑바로 보고 물었다.

"애당초 바론 혼자서 충분할 것도 같은데…… 누군가 인질이라도 잡혔나요?"

"인질……인가. 그건…… 그 남자는 보통이 아니야. 말하자면 나라 전체가, 국민 전원이 녀석의 인질이야."

그렇게 대답한 바론은 어쩐지 개운한 표정이었다.

"린트 경. 나를 테임해주겠나?"

"응."

"본래라면 살아서 수모를 당하고 싶진 않아. 하지만 이제까지 나를 마음대로 부렸던 그 남자를 어떻게든 할 수 있다면, 나는 수단을 고르지 않아. 뭐든 하겠어. 그러니까 부탁하지."

이 일은 사실 리리도 예상하고 있었나보다.

바론은 사리사욕을 위해서만 추기경파를 고른 게 아니라고.

그야 그렇겠지. 바론 혼자서도 전황은 크게 바꿀 수 있을 것이다. 교황 곁에서 편안히 지낼 수 있었던 바론이 굳이 배신하기에는 그에 상응하는 이유가 있으리라고.

"키라엠인가…….."

"멸룡 기사단 가운데 몇 명은 그 남자 곁에 있어. 하지만 확실히 그 여자와 성녀 경이 말하듯이, 그 정도는 너희라면 어떻게든 해줄 거라 믿기로 했다."

"좋은 마음가짐이네요."

"냐하하. 그럼 이참에 해버려! 린트 군."

여하튼 살려둔다면 무언가 이런 일은 필요했으니까.

그러니까 어쩔 수 없다. 응, 어쩔 수 없지. 그보다도 이미 시케스한테도 했으니까 새삼스러운 이야기다.

"테임."

손을 내밀어 계약을 맺었다.

역시나 이 마당에 이르러 저항 따윈 없었다. 내가 원한 것은 배신하지 않을 것. 바론이 원한 것은 멸룡 기사단의 안전에 대한 최대한의 보장이었다. 물론 확실하게 약속할 수 있는 것은 아니지만 이 멤버가 전력을 다하는 것이다. 딱히 문제도 없이 테임은 성공했다.

"이건 뭐야…… 정말로 힘이 솟아나는 것 같아……. 그보다, 사람을 상대로 이렇게나 원만하게 테임이……? 대체 넌 뭐냐……."

머리가 따라가지 못하는 모양인지 바론이 이것저것 중얼거렸다.

의문에 답해주는 것도 좋겠지만 빌레나와 리리의 모습을 보고 일단 이 자리를 벗어나는 걸 선택했다.

"냐하하. 그럼 뒷일은 기대하자고."

"이 건방진 아이가 한 번은 히익히익 하는 거, 보고 싶었거든요."

나보다도 의욕이 가득한 두 사람.

몇 초 뒤, 이제부터 무슨 일이 벌어질지 간신히 헤아린 바론이 도움을 청하듯이 내게 눈물을 글썽였다.

미안해, 바론. 그 두 사람을 막는 건, **주인님**이라도 무리거든.

불러둔 길이 찾아와주었기에 교황 감시로 붙여뒀다. 그렇다고 는 해도 시케스가 이미 감시를 부탁해도 괜찮을 것 같은 눈빛이 었지만 혹시 몰라서.

시케스한테는 일단 이곳을 벗어나서 주위에 사람이나 몬스터의 기척이 있다면 전하도록 지시해뒀다. 뭐, 어차피 나중에 무언가 이유를 붙여서 하게 될 테지만…… 지금은 바론이니까 말이다.

그러는 사이에 빌레나와 리리에게 둘러싸인 바론이 다시금 나 를 보고 애원했다.

"부탁이야…… 도와줘……."

"내가 두 사람을 막을 수 있을 거라 생각해……?"

조용히 고개를 가로젓자 숲에 바론의 외침이 메아리쳤다.

"싫어어어어어어어어어어어어어어어어어어어어."

"자자, 이미 거의 다 벗었으니까 이제 와서 감출 거 없잖아!"

"괜찮아요. 교황은 자고 있으니까 저희밖에 없어요."

"꺅…… 아니…… 잠깐…… 기다려줘, 어째서 그런 곳을 핥 고…… 햐앙!"

"의외로 귀여운 구석이 있네요, 바론."

"린트 군도 와!"

나를 부를 무렵에는 이미 기사 갑옷을 전부 벗겨지고, 이런저런 의미로 방어력이 없는 바론이 필사적으로 몸을 가리며 눈물이 글썽이는 눈으로 나를 노려보는 상태였다.

"히익……."

"나, 아무것도 안 했는데 그렇게 겁먹을 것도……."

"바론, 누가 몸을 가려도 된다고 했나요? 주인님께 제대로 몸을 보여드려야죠."

"세…… 세상에……."

조금 전까지와는 돌변해서 눈물을 글썽글썽하며 이쪽을 바라보는 바론에게 나는…….

"이건 이것대로 흥분되네."

"냐하하. 역시 린트 군. 그보다도 더는 못 가리게 만들어버릴까."

"어……?"

바론이 무언가 저항할 틈도 없이…….

"뭐…… 아니…… 큭…… 어째서……."

정신이 들자 깔끔하게 밧줄로 온몸을 예술품처럼 묶인 바론이 그곳에는 있었다.

"자, 일어서—."

"큭…… 차라리 죽여줘……."

손도 뒤로 묶여 있으니까 몸을 가릴 수도 없다. 옅은 갈색 피부는 윤기조차 느껴질 만큼 예뻤다.

"주인님의 것이 되었으니까 물론 순결도 바쳐야 된다고 생각하는데, 바론은 몸을 보여도 젖지 않네요."

"다, 당연하잖아! 정말로 죽을 만큼 부끄럽다고!"

"그럼 그것이 쾌락으로 변한다면 저희가 말하는 걸 들어줄까요."

"어……?"

"거기에 묶은 밧줄, 의미를 아나요?"

정신이 들자 나무들 사이로, 마침 사타구니 부분 높이에 맞추듯이 밧줄이 걸려 있는 것이 보였다. 꼼꼼하게 일부 매듭을 묶어서. 리리의 의도를 깨달은 바론의 얼굴이 절망으로 물들었다.

"저길 걷고서도 젖지 않는다면 바론의 승리에요. 오늘은 여기까지로 해주겠지만…… 저길 걷고서 주인님께 제대로 몸을 보여준 결과로 젖는다면 여기서 개통이에요."

"세상에……."

"아, 얼른 서두르지 않으면 교황도 깰 테고, 지형이 바뀔 정도의 일을 했으니까 사람들이 모여들지도 모른다고요? 이 부근을 모험가들이 어슬렁대던 건 바론도 잘 알 테고."

"히익…… 할게! 할 테니까……."

"착한 아이네요."

리리가 마법으로 바론을 움직였다. 그대로 사타구니를 로프에 대고…….

"응…… 아…….."

절묘한 위치에 설치된 밧줄이 바론의 사타구니로 파고들었다. 바론을 묶은 밧줄은 사타구니 부분은 두 줄기였다. 그러니까 이번 밧줄은 직접 바론의 그곳을 자극했다.

"아, 그대로는 아플지도 모르니까 윤활유는 발라줄 테니까요."

그것이 다정함인지 무엇인지는 알 수 없지만 바론에게는 절망적인 게임이 시작되었다.

"자자─, 빨리 안 하면 기사단장의 한심한 모습, 모두가 보게 된다고─?"

"싫어…… 싫어……. 응…… 하아…… 응……."

바론은 필사적으로 다리를 움직였지만 안짱다리가 되어서 좀처럼 나아가지 못했다. 그보다도 저거, 이미 젖었는데…….

자세가 무너져도 괜찮도록 손은 위쪽에 묶인 밧줄과 연동되어 있었다. 요컨대 스스로는 설 수 없다면 쓰러질 수도 없어서 사타구니에 계속 자극을 받게 되는 것이었다.

"응…… 아아아…… 더는 무리야! 더는……."

"안 된다고요─? 아직 반도 못 갔잖아요."

"그만…… 용서해줘……."

바론이 눈물을 글썽이며 애원하자 리리가 미소로 일축했다.

"안 돼요."

"세상에…… 앗!"

거절하는 겸에 골에서 기다리던 리리가 사타구니에 이어진 밧줄을 들어 올리고 바론이 또다시 신음했다.

"뭐, 주인님께 졸라서 용서를 받아낸다면 괜찮은데요."

"나 말이야?"

갑자기 이야기가 나한테 돌아왔다.

"조른다고……? 응……."

한계에 가까운 바론이 촉촉한 눈으로 나를 봤다.

"그래요. 주인님께 범해달라고 스스로 부탁하는 거예요."

"그게…… 응…… 무슨……."

"할 수 없다면 뭐 상관없는데, 조금 더 빨리 움직이지 않았다가
는 정말로 사람이 와버릴지도 모른다고요."

"앗…… 아, 알았어…… 알았으니까 밧줄을…… 응…… 움직이
지…… 마……."

바론이 나를 봤다. 수치심과 굴욕으로 얼굴을 새빨갛게 물들이
고 일그러뜨리며…….

"범해…… 마음대로 해줘……."

"안 돼요."

"으으으으으응."

내 대답을 기다리지 않고 리리가 밧줄을 흔들며 부정했다.

"어…… 어째서……."

"주인님께 부탁, 하는 거라고요? 애당초 저와 빌레나가 있으니
까 주인님께서는 바론 상대 따윈 안 하셔도 되니까요. 그런 주인
님께서 범해주고 싶어질 법한, 굴욕적이고 부끄러운 말이어야죠."

바론의 표정이 또다시 비통한 심정으로 뒤덮였다.

"어쩔 수 없네요……. 자, 이렇게 조르면 된다고요."

리리가 바론의 귓가에 작은 목소리로 무언가를 속삭였다.

그러자 바론은 얼굴을 새빨갛게 물들이고…….

"뭐…… 그런 걸……! 말할 수 있을 리가…… 아앙……."

"그럼 이대로 저희는 사라져도 되나요?"

"세…… 세상에…… 더는 힘이 들어가지 않으니까……."

"여기로 온 모험가들에게 망측한 모습을 드러내고 말겠죠. 착한 사람들이라면 모를까, 이런 곳에서 이런 일을 하는 아이라면 절호의 먹잇감이겠죠. 끝도 없이 계속 범하고서 내다 버릴 거예요. 힘이 들어가지 않는다면 더더욱."

"뭐…… 기, 기다려줘……."

"말할래요?"

리리가 미소로 물은 그 말에 바론이 고뇌에 찬 결단을 내렸다.

"…………말할게."

"예. 그럼 하시죠?"

리리가 미소로 바론의 얼굴을 내 쪽으로 돌렸다.

"윽…… 그, 그게…… 저, 저의…… 이…… 칠칠치 못하게 젖은…… 여…… 여, 여기에…… 린트 경의…… 우람한 육봉으로 교육…… 해, 주세요."

"그렇다고 하는데요? 주인님."

"알았어."

솔직히 바론의 이 모습만으로 나는 빳빳하게 준비가 되어 있었다. 더는 못 기다릴 정도였다.

리리가 밧줄을 풀고 또다시 바론의 몸을 마법으로 띄워서 내 앞으로 데려왔다.

"자, 다시 조르도록 할까요."

"어…… 아까 그걸로…… 된다고……."

"자자, 엉덩이를 이쪽으로 향하고……."

"그럼…… 전부 훤히 보여서……."

"자, 머리를 땅에 대고?"

밧줄이 풀려서 알몸이 된 바론이 내게 엉덩이를 향한 상태로……

"으으…… 부탁해요……. 제 여기를…… 범해…… 주……세요……."

엎드려서 빌었다. 방향이 반대라고 그러기도 할 테지만 이쪽이 확실히 흥분되었다. 역시 리리. 나중에 리리한테도 부탁하면 해줄 것 같은데, 이거.

"잔뜩 젖었으니까 이제 괜찮다고요?"

"어, 그럼, 간다."

"단숨에 해주세……아아아아아아아아아아아아아."

무언가 말하려고 했지만 개의치 않고 단숨에 안쪽까지 삽입했다. 잠시 안쪽의 감촉을 즐긴 다음…… 가슴으로도 손을 뻗고 허리를 밀어붙였다.

"앗…… 으응…… 격렬……했으으으응아아아아아아아아."

"오―…… 빌레나하고도 리리하고도 다른 감촉."

"탄탄하게 좋은 몸이니까요."

"오―, 정말이야."

셋이 덤벼들어 가슴도 몰아붙이자 바론이 한층 더 느끼기 시작했다.

"앗…… 아아…… 아아아아아아아아아아아."

"찌를 때마다 가는 거, 굉장하네."

"아까 밧줄에 바른 로션은 미약이었으니까, 쉽게 가게 되었을

지도 모르겠네요."

"뭐…… 그럼…… 그런 거 비겁…… 아아아아아앗…… 하아……
하아……."

"하지만 바론……? 이대로 몸을 맡기고, 미약 탓으로 할 수 있
다고요? 성녀가 손수 만든 특제 미약이니까요. 그건 완전히 녹아
내릴 것처럼 기분이 좋아져도 어쩔 수 없잖아요."

"어쩔 수…… 응…… 없어?"

"그래요. 어쩔 수 없어요. 그러니까 자, 좀 더……."

"응…… 아아앗…… 하아…… 아아, 하지만, 그런가. 미약 탓……
미약…… 아앗."

바론의 반응이 변했다.

재주 좋게 자세를 바꾸는가 싶었더니 정상위가 되어서 내 허리
를 다리로 붙잡고 자신이 허리를 흔들기 시작했다.

"앗…… 그…… 그래…… 미약 탓…… 응…… 미약…… 아아아
아아아아아아아."

"격렬해……."

"좀 더…… 좀 더…… 해주세요…… 이렇게나 기분 좋은 일……
아아아아아아아아아."

"제대로 분위기를 탔네요."

"좋네좋네. 린트 군 가버려—!"

나도 지지 않고 허리를 움직였다. 가슴도 공략하면서, 어떤 의
미로 바론와의 2차전이 시작되었다.

"큭……."

"아아아앗…… 기분…… 좋아…… 아아앗…… 앗앗."

"다른 사람이 보면 느껴버리는 변태군요? 바론은."

"아, 그래. 나는 변태…… 하지만 그것도…… 아아아앗…… 미약……."

"후후. 주인님, 슬슬 때가 됐다고요?"

"그래…… 간다, 바론."

"앗…… 저도…… 아아앗…… 굉장한 게…… 굉장한 게 와…… 아아아아아아아아아아아아아아아."

내가 가는 것에 맞추듯이 부들부들 몸을 떨듯이 대절정을 맞이하고 호흡도 끊어질 것만 같은 바론이 헛소리처럼 중얼거렸다.

"미약…… 미약…… 탓……."

그때 리리가 폭탄을 떨어뜨렸다.

"아, 미약은 거짓말이라고요?"

"어……?"

바론이 굳었다. 호흡은 여전히 가빴지만.

"그건 그냥 로션이에요. 그보다도 진짜였다면 주인님께도 작용해버렸을 테고…… 뭐, 그러니까 그거예요."

리리가 어두운 미소를 짓고 바론에게 마무리를 날렸다.

"바론은 음란했다, 그런 이야기예요."

다양한 의미로 철저할 만큼 박살 난 바론이 다시금 전의를 상실하는 게 느껴졌다.

"뭐, 괜찮잖아. 린트 군도 싫어하지 않을 거라고? 음란 기사."

"윽……."

"그리고 노출로 느껴버리고."

"큭……."

"자기가 먼저 허리를 흔들고, 귀여웠지? 린트 군."

"그러네. 친해질 수 있겠다고 생각했어."

"젠자아아아아앙. 죽어! 아니, 죽여! 차라리 죽여줘어어어어."

흐트러진 바론. 하지만 뭐, 리리가 이렇게까지 한 것은 틀림없이 바론을 위한 일이기도 했을 테지.

"어째서 웃는 거냐……!"

"아니, 뭔가 상쾌해진 표정이라고 생각해서."

그 표정은 틀림없이, 이곳에 왔을 때의 험악했던 그 표정보다 훨씬 매력적이었다.

"지독한 꼴을 당했어……."

"이것 참─, 밖이니까 자중했지만 돌아가면 조금 더 하자."

"그러네요. 바론은 괴롭히는 보람이 있네요."

"그게…… 자중한 거……?"

완전히 장난감 취급을 당하고 있었다. 겁먹은 눈빛으로 나를 봤지만 이제 알았을 테지?

나는 두 사람을 못 막는다.

"자, 그럼 돌아갈까."

빌레나가 일어섰다.

"음…… 여긴?"

타이밍이 좋은 건지 나쁜 건지, 교황이 깨어나고 있었다.

"오! 오오! 바론! 속아선 안 된다고?! 그자들은 적이다! 빨리 짐을 구해라!"

"무슨 잠꼬댈 하는 거야?"

──퍼억

"그헉?!"

평소처럼 빌레나한테 두들겨 맞았다.

"교황……."

불쌍하다는 눈빛으로 교황을 바라보는 바론.

"음?! 알았을 테지?! 이런 불손한 취급을 하는 녀석들이야! 성녀님도 타락했어! 이제 의지할 수 있는 건 너뿐이다! 바론! 단장으로서 얼마나 괜찮게 대해줬는지 떠올려라! 또 그 무렵처럼…… 바론……?"

전혀 움직일 기척이 없는 바론을 보고 수상쩍게 여긴 교황.

그의 얼굴이 서서히 절망으로 물들었다.

"설마…… 이미……."

"예. 안타깝지만 저는 당신을 구할 수는 없습니다."

"어째서……."

눈을 동그랗게 뜨고 바론을 바라보는 교황.

애당초 처음부터 교황의 카드는 아니었지만, 교황도 그런 건 모른다. 바론도 굳이 대답할 생각은 없는지 우리의 동료가 되었다는 사실을 설명하기로 한 모양이었다.

"테임이란 재미있는 것이어서…… 많은 것들이 제 안으로 들어오더군요."

"테임……? 설마…….."

"제가 몰랐던 풍경, 제가 눈을 감았던 현실, 저의 좁은 시야를 없애는 것 같은, 재미있는 일이었습니다."

바론에게 테임은 그런 것이 되었나보다. 뭐, 종마와 테이머 사이에 감각을 공명시키는 부분이 있기도 하니까.

"근본이 진지하니까요, 바론은. 앞으로는 변하겠죠."

"뭐, 그런 모습까지 보였다면 이제, 그렇지?"

"큭…… 평생의 수치다…….."

"자자, 앞으로 몇 번이나 있다고요?"

"있어서야 되겠느냐!"

그런 대화를 바라보던 교황은…….

"세상에…… 그럼…….."

"끝이에요. 교황. 당신은."

"세상에…… 세상에…….."

리리의 말이 결정타가 되어 교황은 고개를 푹 숙였다.

◇

바론과의 전투를 마치고 다시금 우리는 빌렌트를 찾아왔다.

"야호―. 전부 정리하고 왔어―."

"다친 곳 없이 끝나서 다행이야. 그건 그렇고…… 린트 경은 더욱 강해진 모양이구나."

애당초 빌렌트 탓에 바론 대책을 세워야만 했지만, 끝나고 그런 말을 들으니 뭐라고도 못 하겠네.

"그래서…… 어째서 이렇게나 경계를 하는 거냐."

데려온 바론을 보고 빌렌트가 중얼거렸다.

그 말대로 바론은 더없이 긴장해서는 굳어 있었다. 뭐, 이유는 안다. 리리가 설명해줬다.

"빌레나가 잔뜩, 빌렌트가 우리의 스승님이라고 그랬으니까요."

"뭘 하는 거냐, 너희는……."

바론은 완전히 겁먹어서 지금은 어째선지 내 뒤에 숨듯이 빌렌트를 노려봤다.

"뭐, 됐다. 그래서, 보고를 들을까. 의뢰는 전부 완료한 건 확인했다만."

빌렌트와 만나기 전에 납품은 마치고 왔으니까 이야기는 이미 들었나보다.

"뭐, 퀘스트는 그대로. 시케스도 회유해서 지금은 린트 군의 집으로 보냈어―. 바론은 보다시피."

시케스의 취급에 대해서는 리리의 제안으로 집이나 길 등등, 우리가 떨어지게 되는 장소에서 수비의 핵심으로 움직이는 방향으로 진행했다. 파티로서 행동하기에는 실력이 부족하지만 집 지키는 개로서는 우수, 그런 평가였는데 A랭크는 보통 그런 역할이 되진 않는다……. 뭐, 이미 말해봐야 어쩔 수 없나. 첩보 활동 따위도 가능하니까 배후 역할로 돌릴 예정이었다.

"……그렇구나. 이번에는 이쪽에서 전할 게 많나."

다시금 설명할 일은 확실히 없었다. 빌렌트 쪽은 이것저것 있는 모양이었다.

"우선은 퀘스트 달성 공적을 인정해서 린트 경을 B랭크로 올리지."

"오오……!"

B랭크……. 플레멜에 있던 무렵의 나는 생각도 하지 않았던 랭크다. 그렇지만…….

"뭐, 새삼스럽다는 느낌도 있지만."

"미안하구나. 지금 정세로는 여기가 한계일 테고. 그 다음은 차차."

빌레나의 반응도 이해할 수 있었다.

"설마…… 나랑 싸웠을 때는 C랭크였다고……?"

바론도 이렇게 말했듯이 그만한 퀘스트를 소화하고 바론에게도 승리한 지금에서는 나로서도 통과점처럼 느껴지는 구석은 있었다.

"이걸로 너희도 B랭크 파티다. 하지만…….."

빌렌트가 바론을 봤다.

말하려는 바는 안다. 바론이 가입하면 내가 여기까지 올렸던 것처럼, 다시 한번 바론에 맞추어서 랭크를 올려야 하는 것이었다.

"괜찮아. 바론은 지금으로서는 모험가 등록은 안 할 생각이니까."

"그런가?"

본인이 당황했지만 아무래도 그런가보다.

"그렇다면 괜찮겠지. 이게 B랭크의 길드 카드다."

"이게……."

은색으로 빛나는 그것은 그야말로 상위 모험가의 증명이었다.

"자잘한 의뢰까지 잘 해줬구나."

"뭐, 전부 겸사겸사 할 수 있는 걸로 해줬으니까……."

내 말에 빌렌트는 조용히 웃을 뿐, 화제를 바꾸었다.

"자, 그럼 앞으로의 방침이다만……. 왕국은 아직 신국에서 쿠데타가 성공했다는 것조차 파악하지 못했다. 게다가 앞으로 다시 한번 너희가 쿠데타를 일으키게 되겠지."

빌렌트의 말에 바론은 경직되었다. 나라가 엮인 커다란 일을 앞에 두고서 마이페이스인 두 사람과 달리 바론의 반응은 뭐라고 할까, 내게 상식을 잊지 않게 해주는 존재가 될 것 같았다.

"이렇게까지 혼란스러운 이웃 나라를 보면 정변을 틈타서 쓸데 없는 생각을 할 사람이 없다고 단정할 수도 없어. 앞으로는 우선 왕국 상층부에게 이야기를 정리해두는 편이 낫겠지."

"이야기를 정리할 방도는?"

"국왕 폐하와의 알현은 잡아뒀다. 남은 건 제대로 하라는 말밖에 못 하겠지만……."

"괜찮아요."

"리리는 괜찮겠구나. 하지만……."

빌렌트의 시선은 빌레나 쪽으로. 기분은 정말로 잘 안다.

"냐하하―. 뭐, 리리한테 맡길 테니까 괜찮아괜찮아."

"알현……인가."

빌레나가 걱정이라는 빌렌트의 생각은 충분히 알겠지만 나는 남이나 신경 쓸 때가 아니었다.

"딱딱하게 굴 것 없다니까! 린트 군은 이제 실질적으로 국왕과 어깨를 나란히 할 테니까!"

"너는 조금 딱딱하게 굴어도 될 것 같다만 말이다……."

빌렌트의 한숨도 빌레나는 전혀 개의치 않았다.

"그보다도 국왕과 어깨를 나란히 한다니, 더더욱 마음이 무거워……."

그래도 결국 방침은 바뀌지 않았다.

쿠데타를 일으킨 키라엠을 쓰러뜨리고 성녀 리리, 멸룡 기사단장 바론의 이름을 이용해서 내가 명목상이지만 신국의 지도자가 된다.

앞으로의 계획을 생각하면 이번 알현에 긴장할 때가 아니지만…….

"뭐, 어떻게든 된다니까!"

"그러네요."

두 사람이 이렇게 말하는 이상, 우리를 어떻게 할 수도 없다는 인식은 빌렌트도 바론도 공유하는 모양이었다.

서로 얼굴을 마주 보고는 포기한 것처럼 웃고 있었다.

휴식과 작전 회의

"다녀왔어—!"

빌레나를 선두로 플레멜의 집으로 돌아왔다.

국왕과의 알현까지 시간이 있다고 해서 돌아온 것이었다.

"어서 오십시오, 여러분."

"오—, 어쩐지 좋네! 이거!"

시케스가 맞이해주었다. 게다가 이거…….

"청소해준 거야?"

"예. 주제넘은 짓을 해버려서…….."

"아니아니, 고마워."

그저 그것만으로 시케스는 황홀한 표정을 짓고 손을 맞잡으며
이렇게 말했다.

"아아…… 이 어찌나 자비 깊으신…… 분에 넘치는 행복입니다."

암살자였다고는 여겨지지 않는 변모이지만 적대하는 것보다는
훨씬 낫겠지.

집에 도착하고 한동안 조용히 있던 바론이 소리 높였다.

"이건…… 혹시 귀족 같은 지위인가……? 린트 경은."

도착한 저택을 보고 바론이 놀라움을 감추지 못했다. 마음은
정말 잘 알겠다. 나도 아직 익숙하지 않으니까 말이지…….

"그냥 B랭크 모험가야."

"좀 전의 이야기에도 나왔는데, 이렇게 강하면서 아직 B라니…….."

"흐흐─응. 강했지? 린트 군."

"그래……. 마지막에 난처한 나머지 시도했던 그것도 솔직히, 빌레나 경이 막지 않았더라도 그 둥실둥실 떠 있던 생물이 막았을 테니까 말이야."

"큐!"

자기 이야기가 나오자 큐르케가 득의양양하게 대답했다.

"이렇게 보면 귀여운데, 적으로 돌아서면 그만큼 성가시단 말이지……."

"큐큐─!"

칭찬을 받아서 기쁜 듯이 날아다녔다.

"이 아이도 원래는 슬라임. 주인님의 테임이 지닌 이상성을 이야기해주는 사례 중 하나예요."

"이야기는 들었다지만…… 이렇게 눈앞에 둬도 믿을 수 없다는 기분이 들어……."

바론은 시종일관 이런 태도였다. 신선했다. 빌레나와 리리 때문에 상식까지 점차 잃고 있었으니까…….

"이것으로 바론도 파티로서 싸운다면, 전위는 충분하겠네─!"

모험가 등록은 안 했지만 경우에 따라서는 바론도 물론 전력에 포함된다.

바론은 전신갑옷의 중기사 장비다. 전위로서는 최적이겠지.

"이만한 멤버의 파티로 도전해야만 하는 문제가 벌어질 것 같지는 않은데 말이지……. 그보다도 그런 사태가 되지 않도록 가능한 한 떼어놓고 싶어."

귀중한 상식인이 나타난 것 같아서 뭐랄까 이렇게, 안심감마저 싹트고 있었다.

　"안 돼—. 우리는 세계 최강의 파티를 만들 거니까! 제대로 일을 해야 되니까—!"

　"이미 충분히 세계 최강 아닌가…….

　"아직아직, 더더욱 위가 있어!"

　빌레나는 즐겁게 계속 앞으로 나아간다.

　"그런가…… 확실히 나도 이름도 모르는 테이머에게 그렇게까지 완패할 거라고 생각하진 않았으니까."

　"후후. 그래요. 저희도 더욱 강해질 필요가 있어요."

　"재미있군. 린트 경의 테임을 받은 이후, 힘이 샘솟는 것은 사실이야. 이걸 살릴 수 있다면 뭐, 나쁘지는 않을지도 모르겠군."

　역시 바론 또한 테임으로 강화된 모양이었다.

　그리고 나도 바론을 테임하면서 자신이 강화된 감각을 느꼈다.

　"그래서, 이것저것 신경 쓰이는 이야기는 있지만 나는 너희 휘하로 들어가서 뭘 하면 되는 거지?"

　"그렇군요……. 이제 저희는 키라엠이 기다리는 신국으로 갈 거예요."

　"흠……."

　생각하는 바가 있는 듯했다. 하지만 바론은 묵묵히 뒷이야기를 기다렸다.

　"키라엠과 신국을 박살 내러 갈 테니까 말이지."

　"확실히 너희는 강해. 하지만 그러려면 어느 정도 국민의 지지는 필요하지 않나?"

오오. 상식인 같아.

하지만 안타깝게도 이곳에는 상식의 틀 안에서 사는 인간은 적었다.

"그 점은 걱정 없어요. 저는 지금 천사가 될 수 있게 되었으니까요. 주인님을 지도자로 올리고 저희가 신국을 틀어쥘 거예요."

틀어쥐겠다고 해버렸어……

"이래저래 터무니없는 소리를 간단히 말해버리는군……. 설마 빌레나 경도 비슷한 걸 할 수 있다든지……."

"냐하하. 나는 이거! 변신!"

빌레나가 즐겁게 머리의 뿔을 드러냈다.

"말도 안 돼……. 조금 전까지는 둘 다 실력의 반도 내보이지 않았다고……."

바론이 머리를 부여잡았다. 조만간 익숙해진다면 좋겠는데 말이지?

아니, 안 된다. 바론은 언제까지고 이렇게 상식인으로서 태클을 거는 역할을 맡아줘야 한다.

"어쨌든 신국을 빼앗으면 정식으로 저는 성녀라는 굴레에서 벗어날 수 있으니까요."

"그렇군……."

"그러면 바론, 나라는 당신이 보게 돼요."

"허……?"

입을 벌리고 굳은 바론.

리리의 이야기에 다르면 바론은 비교적 정치 방면으로도 능력이 있다고 한다. 다소 모자라거나 뇌보다 근육이 앞서는 부분도 있기는 있지만 행동도 상식적이고 국내에서의 격도 높아서 나라의 실권을 들려주기에는 딱 적당하다나.

세세한 일은 원래 있던 아군의 귀족이 붙어서 돕는다는 것이었다.

"잠깐만……. 아무리 테임이 있다고는 해도, 정말로 조금 전까지는 적이었다고……?"

바론의 말은 하나하나 지당했다.

"후후. 혹시 바론이 신국을 이끌고서 저희에게 도전한다면……."

"그때는 또, 나라까지 한꺼번에 멸망시켜줄 테니까."

"……그렇군. 알았다. 너희에게는 이길 수가 없겠어."

어째선지 지금 말을 듣고서야 처음으로 바론의 힘이 빠진 것 같았다.

"그래그래! 그 얼굴이면 돼! 좀 더 자유롭게 가자고—!"

"그래요. 기사단장이 이렇게 나래를 펼 수 있다니, 오랜만이지 않나요?"

"그도 그렇군……."

부드럽게 웃는 바론. 그 표정에서 험악한 기운이 사라지고 찡그렸던 미간에서 주름이 가시면서 미녀 한 사람이 매력을 유감없이 발휘하게 되었다.

"그럼 우선 뭣부터 움직이는 거지?"

"아, 메이드가 있으면 좋겠네!"

"그렇군요. 집도 넓어졌으니까."

"그렇군, 메이드인가……. 아니, 오히려 이제까지 이 집에 그런 사람은 아무도 없었나?"

"어쨌든 최근에 이렇게 됐으니까요. 시케스가 없다면 아무도 없었어요."

리리가 이렇게 만들었는데.

"그런가……. 뭔가 도울 수 있는 일이 있다면 하지."

바론의 그 말을 리리는 놓치지 않았다.

"도울 수 있는 일, 있다고요?"

리리의 표정을 본 바론이 뒷걸음질 쳤다.

"잠깐만. 그건 뭔가 좋지 않은 예감이 든다고."

"일단 메이드, 안 해볼래?"

"헛소리하지 마라!"

"마침 여기에 메이드 옷도 있으니까요."

"아니 잠깐만, 이상하게 노출만 눈에 띄는 그 옷을 메이드 옷이라고는 안 해!"

리리가 꺼낸 메이드 옷이라 부른 옷들은, 일단 정통적인 롱스커트 타입부터 가슴께가 크게 트인 것, 애당초 가슴에 마이크로 비키니 정도밖에 없는 것까지 다양했다. 이제는 메이드 옷의 기능성은 전혀 남지 않은, 메이드 옷 같은 야한 옷에 불과했다.

"주인님께서 선택해주시겠어요?"

"린트 경…… 나는 일단 이 중에서 가장 상식이 있는 건 린트 경이라고——."

"그럼 이걸로."

"자비는 없느냐?!"

망설임 없이 가장 방어력이 낮은 것을 골랐다. 주저는 없었다. 그게 말이지, 바론은 귀여우니까. 귀여운(야한) 옷을 입히고 싶은 것은 어쩔 수 없는 일이겠지.

프릴이 달린 하얀 카튜샤, 레이스가 장식되고 가슴께만을 덮기 위한 약간의 천, 끈 같은 팬티, 그리고 하반신에 방어력이 없는 완전 미니스커트.

정면에서 봐도 옆에서 끈이 보일락 말락 할 정도로 짧은 치마. 뒤에서는 끈 팬티로 덮인 훌륭한 것이 보일 터.

그리고 이 앞치마의 뛰어난 부분은 앞에서 봤을 때에 니삭스와 어우러져서 절대 영역을 연출하는 것이었다. 하얀 천과 검은 천의 콘트라스트가 아름답겠지.

"그럼, 옷 갈아입는 타임."

"탈의실이 없으니까 샤워 룸을 써도 될까요?"

"샤워 룸이라면 설마 저기 유리로 된 아무것도 가릴 게 없는 저걸 말하는 건가?"

반쯤 자포자기한 바론이 물었다.

"뭐, 어때어때, 자자! 벗어벗어—!"

"앗…… 이게! 그만해! 아니 잠깐만 어째서 아래쪽만 벗기는 거냐! 괜히 더 부끄럽잖아!"

눈에 무척 좋은 광경을 펼치며 바론이 옷을 갈아입었다.

"큭…… 차라리 죽여라…….."

"말은 그러면서도 제대로 갈아입었구나—."

"거의 네가 억지로 했잖아!"

"주인님도 싫진 않으시죠?"

"그러네."

오히려 좋다.

"하아…… 뭐…… 어쩔 수 없지…….."

바론은 이미 두 사람에게 거스르는 걸 포기했다.

"뭐, 바론은 강하고 테임으로 힘이 늘어났다고는 해도, 이제부터 별도 행동이 늘어날 것도 있어요."

"설마 계속 메이드를 시킬 생각인가?!"

바론이 경계태세에 들어갔다.

"그럴 리 없잖아요. 신국의 소란이 진정되면 바론은 그곳의 실질적인 지도자니까요."

그를 위해서 테임했다고 그러는 것 같았다.

"그랬군……. 뭐, 이제는 상관없겠지. 뭣부터 하면 되나?! 청소인가!"

체념한 분위기이지만 살짝 즐거운 듯 바론이 말했다.

움직일 때마다 가슴이 위에서도 옆에서도 보일 것처럼 움직이고 엉덩이는 항상 훤히 드러난 상태였다. 앞을 가리는 앞치마도 불안하고 거의 끈밖에 없는 그곳도 흘끗흘끗 보였다.

"청소는 시케스가 해줬으니까 말이지."

"아! 그럼 뭔가 먹고 싶어! 바론, 밥 만들 줄 알아?"

"혼자 다니는 경우도 많으니까 어느 정도는 만들 수 있어. 좋아, 뭔가 만들까."

노숙이 강제될 법한 일이라면 뭐, 간단한 조리는 스스로 할 수 없어서야 목숨에 영향이 가는 일도 있을 테니까.

의욕을 발휘하는 바론에게 리리가 이렇게 말했다.

"다만 문제가 있어서, 이 집을 만든 건 정말로 최근이라 요리를 하려고 해도 재료가 없거든요."

"그런가그런가. 그건…… 응?"

"그러니까 우선은 장보기부터, 일까요."

생글생글 말하는 리리.

자신의 복장을 위에서 아래까지 확인한 뒤, 말없이 리리를 바라보는 바론.

"알았다. 그렇다면 옷을 갈아입어야겠군."

"그대로."

"옷을……."

"그 대 로."

또다시 말없이 마주 보는 두 사람.

생글생글한 표정과 달리 이의를 허락지 않는 리리.

"역시 너희는 싫어어어어어어어어어어어어."

바론의 비통한 외침이 쓸데없이 넓은 우리 집에 울려 퍼졌다.

◇

바론은 떨떠름하게 그 복장 그대로 밖으로 나갔다. 다만 다른 사람과 만나는 것을 피하기 위해 눈에도 안 보이는 속도로 숲으로 뛰어들었다. 식재료만 손에 넣으면 된다는 의미에서는 잘못된 선택은 아닐지도 모르겠다.

그리고 빌레나는…….

"아! 메이드로 괜찮은 아이가 있을지도! 잠깐 다녀올게!"

"어……?"

다음 순간에는, 이미 빌레나는 보이지 않았다. 말릴 틈도 없었다……. 대체 누굴 데려올 생각일까.

이러저러해서 리리와 둘만 남았는데…….

"단둘이네요, 주인님."

"으음……."

3층 건물이 된 우리 집 중앙에 위치하는 거대한 침실에 리리와 둘…….

지붕 달린 침대에 앉아서 내게 기댔다. 커다란 그것이 닿는 상황은 항상 있는 일이지만…… 감촉이 너무나도 부드럽다. 벗고 있구나…… 이미…….

"벗지 말아줘…….."

"후후. 확실히 지금 한다면 빌레나가 화를 낼 테니까요."

의외로 간단하게 옷을 다시 입었다는 사실에 놀랐지만 뭐, 리리도 진심이 아니었다는 의미겠지. 살짝 그럴 기분이 들었던 만큼 아쉽다면 아쉽지만…….

"단둘이라고 그랬지만 시케스는 있잖아."

"시케스라면 옥상에서 정원을 가꾸고 있어요."

"알 수 있나…….."

"기척을 감추지 않으니까요. 부르면 오겠지만…… 셋이서 즐길까요?"

"이것 참…….'"

그렇다고는 해도 살짝, 흥미가 없는 것은 아니었다.

다만 시케스는 경위가 경위니까 말이지……. 말만 하면 간단히 다리를 벌릴 것 같기는 하지만, 일단 신국의 분쟁을 어떻게든 할 때까지는 참자고 생각하던 참이었다.

뭐, 그렇게 고민할 틈도 없이 두 사람의 시간은 순식간에 끝났다. 리리도 아마 이걸 아니까 그저 놀리는 것뿐이었을 테지.

"다녀왔어—!"

빌레나는 침실 창문을 통해 맹렬한 스피드로 뛰어들었다. 기껏 훌륭한 현관이 있지만 사용하는 사람은 적을지도 모르겠다…….

"어서 와, 어라? 그쪽은?"

"응? 아, 일어나—!"

빌레나에게 손을 붙들린 인물은 기억에 있는 미녀.

"길드 제복……?"

"밀라 씨인가."

나의 C랭크 승격 시험 당시에 이런저런 일이 있었던 가이엘 길드의 접수 담당이다. 눈에 띄는 금발과 드세 보이는 얼굴은 빌레나 탓인지 완전히 너덜너덜했지만…….

리리의 힐을 받고 의식을 되찾은 밀라 씨가 눈을 떴다.

"여긴……?"

"여기가 직장이야!"

"허, 허어……."

방을 둘러보는 밀라 씨.

거대한 침대, 호화로운 샹들리에, 어째선지 방 안에 있는 밖에서 훤히 보이는 샤워 룸……. 이상한 광경에 사태를 받아들이지 못하는 모양이었다.

"빌레나, 아무리 그래도 멋대로 길드 접수 담당을 데려오면 안 되잖아……?"

"응? 이 아이 본인이 오고 싶댔어. 게다가 뒷일은 맡기겠다고 귈렘도 그랬고."

귈렘이라면 빌레나의 예전 학생이자 시험관을 맡았던 그 사람, 인가.

일단 혹시 모르니까 밀라 씨의 의사를 확인해두자.

"그런 거야……?"

밀라 씨를 봤더니 어쩔 수 없다든지 마지못해서, 라는 말이 표정으로 여실하게 비쳤다.

"급여를 세 배로 주겠다고 그러니까 수긍했지만, 그다음부터는 기억이 없어……."

다음 순간에는 빌레나가 손을 붙잡고 맹렬한 스피드로 이동했을 테지. 절실하게 이해합니다, 라는 느낌이었다.

"조건은 말한 대로! 린트 군의 테임을 받을 것, 린트 군을 받아들일 것, 린트 군의 집을 제대로 관리할 것. 장을 보러 가고 싶다면 수도 정도는 언제든지 데려다줄게."

그 말에 밀라 씨가 내 쪽을 봤다.

"하아…… 뭐, 정말로 액수가 세 배라면 딱히 문제없어."

여러모로 포기한 것 같은 표정이면서도 뭐, 밀라 씨도 괜찮다고 말하면 괜찮겠지.

하지만…….

"받아들이겠다는 거, 정말로 괜찮아……?"

"그건 확실히 걸린단 말이지……. 나는 몸을 파는 것 같은 짓은 하고 싶지 않은데……."

"어라? 린트 군, 취향 아니야?"

빌레나의 말에 밀라 씨가 움찔 반응했다.

"뭐, 취향이 아니더라도 안을 수 있다고? 아, 안는 것도 싫을 정도로 취향이 아냐?"

빌레나의 노골적인 도발에 넘어가고 마는 밀라 씨.

"흐—응……. 내 매력을 모르는 건가……. 아쉽네, 아직 어린애일까."

"뭐, 가슴도 리리만큼은 아니고 스타일은 나만큼 좋지도 않고 머리카락이 예쁜 바론도 경험해버렸고, 세 사람과 비교하면 대단치도 않은걸."

"뭐?!"

얼굴을 붉히는 밀라 씨. 하지만 빌레나와 리리를 보고 더는 다음 말을 잇지 못했다.

"뭐, 싫다면 나도 딱히 무리하게 말하지는 않을 테니까 집 관리를 제대로 해준다면……."

"할게."

"어?"

"내 매력은 이런 계집애들한테 없는 테크닉이야! 각오해!"

"어어?!"

밀라 씨가 나를 밀어서 넘어뜨리듯이 올라탔다.

"우선은 테임이네."

"그동안에 옷도 갈아입을까요."

그러는가 싶더니 두 사람이 밀라 씨를 떼어내고는 조금 전에 바론을 힘들게 만든 메이드 옷을 건넸다.

날카롭고 예쁜 눈이 굉장히 싫은 것을 보는 표정으로 변했다.

"이거…… 천밖에 없다고?"

"옷이라면 전부 천이니까―."

그건 그렇지만, 조금 더 뭔가…… 뭐, 빌레나한테 무슨 소리를 해도 소용없겠구나.

"주인님, 테임테임."

"괜찮겠어?"

"어어…… 정말로 제대로 벌 수 있다면."

뭐, 길드의 세 배는 클 테니까. 본인이 괜찮다면 괜찮나.

테임을 하고자 다시금 밀라 씨와 눈을 마주쳤다.

날카로운 눈매라고 한다면 그렇겠지만, 째진 눈에는 눈물점도 있어서 언뜻 봤을 때에는 미인이라고 여겨지는 매력이 있었다. 단발인 머리카락은 둥실둥실 부드럽게 말려 있었다. 키는 빌레나와 리리보다는 컸다. 바론 정도는 아니었다.

응, 이제까지 없는 타입일지도 모르겠다.

"자, 이걸로 됐지?!"

"이건 이건……."

"좋네, 야한 몸이야."

아저씨 같은 두 사람의 말에 밀라 씨의 얼굴이 새빨갛게 물들었다. 노출이 굉장했다.

길드 제복의 청초한 인상에서 돌변하여 무척 자극적이었다.

"그래서, 어때! 할 거야! 안 할 거야?!"

뭐, 그렇게까지 말한다면…….

밀라 씨가 시키는 대로 침대에 눕자, 곧바로 밀라 씨가 내 유두를 핥으며 아래를 괴롭히기 시작했다.

"나한테는 흥미가 없는 것 같던 주제에 이미 이쪽은 준비됐잖아."

유두를 핥으며 밀라 씨가 말했다. 그야 딱히 흥미가 없었다기보다는 싫다는 상대를 억지로 하게 만들 생각이 없었을 뿐이니까.

"어때? 이런 것도 괜찮지 않아?"

뒤덮듯이 밀라 씨가 유두를 핥으며 반대쪽도 손톱을 탁탁 튕겼다.

그러면서도 솜씨 좋게 아래쪽으로도 손을 뻗거나 다리를 제대로 사용해서 자극하거나, 확실히 테크닉은 느껴졌다.

"우선은 입으로 보내줄게."

"오오……."

식스나인 자세로 주저 없이 입에 물기 시작한 밀라 씨.

"츄웁…… 이건…… 어때? 금세 가버리면…… 햐앙?!"

"그야 그런 자세로는 반격을 당해버리겠죠."

"테크닉은 있어도 방어력은 어떨까?"

"큭…… 알겠어! 마음대로 괴롭히면 되잖아!"

그렇다니까 마음대로 괴롭히도록 하자. 천 면적이 거의 없으니까 조금 옆으로 건드린 것만으로 밀라 씨의 그곳이 드러났다.

제대로 손질해서 깔끔하게 해두었다. 얼굴을 가져다 대고…….

"응?! 자, 잠깐…… 응…… 아아아아아아아앗."

"자자―, 제대로 입에 물라고?"

"기다…… 앗…… 아아아아아아아아."

"주인님의 테크닉을 얕봤군요?"

"으음…… 앗…… 으응…… 하아…… 아아아아아."

핥을 때마다 좋은 반응을 보여주는 밀라 씨. 그런 상태에서도 필사적으로 내 물건을 핥는 것도 잊지 않았다.

"하아…… 지지 않……아…… 아아앗…… 잠깐만…… 그 이상은…… 앗……."

나도 빳빳하게 해줬으니까 밀라 씨도 한 번 가야겠지.

페이스를 올리자…….

"앗…… 그건…… 격렬…… 앗아…… 아아아아아아아아아아아아아."

"어머나, 무척 간단히 당해버렸네요?"

"큭……."

"그럼, 본편이지?"

"……아, 알았어. 하면 되잖아!"

몸을 휙 뒤집은 밀라 씨가 무릎을 세우고 고개를 돌렸다.

"이미 이렇게나 준비가 만전이라니, 하고 싶어서 참을 수가 없지?"

"그렇겠죠. 주인님, 어떻게 하실래요?"

물론 내 것도 임전 태세이지만 기왕이면 상대에게 바라는 것이 있었다.

"그대로 스스로 벌리고서 부탁해봐."

"허어?!"

밀라 씨가 분노와 수치심으로 얼굴을 새빨갛게 물들이며 외쳤다.

하지만 빌레나와 리리를 보고 상황을 떠올렸는지 마지못해 사타구니로 손을 뻗었다.

"……으으…… 그게…… 네 걸…… 여기에…… 넣어…… 정말! 하, 하면 되잖아!"

끝내는 참을 수 없었던 모양이지만 충분하겠지.

"갈게."

"응…… 아아아아아앗."

넣고 우선 한 번, 허리가 튀었다.

"자, 잠깐…… 커…… 응."

밀라 씨의 그곳은 뭐라고 할까, 딱 적당하게 움직이기 편하고 딱 적당하게 감싸주었다.

"앗…… 자, 잠깐…… 키스 정도…… 하라고…… 응……."

넣은 다음에 밀라 씨는 솔직해서 귀여웠다. 그렇게 조르면서 스스로도 허리를 흔들었다.

"아앗…… 응…… 으으으응."

하지만 아마도 빌레나랑 리리 정도의 체력은 없으니까 슬슬 지치는구나.

나도 이만 가자.

"밀라 씨, 갈 것 같아?"

"이미…… 응…… 몇 번이나…… 갔어! 하아…… 으응."

나를 피한 밀라 씨의 고개를 억지로 이쪽으로 돌리고는 입술을 덮고 페이스를 올렸다.

"으으으으응…… 으응…… 하아…… 으음…… 으으으으으응."

그대로…….

"간다!"

"으으으으응! 으으으으으으으으으으응!"

밀라 씨의 허리가 격렬하게 튀어 오르고 그대로 호흡이 거칠어졌다.

◇

"그런 소리를 해놓고는 금세 히익히익 하다니, 귀여웠다고요?"

"큭……."

"후후후―. 귀여워귀여워."

"하읏?! 그, 그만해…… 지금 만지지…… 응…… 말라고."

나랑 하고는 지쳐서 움직이지 못하는 밀라 씨에게 두 사람이 장난을 쳤다. 마음에 든 모양이었다.

이리하여 무식하게 커다란 집의 관리를 맡을 멤버가 탄생했다.

곧바로 바론은 돌아왔지만 한 사람이 늘어난 탓에 또다시 밖으로 식재료 조달을 나서는 꼴이 되어, 눈물을 글썽이며 소리치는 신세가 되었다.

◇

플레멜의 길드 지부에서는 모험가들이 모여서 길을 올려다보고 있었다. 그들의 눈빛은 다들 적의로 넘쳐났다.

수도의 재판이 될 테니까 걸어가자고 그랬지만 반드시 길을 타고 가라는 다른 사람들에게 떠밀리는 형태로, 결국 이런 일이 된 것이었다.

부추긴 본인들은 태평하게 이런 소리를 했다.

"정말로 수도 길드보다 레벨이 높네……."

"그렇군요……. 주변 몬스터의 레벨도 다르고요."

"놀랐어……. 신국이 중대한 몬스터 재해를 당하지 않았던 건 여기 덕분인가……?"

바론도 타고 있어서, 세 사람 모두 플레멜 길드에 모인 모험가들의 높은 레벨에 감탄하고 있었다.

드래곤이 나왔다고 우왕좌왕 도망치는 모험가는 하나도 없었다. 오히려 호전적인 눈빛으로 이쪽을 노려볼 정도였다.

나도 이제까지 수도에서 만난 사람들과 비교하면 상당한 레벨 차이에 다시금 놀랐다.

"자, 그럼 여긴 린트 군이 가서 설명하도록 할까!"

"어?"

"그게 좋겠죠. 주인님의 개선식이니까요."

"아는 사람도 있다면 설명하기도 편하지 않을까?"

"아니…….."

길드에서 나에 대한 취급을 생각하면…….

"됐으니까됐으니까! 자! 다녀와—!"

"어? 어어어어어어어어어어."

길의 등에서 밀려 떨어진 나는 허둥지둥 정령 소환으로 카게로를 몸에 둘렀다.

이렇게 떨어지는 것은 두 번째인데, 이번에는 제대로 착지를 해야만 하는데다가 밑에 있는 것은 우리를 적대시하는 모험가들이었다.

플레멜은 변경, 수도와 다르게 항상 위험과 마주하며 싸움에 익숙한 모험가들은 다들 항상 전장에 있다는 마음가짐이었다.

그러니까——.

"바람이여."

"땅이여."

"워터 커터."

"흥."

"기다려봐! 나야!"

내 말은 전해지지 않고 무수한 마법과 참격, 화살이 온몸으로 쏟아졌다.

"젠장! 카게로! 큐르케!"

"큐큐—!"

"큐!"

마법은 튕겨냈다. 본인들의 공격 정도는 받아낼 수 있겠지.

물리 공격은 카게로의 방어력을 믿었다.

무수한 공격으로 낙하의 충격은 완화할 수 있겠다는 것만이 구원이었다. 다만 착지 직후에는 경직이 생긴다. 틀림없이 이 녀석들은 그 타이밍을 놓치지 않는다.

"윽."

착지.

충격을 죽이기 위해서 굴렀지만 자세를 가다듬을 여유는 없었다.

"간다!"

내가 착지한 것과 거의 동시에, 근접전 전문인 검사나 창술사 등이 돌진했다.

"후우우우우우우……."

카게로에게 맡겨도 되겠지만 기왕이면 배운 기술을 하나 쓰자. 막 배워서 불안이 없지는 않았지만 마침 좋은 연습이었다.

"간다."

카게로와 의식을 링크했다. 카게로가 가진 능력 중 하나, 신기루. 실체가 없는 환술이면서도 실체를 동반한 공격을 엮은 그림자 분신.

"뭐냐, 이 녀석?!"

"괴물 자식!"

모험가들이 각자 응전했지만 모든 것에 카게로의 힘이 있다고 생각하면 그렇게 간단히 상대할 수는 없다. 그 틈에 랭크가 높은 모험가들부터 무력화했다.

"으억?!"

다섯 명째. 이 중에서 가장 랭크가 높은 A랭크를 모두 무력화시킨 참에 분신을 해제했다.

아마도 주변에서 보면 이제까지 싸우던 환수가 한곳에 보여 사람의 형태를 만든 것처럼 보였을 테지.

"조금은 사람이 하는 이야기를 들어달라고……."

"동업자……인가?"

거친 환영을 받으며 오랜만에 고향 길드에 도착했다.

"끝났어?"

때를 보고 있었는지 빌레나가 뛰어들었다.

"저건…… 순광?!"

이어서 리리.

"수고했어요―! 이젠 완전히 익숙해지셨네요! 주인님!"

"성녀님?!"

"아니, 주인님이라고?!"

그리고 바론.

"역시 대단하군, 린트 경은."

"저건 신국의 멸룡 기사단 단장이라고?!"

이거, 역시 나보다 이 멤버가 내려오는 편이 빨랐을 테구나 싶지만, 뭐 됐나.

그런 생각을 하는 사이, 모험가들 몇 명이 내게 다가왔다.

"저기……."

"응?"

"너…… 린트가 맞겠지?"

"그런데……."

플레멜의 모험가들에게 나는 미미한 잔챙이, 하물며 테이머니까 모멸의 대상에 불과했을 터.

나도 상대가 너무 많아서 미처 기억할 수는 없지만 이 상대의 얼굴은 어렴풋이 기억하고 있었다.

"아니…… 저기……."

"걱정 안 해도, 딱히 뭘 하러 온 건 아니니까……."

"그, 그런가……."

말을 건넨 모험가는 나를 괴롭히던 허다한 모험가 중 한 사람이었다.

내가 아직 E랭크였던 무렵에 시비를 걸고, 그날 하루 동안 모은 약초류를 모두 털어간 상태였는데……. 다만 그 정도 일은 일상다반사였다. 일일이 그런 일로 보복을 하러 다니다가는 끝이 없다.

"괜찮겠어? 린트 군."

"주인님께서 무슨 일을 하시더라도 어느 정도는 치료할 수 있다고요?"

"너, 정말로 이 녀석들과 파티라도 괜찮겠나?"

내가 그럴 생각이 없다는 걸 알고서도 세 사람은 저마다 반응을 보였다.

"괜찮아."

그러고서 길드로 가려고 했는데…….

"린트 군, 모처럼 왔으니까 혼자서 다녀오는 건 어때?"

"어?"

빌레나의 갑작스러운 제안을 의문스럽게 생각했다.

하지만 리리도 그에 동의했다.

"그러네요. 저희는 가재도구를 갖춰둬도 괜찮을지도 모르겠네요."

"나는 뭐든 상관없는데…….."

당황한 내게 빌레나가 이렇게 말했다.

"길러준 부모님, 같은 사람이잖아? 여기 길드에 있는 사람. 그렇다면 자, 이렇게 어엿하게 성장했다고 혼자서 이야기해주는 게 좋잖아!"

그러면서 빌레나가 내 등을 밀었다.

확실히 접수 담당 루미 씨는 정말로 유일하다고 해도 될 정도로 내게 잘해주었고, 길드 마스터 쿠엘은 무척 이런저런 일로 손을 써주었을 테지.

"알았어."

"그럼 집에서 기다릴 테니까!"

"다녀오세요, 주인님."

"즐기고 오도록 해라."

세 사람의 배웅을 받으며 나는 홀로, 그리운 길드의 문을 열었다.

◇

"어머, 린트 씨. 혼자세요? 밖에 그렇게나 사람들이 많이 있었는데."

"보고 있었나……."

"물론이에요. 어서 와요. 오랜만이에요!"

"오랜만이야. 루미 씨."

수도로 떠난 뒤로 처음이니까 얼마나 오랜만일까…….

모험가가 되어서 악착같이 일하는 내게 벌이가 좋은 일을 알선해주거나, 테이머가 되어서 괴롭힘이 늘어난 뒤로도 길드의 뒷배를 써서 감싸주거나. 여러모로 나를 돌봐주었다.

루미 씨 덕분에 나는 수도까지 다다랐다고 할 수 있었다.

그런 루미 씨말인데……."

"너무하네요…… 저를 버리고 갑자기 수도로 떠나는가 싶었더니 그런 미인들만 모아서 과시하듯 돌아오다니……."

"아니아니……."

자그마한 체구에 눈이 크고 서글서글해서 다람쥐 같은 외모.

당연히 인기도 있지만 묘하게 나는 배려해주던 것 같기도 하고, 신참 모험가한테는 다들 다정했던 것 같기도 했다.

때때고 이렇게 놀리는 것도 애교가 있어서 귀여웠다. 다만 주변에 있는 모험가들의 눈빛이 무서웠지만…….

"후후…… 그건 그렇고 린트 씨, 잠깐 사이에 정말로 늠름해졌네요."

"그런……가?"

"그래서…… 어느 아이가 진심인가요? 역시 성녀님?"

"아니……."

진심……? 그런 개념으로 생각한 적이 없었다고 할까, 생각할 틈이 없었다고 할까…….

"어머어머, 혹시 하렘인가요?! 어머―, 그렇다면 저도 끼고 싶네요."

"농담은 그만하고……."

이런 놀림을 진지하게 받아들인 신인에게는 선배들이 거칠게 현실을 주입한다. 지금도 나와 루미 씨의 대화에 귀를 세우는 모험가들은 많이 있었다.

"후후. 지금 린트 씨라면 살짝, 정말로 괜찮을지도 모르겠다고 생각하는데요."

"예예. 그보다도, 아마도 쿠엘한테 내가 왔다고 전하면……."

때마침 안쪽 방의 문이 열렸다. 듣고 있던 걸지도 모르겠네."

"오랜만이구나, 린트 군."

플레멜 길드 마스터, 쿠엘이 맞이했다. 여전히 무슨 광대인가 싶은 화장이 눈에 띄었다.

"응, 정말로. 쿠엘."

"서서 이야기하는 것도 좀 그렇겠지. 와주겠느냐."

수도처럼 넓지도 깨끗하지도 않지만 이곳은 상위 모험가나 그야말로 수도의 관리들만이 사용하는 방.

분위기는 변했지만, 나를 아는 주변의 모험가들은 길드 마스터가 선뜻 초대했다는 사실에 놀랐다.

"어째서 린트가……."

"아니, 하지만 밖에서 봤잖아……. S랭크 모험가에 드래곤이라고……."

"소문으로는 저 녀석도 B랭크라던데."

다양한 감정이 엿보였지만, 수도에서 본 것 같은 멍청이는 없었다. 내가 과시하듯이 카게로를 빙의시키자 이제는 어느 누구도 아무 말도 하지 않았다.

◇

시키는 대로 응접실로 들어가자 연극 같은 말투로 쿠엘이 이야기를 시작했다.

"이것 참. 수도에서의 활약은 들었다. 자랑스럽구나, 우리 플레멜 길드 출신의 모험가가 각광을 받는 것은."

중성적인 얼굴에 연극 같은 말투와 동작. 이미 상당한 나이라고 생각하지만 외모는 젊었다. 남자인데 화장도 했으니까 더더욱 나이를 쉽게 알 수 없는 부분도 있었다.

이래봬도 전직 A랭크 모험가니까 말이지……. 상위 랭크는 어딘가 이상하지 않고서는 다다를 수 없겠다고 생각했다.

"정말이에요. 플레멜 길드 출신 중에 가장 출세한 게 아닐까요!"

홍차 찻잔을 준비하며 루미 씨까지 칭찬했다.

"나는 빌레나한테 휘둘리기만 했을 뿐인데……."

"뭐…… S랭크 모험가한테 휘둘리고서 무사할 수 있다는 게 이미 재능 아니냐. 자랑해도 되겠지. 루미 양은 하렘을 보고 토라졌다만 말이야."

"잠깐, 길드 마스터?!"

바둥바둥 자그마한 동물처럼 바쁘게 루미 씨가 항의했다.

어쩐지 그립네…….

루미 씨는 기본적으로 신인을 놀리거나 그러면서 거리를 좁히지만, 이렇게 길드 마스터가 상대라면 허둥지둥하는 모습을 드러냈다. 좀처럼 나타나지 않는 길드 마스터 쿠엘이 일정한 인기를 유지하는 이유 중 하나는, 사랑스러운 루미 씨의 모습을 볼 수 있게 해주기 때문일지도 모르겠다.

"자, 수도에서 눈부신 활약을 보여주는 신진기예의 모험가가 이런 변경의 길드에 온 것에는 나름대로 이유가 있을 거라 생각하는데 어떠냐? 지난번에는 집에만 머무르면서 이쪽으로 오진 않았잖으냐."

"알고 있었나."

"린트 씨, 그런 화려한 대수리를 해놓고 모를 거라고 생각했나요……?"

"어—…… 그건 뭐, 그런가…….."

리리가 대개조했으니까 말이지, 집을.

"던전이라도 나타났느냐며 조사했을 정도야. 공들여서 결계로 방어까지 되어 있어서 누구도 안으로 들어가지 못해서 조사에 한동안 시간이 걸렸다고."

"그건 미안하네."

뭐, 그런가. 갑자기 그런 건물이 나타났다면 놀라겠네…….

"밖에서 린트 씨의 집이라고 판명되었으니까 지금은 건드리지 않지만, 다음부터 뭔가를 할 때는 가르쳐달라고요?"

"알았어."

"오히려 루미 양은 한 번 놀러 가고 싶어 했을 정도니까. 어떠냐? 초대해준다면."

"예?! 아니…… 저는…… 그게…….."

항상 나를 놀리면서 막상 이럴 때는 이런 반응을 보여주는 루미 씨, 귀엽네.

"오고 싶다면 막지는 않겠지만, 그 멤버한테 말려들어도 나는 못 막는다고만 말해둘게."

"……그렇군요."

아무리 그래도 싫어하는 상대는 어떻게 할 멤버는 아니더라도 장난이 지나쳐서 루미 씨한테 야한 걸 시작하지 않는다고 단언할 수는 없으니까 말이지…….

"뭐, 그건 차차 이야기하고. 여기 온 목적의 반 이상은 얼굴을 비추는 거였으니까. 그리고 일단, 이다음에 우리가 어떻게 움직일지 공유해두려는 것 정도일까."

"흥미 깊군. 드래곤은커녕 재앙급조차 아군으로 끌어들인 테이머가 다음에는 어디로 향할지."

씨익 웃으며 쿠엘이 말했다.

루미 씨도 온화하게 웃으며 홍차를 입에 댔다.

"신국의 쿠데타를 다시 한번 뒤집으러 가게 됐어."

"푸헉?!"

"루미 씨?!"

그만 홍차를 뿜은 루미 씨를 걱정했더니 부끄러운 듯이 얼굴을 붉히며 입가를 닦고 있었다.

"실례했어요…… 저기…….'"

"괜찮아. 방음 마법은 전개해뒀다. 그건 그렇고…… 쿠데타가 일어났다는 것조차 국가 규모의 중대한 기밀인데…….'"

그런가. 빌렌트도 나라에서는 그다지 파악하지 못했다고 그랬구나.

"그래서, 뒤집겠다는 건…… 으음, 현 정권은 넘버 투였던 추기경…….'"

"키라엠이야."

"그래그래. 그렇다면 교황파에 붙겠다는 건가요?"

"아니, 리리…… 그게 성녀는, 나를 신국 수장으로 앉히겠다는 모양이니까 제삼세력이 될 예정."

"안 되겠어요…… 머리가 따라가질 못해요…….'"

루미 씨의 머리에서 연기가 보이는 것 같았다.

쿠엘은 금세 사고를 전환했는지 이렇게 답했다.

"그렇구나. 그러면 이곳 플레멜은 왕국령에서 가장 신국에 가깝고 중요한 장소이겠군."

"응. 저쪽에서 다툼을 벌일 건데 걱정하지 말라고 전해두는 편이 나을 것 같아서."

"한 나라를 상대할 건데도 걱정하지 말라는 소린가. 용병단이라도 만드는가 싶었더니……. 아니 뭐, 저 멤버를 보면 아무리 우수한 플레멜의 모험가라도 그저 거추장스러울 뿐이겠구나."

쿠엘의 말은 뭐, 미처 부정할 수는 없었다.

"플레멜 길드 마스터로서는 딱히 참견할 일도 아닐 테니 아무런 문제도 없겠지. 오히려 문제가 되는 건 좀 더 큰 조직이 아닌가?"

"그런 생각으로, 얼마 후에는 국왕을 알현할 거래……."

"앗핫핫. 그렇구나. 이미 충분히 출세했다고 생각했는데, 이건 굉장하네."

"너무 굉장해서 따라가질 못하겠어요……."

자포자기한 기색으로 루미 씨는 과자를 먹고 있었다.

"왕가도 참가한다면 걱정할 필요는 없겠지만, 특히 대귀족들의 움직임도 주시해두는 편이 나을지도 모르겠군."

"대귀족, 인가."

"그래. 이 지역을 통치하는 건 알다시피 비하이드 변경백이니까 말이다. 정확하게 말하면 카르멜 기사작이 다스린다고는 해도, 실질적으로는 비하이드 영지다."

"일단 인사 정도는 가두는 편이 나을까……?"

비하이드 변경백.

이미 키라엠파라는 사실은 아는 상대니까 말이지…….

"그런 패기로 갔다가는 인사로 그치질 않게 될지도 모르겠지만 말이다."

쿠엘이 쓴웃음 지었다.

살짝 지나치게 기합이 들어갔을지도 모르겠네…….

"어, 어쨌든 린트 씨. 조심해서 다녀오시라고요?"

"고마워."

"흐음. 일이 끝나면 또 오도록 해라. 내 쪽에서도 할 이야기가 있었는데, 지금은 안 하는 편이 나을 테니까."

"그런가?"

"그래. 무사히 돌아와라."

"알았어."

두 사람에게 성장한 모습을 보여주고, 두 사람은 내가 무사하길 기도했다.

응. 이것만으로도 이곳에 온 보람이 있었다.

"그럼 다녀올게."

"몸 조심히."

"기다리마."

두 사람의 배웅을 받으며 플레멜의 길드를 뒤로했다.

◇

"아—, 비하이드인가—."

"아마도 인접한 변경백 가문. 게다가 키라엠파이니까 인사 정도는 해두는 편이 나을지도 모르겠네요."

"한 번 신국으로 쳐들어가더라도 대략적으로 어떻게 움직일지는 정해두고 싶으니까."

"작전 회의구나ㅡ! 하자하자ㅡ!"

빌레나가 들떠서는 앞장서고, 우리는 지도를 펼쳐놓은 식당으로 모였다.

우선은 현재 우리와 상대의 전력을 확인하기로 했다.

"비하이드는 일단 내버려두고, 신국의 전력을 알고 싶은데."

"멸룡 기사단은 그러고 보니 어떻게 되는 거야? 바론."

"우리 쪽 패로 쓸 수는 없어. 적으로 돌아서지는 않겠지만……."

"왕국 안에서 교황과 함께 있던가?"

"그렇군. 교황은 몰라도 기사단은 일이 끝나면 회수하고 싶긴 한데, 어차피 솔직히 전력으로서는 불안해. 리스크를 무릅쓰면서까지 끌어들일 필요는 없겠지?"

"그래요."

그렇다면 신국에서 유일하다고 일컬어지던 전력은 이것으로 사라졌는데…….

"애당초 신국은 국민 전원이 C랭크 수준의 마법사였지? …… 폭도 진압만으로도 힘들 것 같은데……."

"그건 제가 가능한 한 빨리 어떻게든 하고 싶어요. 그러니까 바론, 키라엠을 공격하기에 걱정되는 사항이 있다면 이야기해줬으면 좋겠는데요."

"알고 있어."

그렇다. 바론 정도의 실력을 가지고서도 두려운 상대, 그것이 키라엠이다.

"키라엠은 어둠 마법에 특화된 사용자야. 신도는 이미 녀석의 실험장이라고 해도 돼."

"어둠 마법……."

성 마법이 힐러로 대표되는 회복 계열 마법이 많은 것과 다르게 어둠 마법은 디버프, 저주 부류가 메인이 되는 마법 계통이다.

리리의 성 마법과는 정반대…… 따라서 신국의 이미지에서도 무척 동떨어져 있었다.

바론이 자세한 설명을 더해주었다.

"성 마법이 다른 사람에게 힘을 주는 걸 주로 하는 반면에 어둠 마법은 다른 사람의 희생 위에서 성립되는 경우가 많아. 키라엠은 그 특성을 살려서, 국민의 에너지를 이용해서 강력한 힘을 손에 넣고 있지."

"그건 바론이 두려워할 정도였다고."

"그 이상으로, 그 자리에 있으면 나조차 양식으로 삼을 우려가 있었다. 성녀 경의 가호 없이 뛰어드는 건 위험하다고 생각하는 게 좋아."

그런가. 리리의 가호라면 확실히 문제는 없다고 해도, 그 자리에 있는 것만으로 힘을 빼앗긴다는 사실은 그것만으로 위협이구나…….

아무리 바론이 강하더라도 관계없을 터.

"신도는 성역이라고 그러면서, 어둠 마법은 제대로 못 쓰는 거 아니었던가?"

빌레나가 말을 꺼냈다. 그러고 보니 그런 이야기도 들은 적이 있구나.

"신도, 아니, 신국에는 확실히 성 마법 결계가 쳐져 있으니까 어둠 마법의 효과는 높지 않을 테고, 각지의 유적을 파괴하지 않고서는 해제할 수 없기도 하니까 키라엠도 그렇게까지 하진 않을 거라 생각하는데요."

"성녀 경의 말대로다. 하지만 그러고서도 그 장소를 실험장으로 만들 만큼의 힘이 있는 거야."

"그건…… 엄청난 일이네요."

리리로서도 엄청나다는 말이 나온다는 사실이 상대가 얼마나 강한지 이야기했다.

"틀림없이 별의 책이랑 엮여 있겠네―."

빌레나가 말했다.

"주술사의 책, 일까?"

"그렇겠죠. 다만 우리는 별의 책을 가진 사람이 이렇게 네 사람 모여 있으니까 전력 차이는 역력해요."

바론도 도끼 전사의 책이라 불리는 도끼 사용자를 위한 서적을 소지하고 있다.

종마사(테이머)의 책, 격투가의 책, 회복술사의 책, 도끼 전사의 책.

그리고 적이 주술사의 책인가.

"키라엠 외에 경계해야 할 상대는……."

"없다. 그 나라에 남아 있는 건 키라엠의 꼭두각시라고 생각해도 될 정도야."

"그럴 정도인가."

뭐, 하지만 성녀, 기사단, 그리고 암살자 리더였던 시케스도 이쪽이다. 지금은 요리를 준비해주고 있다. 완전히 친숙해져서 밀라 씨와 함께 집을 맡게 되었다.

그렇게 생각하면 적이 키라엠뿐이라는 건 심플해서 이해하기 쉬웠다.

"신도를 급습해서 키라엠을 쓰러뜨리면 끝인가요."

"오, 내가 특기인 이야기네."

속공은 빌레나가 가장 잘하는 일이겠지. 여기서 신도라면, 빌레나는 뛰어서 간다고 할 수 있을 거니까…….

어느샌가 쓰러뜨릴 수 있느냐는 문제가 아니라 타임 어택의 문제가 되었네……. 뭐, 할 수 있다면 그만이지만.

"바론이 보기에, 이곳에 있는 멤버로 신국을 함락시킬 수 있을 것 같아? 세 사람은 몰라도 나는 B랭크인데……."

일반적으로 B랭크 모험가는 무장한 일반 성인 백 명 정도로 강하다고 여겨진다.

말하자면 일당백이지만 이제부터 상대하는 것은 나라다.

"솔직히 그만한 힘을 가지고서 B랭크라는 건 사기라고 해도 될 정도야. 냉큼 이 녀석들과 같은 랭크로 올려버리라고 생각한다."

"바론도 그렇게 생각하는구나―."

바론은 이 멤버 사이에 있으니 잊어버릴 뻔했지만 S랭크 수준의 실력자. 그만한 인물에게 인정을 받아서 물론 나쁜 기분은 아니었다.

"카게로를 제외하더라도 B랭크 수준의 힘은 있지 않을까―?"

"아니, 아무리 그래도 카게로가 없으면 난 제대로 싸우지도 못하잖아……?"

"종마 공감, 자기 강화, 신뢰 강화……. 주인님께 환원되는 것도 이렇게까지 있다면 상당한 수준일 텐데요?"

"이만한 멤버를 거느린 테이머는 역사를 봐도 희소하겠지."

"그건 그럴 테지만……."

테이머 자신의 능력 강화는 드래곤 한 마리를 테임하고 처음으로 "조금 변했을까?"라고 여겨질 정도의 수준. 애당초 드래곤을 테임할 수 있을 테이머는 강한 것 때문에 곤란하지 않을 테니까 너무나도 미미한 효과라서 까맣게 잊고 있었다.

하지만 지금 내가 테임한 멤버들을 다시 생각한다면 이 효과, 도저히 바보 취급 할 수 없는 존재가 되었을 테지.

"알아차리지 못했을 뿐이지 주인님은 강해졌어요."

"애당초 나한테 이겼다고. 걱정할 건 오히려 내 쪽이겠지."

"나, 리리, 바론, 카게로만으로도 S랭크 수준이 넷이네. 린트 군은 바론한테 이겼으니까 이미 S랭크로 계산해도 되고."

"길도 주인님의 테임 효과로 힘이 강해졌으니까 이제는 S랭크라고 해도 될지도 모르겠네요."

S랭크 염가 대방출이었다.

"뭐, 주인님은 자신의 성장 이상으로 저희의 강화로 힘을 돌리는 것처럼 보이는 만큼 실감이 없으실 테지만, B랭크 정도의 상대라면 빙의 없이 압도할 수 있을 거예요."

"응응!"

두 사람이 평소 그대로 나를 추어올렸다.

"고마워. 그래서 뭐, 내가 B랭크가 아니라고 해도 상대는 나라라서 이야기의 규모가 크니까……."

"그러네. 확실히 모두 강하지만, 신도를 중심으로 반격 준비를 갖추고 있을 키라엠과 맞붙는 걸 생각하면……."

바론이 생각에 잠겼다.

"단독 전투 능력에서 타의 추종을 불허하는 빌레나 경. 광역으로 마법을 전개하고 가는 곳곳에서 신국 백성을 아군으로 만들 수 있는 성녀 경. 그리고 S랭크를 포함한 복수의 몬스터를 거느린 테이머 린트 경. 거기에 나까지 S랭크 수준으로 네 사람인데……. 키라엠이 가진 카드는 미지수인 부분도 있어. 욕심을 부리자면 어둠 마법에 대항할 수 있다면 좋겠다만……."

"그건 바론이 할 수 있지 않을까?"

"나 말인가?! 아니…… 다소 이해는 있지만, 하지만……."

바론이 황급히 부정했지만 어떻게든 될 것 같았다.

그러고 보니…….

"바론한테는 두 사람 같은 변화는 없나."

"변화……?"

"빌레나는 뿔이 생겼고 리리는 천사화를 익혔는데……."

"테임 부스트 말이구나―!"

빌레나가 그러면서 뿔을 드러냈다.

"아니…… 역시나 신체에 그런 변화는 없다만……. 최근에 확실히 몸이 가벼워진 것 같긴 했지……."

"아, 바론은 다크 엘프였죠?"

리리의 말에 처음으로 깨달았다.

갈색, 단정한 얼굴, 그리고 살짝 뾰족하고 긴 귀. 특징은 충분히 갖추고 있었다. 평범한 엘프보다 귀에 특징이 크게 드러나지 않고 본인이 언급하질 않으니까 신경 쓰지 않았지만.

"어떻게 그걸?!"

"어, 감출 생각이었다면 너무 허술하지 않나요?"

"큭…… 시끄러워! 이제까지는 갑옷을 벗을 일도 없었다고!"

어째서 감추는지는 모르겠지만 바론 나름대로 신경 쓰고 있었나보다.

"다크 엘프라면 어쨌다는 거냐."

"정령 마법 적성과 어둠 마법 적성이 공존하는 다크 엘프의 스킬, 있다고요."

"그건…… 하지만…….."

"아―! 악마를 부를 수 있다는 그거!"

바론이 당황하는 것도 무리도 아니었다.

"악마 소환이라니, 제정신으로 할 짓이 아니라고."

"뭐, 보기에는 아직 바론한테는 어려울까요."

"흥…….."

단순한 바론이 도발에도 응하지 않았다는 사실이 악마 소환의 위험성을 이야기했다.

나도 악마 소환의 지식은 조금 아는데 평범한 정신머리로 하자고 그럴 스킬이 아니었다.

그야말로 마족 중에서도 악에 속하는, 봉인된 존재를 소환하는 스킬.

악마는 기본적으로 현재 지상의 생물이 이길 수 있는 상대가 아니다. 그래서 출현 직후에 아직 힘이 약한 틈에 계약으로 묶는 것이 보통인데, 그에 실패하면 지상에 마왕이 탄생하여 적게 잡아도 대륙의 삼분의 일은 지배하에 둘 수 있다는 리스크가 있었다.

악마를 쓰러뜨릴 수 있는 것은 심상치 않은 힘을 가진 용사나 성 속성의 극한에 다다른…… 어라?

"리리가 있다면 어떻게든 해버리겠네."

"그리고 주인님의 테임도 평범한 계약보다 빨라서 유효해요."

두 사람은 평소처럼 의욕이 가득했다. 그보다 이 두 사람이라면 마왕 정도는 간단히 쓰러뜨려도 이상하지 않아…….

그리고 이 두 사람이 얼마나 강한지 피부로 느낄 수 있는 바론이 그에 공명해버렸다.

"흠…… 할까?"

"가능한가요?"

"글쎄. 하지만 지금이라면, 할 수 있을 것 같긴 해."

바론이 양팔을 펼치자 방을 가득 메우는 다중마법진이 몇 겹이나 생겨났다.

"오오. 이건 솔직히 놀랐네요……. 이런 일까지 할 수 있었군요, 바론."

"너희랑 있다 보니 스스로도 잊어버릴 뻔했지만, 나도 그럭저럭 실력자라고?"

"후후, 알아요. 바론이 강하다는 건, 누구보다도."

"흥……."

리리와 바론 사이에는 무언가 오랜 세월 쌓은, 신기한 인연이 있는 모양이네.

바론이 눈을 감고 집중하자 주위의 마법진이 빛나기 시작했다. 다만 그 빛은 대부분이 보라색을 중심으로 하여 끈적끈적한 인상을 주는 것이었다. 이건 어둠 마법의 특징이었다.

"으……."

"너무 무리해서 다중전개를 한 게 아닌가요?"

리리가 손을 내밀자 살짝 표정이 누그러졌다.

그동안에도 방을 뒤덮은 마법진은 점점 빛이 커지더니 끝내는 방 중심에서 소용돌이치는, 검은 무언가가 거기서 만들어지듯이 나타났다.

저것이 악마임은 의심할 여지가 없다.

"주인님, 지금 바로."

"괜찮을까?"

본래 이 힘은 바론의 것일 텐데 내가 테임하는 것은 가로채는 것처럼 느끼고 만다. 하지만 바론은 빨리 하라며 눈으로 호소했다.

"소환에 모든 마력을 쏟고 있으니까요. 애당초 주인님께 바칠 생각이에요, 바론은."

"그런…… 거야?"

바론을 봤더니 부끄러운지 노골적으로 고개를 돌렸다.

뭐, 하지만 그렇다면 사양 말고 가자.

"테임."

"뭐?!"

검은 덩어리가 놀라서 소리를 높였지만 이제는 늦었다. 이미 테임은 완료되어서 우리에게 위해를 끼칠 수는 없게 되었다.

그건 그렇고 목소리 주인, 엄청 어린 소녀 같은 목소리였는데…….

"어? 어? 아직 인식조차 못 했을 거잖아?! 무슨 일이야?!"

보라색 연기가 걷히고 검은 덩어리가 인간 형태를 만들었다.

"와―, 귀여운 아이네."

"으엑…… 이 녀석들은 뭐야……."

악마한테 뭐냐는 소리를 듣는 우리 일행…….

"이런 외모라도 악마라면 300년 정도는 살았다는 거지―?"

"시끄러워! 넌 뭐야?! 나는 이미 800년을 살았어! 그런 애송이랑 같이 취급하지 마!"

"겉모습은 완전히 어린아인데 말이지."

"시끄러워! 바―보! 바―보!"

소환된 악마는 겉모습이 완전히 어린아이의 그것이었다. 얼굴이나 몸매는 어린아이인데 복장은 노출이 엄청났으니까 차이가 굉장했다.

알 수 없는 검은색 재질이 옷으로 몸을 덮고는 있지만 범위는 최소한 사타구니와 가슴을 가릴 뿐. 의상의 일환인지 문신 같은 문양이 눈가나 복부에 들어 있어서 이게…… 단적으로 말하면 야했다.

"린트 군, 수비 범위?"

"뭐……."

"말로 나오지는 않지만 엄청 보고 있어요."

"정말로…… 이것만큼은 이미 여기 두 사람보다 나은 측면이 있네……."

기쁘지 않은 칭찬이었다.

"뭐야?! 너희들! 나는 이래봬도 칠대악마 중 하나──왓, 그만…… 잠깐?!"

"아, 이거 간단히 벗길 수 있네요."

"그─만─해─!"

눈물을 글썽이는 로리 악마를 덮치는 성녀…… 무슨 그림이야…….

"이봐! 네가 주인이잖아?! 이제 그건 포기할 테니까 이 녀석한테서 구해줘!"

"후후후, 구해달라는 것치고는 거만하네."

"큭…… 부탁이에요, 구해주세요……."

"하지만 안타깝게도 저희 주인님도 저 사람이에요! 친하게 지내자고요?"

"무슨 논리야?! 앗, 거긴 안 돼…… 정말! 대체 뭐냐고오오오오오오!"

로리 악마가 소리쳤지만 저항도 공허하게, 안 그래도 방어력이 낮아 보이는 장갑이 전부 벗겨지고 문신만이 그려진 알몸의 소녀가 되었다.

"800년이나 살았으니까 경험 정도는 있겠죠? 이런 몸이지만."

"이런 몸이라니 뭐야! 그만하라니까…… 앗…… 그거…… 뭐야, 이…… 응…….."

"숫된 반응이라 귀여워―."

"앗…… 아니, 어딜 핥아…… 응…… 그거, 잠깐…… 아앗."

리리와 빌레나가 신이 나서 악마를 공략하는 모습을, 바론이 믿을 수 없다는 눈빛으로 보고 있었다.

"저 마력을 보고서도 저렇게 편하게 접촉하는 거야……?"

밀라 씨는 이미 아무것도 못 본 걸로 하고 부엌으로 도망쳤다.

뭐, 두 사람한테 무슨 소리를 해도 헛수고겠지.

"다행이야. 린트 경이 아직은 이쪽이라서……."

바론은 그렇게 말했지만 안타깝게도 나 역시도 저쪽이거든…… 이런 점에서 말하자면.

"자, 린트 군. 이리 와."

"바론도 어떤가요? 즐겁다고요?"

"햐앗…… 으으…… 그런…… 곳을…… 아앗…… 핥고…… 아아아아아앗."

부르는 그대로 비틀비틀 그쪽으로 가는 나를, 바론이 역시 믿을 수 없다는 눈빛으로 바라봤다.

"어때어때? 이제까지와는 다른 타입이라 귀엽지?"

"귀엽다니…… 햐아앙…… 그만하는 것이다―!"

"어―? 기분 좋지 않나요? 여기라든지."

"햐응…… 이 녀석…… 그만하는 것이다……."

완전히 희롱당하는 알몸의 소녀. 식당에서 덮치는 모습은 이미 그야말로 차려놓은 밥상 상태였다.

"귀엽네. 이제는 넣고 싶을 만큼."

"응…… 넣어……?! 바보가, 그런 커다란 게 들어갈 리가……으음?!"

일단 작은 입으로 촉촉하게 해야지. 그러는 편이 아프지도 않을 테니까.

작은 몸이니까 잘 풀어줘야 한다.

"으응! 이 녀석! 이런 걸…… 응…… 입에 물린 상태로, 괴롭히면…… 햐앙."

"귀가 약한 거, 귀엽네."

"날개도 약해요."

"하지만 아마도 여기가 가장 효과가 있을 거라 생각하거든."

빌레나가 손가락으로 가리킨 곳은 꼬리였다.

"뭐…… 그, 그만하는 것이다…… 다른 곳은 괜찮아…… 괜찮으니까…… 거기만큼은…… 그게…….."

"귀로 그렇게 느꼈는데, 꼬리를 만지작거리면 어떻게 되어버릴까요?"

"뭐든 할 테니까…… 거기만큼은…… 부탁입니햐아아아아아아아아아앙."

"오오, 이것만으로 가버렸어."

"자, 햐아아아아, 잠깐! 아앗! 아아아아아아앗아앗아아아. 잠깐만…… 기다…… 아아아아아아아아아아아아."

사삭사삭 꼬리를 쓰다듬자 그때마다 움찔움찔 몸이 튀어 올랐다.

입가에서는 침이 흐르고 눈도 공허해질 정도로 격렬하게 계속 갔다.

"아아아아아아아아아아아잠깐…… 더는…… 죽어버…… 아아아아아아아아앗잠깐만."

"남자의 물건을 원한다고 말하면, 줄 거라고요?"

"어…… 그, 그건햐아아아아아아앙, 알았어! 알았으니까…… 아아아아아아아아."

가차 없이 리리와 빌레나는 꼬리를 핥았다.

나도 그동안에도 계속 귀를 만지거나 가슴을 만지며 그때마다 떨리는 악마 아이의 반응을 즐겼지만…….

"으으…… 저기…… 햐아아아아아아잠깐…… 말할 테니까! 말할 건데에에에에아아아아아아아아아앗."

"이 상태로 말해야지."

"빨리 안 하면 더욱 큰일이 벌어질 거라고요?"

"큰일……?"

공허한 눈빛으로 악마가 자신의 꼬리를 바라보자……."

"잠깐…… 그건 넣으면…… 기다려! 기다려주세요! 그거! 남자의 그걸 주세요! 부탁이에요오오오오아아아아아아아아아아아아앗그거어어언…… 말했어…… 말했는데에에에에아아아아아아아아아아아아."

뭐, 말하면 그만하겠다고는 리리도 빌레나도 말 안 했지만, 정말로 가차가 없었다. 덕분에 내 아들은 빳빳했다.

"후후. 이 정도로 참아줄까요."

"응…… 아아앗…… 하아…… 지독한…… 꼴을…… 당했어……
하아……."

"어라? 어째서 끝났다고 생각하는 건가요?"

"허……? 그게 말이지……?"

"자기 입으로 말했잖아요? 그걸 달라고."

성녀가 싱긋 미소 지었다.

"잠깐만…… 쉬게 해줘……."

"그렇다는데요?"

"미안해, 못 참겠어."

"뭐야아아아아아아아아아아앗으으으으으응아아아아아아
아아아."

이미 질척질척 정도의 소동이 아닌데다가, 꼬리로 풀어놓은 그
곳은 완전히 내 물건을 받아들였다.

하지만 역시나 몸이 작은 만큼 그곳도 **빡빡**했다. 리리는 감싸
는 것 같은, 빌레나는 탐하는 것 같은 그곳이고, 바론은 딱 맞고,
밀라 씨는 휘감기는 느낌이 있었는데 이 아이는 이미 움직이는
게 힘들 정도로는 좁았다.

"으아아아아앗, 이건…… 갑자기 안쪽까지…… 하아아아아아
아."

"어떤가요? 주인님."

"새로운 감각일지도……."

"그럼 이렇게 하면 좀 더 좋아지진 않을까요?"

그러면서 리리는 악마의 꼬리를 들어 올리고…….

"으응?! 지금 만지지 마…… 응…… 뭘 할 생각이야…… 그만…… 응…… 그만해…… 주세…… 아아아아아아아아아."

당연히 그 바람은 받아들여지지 않고, 리리는 꼬리를 입에 머금고서 굴리기 시작했다.

안 그래도 빡빡했던 소녀의 그곳이 더욱 꽉 조여들었다.

"오오……."

"앗…… 아아아앗…… 더는…… 무리…… 히야으…… 아아아앗아앗."

한계가 가까운 것 같으니까 나도 스퍼트에 들어가기로 하자.

"앗아으…… 으으으으응아아아아아아아아아아아아아."

이제는 차마 목소리로 표현되지도 않는 소녀의 신음소리를 들으며……

"간다."

"아아아아아앗…… 예…… 가요……. 부탁이……에요…… 아아아아아아아아아."

"간다!"

"아아아아아아아아아아아아아아아아아아아아아."

조임이 강한 만큼 평소 이상으로 쥐어 짜이는 감각을 느끼며 나는 소녀 안에서 끝냈다.

"하아…… 하아…… 뭐냐고…… 대체……."

"기분 좋았어."

"그런……가…… 하아……."

나타났을 때의 압도적인 오라 따윈 완전히 사라지고 공허한 눈빛으로 알몸의 소녀가 힘없이 웃었다.

◇

잠시 휴식한 뒤, 간신히 옷을 원래대로 되돌릴 수 있을 정도로 회복된 악마 아이를 더해서 다시금 앞으로의 방침을 정리하게 되었다.

"흠…… 주인 일행은 신국을 멸망시키고 싶단 거로군?"

득의양양한 표정으로 몸을 젖히는 악마. 이건 이것대로 귀엽지만 몇 번을 설명해도 안 될 것 같았다.

멸망시키면 곤란하다는 것이 악마에게는 좀처럼 전해지지 않았다.

"으—음, 이 아이 역시 머리가 조금 나쁜 걸까요……."

"시끄러워! 음란 성녀!"

악마는 리리와 친해진 모양이었다.

"아, 그러고 보니 이름은 뭐야?"

언제까지고 악마 아이라고 부르는 건 조금 그래서 물어봤는데…….

"후후, 악마는 진명을 간단히 밝히지 않는 것이다."

"그럼 바보라든지 그렇게 부르죠."

"멍청이도 괜찮겠네!"

"너희들 마지막에는 멸망시킬 거야!"

빌레나도 친해졌다.

"주인! 종마 교육은 제대로 해둬!"

"예예. 그래서, 뭐라고 부르면 되는데? 이대로는 바보나 멍청이가 될 거라고."

"으그그……. 괜찮겠지, 진명은 밝힐 수 없지만 벨이라고 불러라."

이리하여 동료로 악마가 추가되었다. 수인, 신수, 성녀, 다크엘프, 악마인가…….

이거 대체 무슨 파티야…….

"린트 군, 이 아이는 바보지만 강한 건 틀림없어."

"그건 나도 느끼고 있어……."

결국 내 테임에 따르는 모양이니까 힘이 나한테 환원되고 있었다. 능력 상승의 폭은 빌레나랑 리리와도 전혀 비교가 안 될 정도였다.

아마도 두 사람이 한꺼번에 덤벼도 정상적인 전력 차이라면 못 이긴다. 속성의 상성 덕분에 리리라면 마지막 일격을 가할 수는 있을 테지만 그때까지의 시간을 누가 버느냐는 문제가 있다.

테임이 없었다면 위험했다는 이야기도 있는데, 악마 중에서도 상위라는 것도 틀림없었다.

그러니까 바론의 적성이 그만큼 높았다는 의미이기도 했다.

"후후, 내 힘에 놀란 모양이구나."

"그러네…… 이건 솔직히 굉장해."

"후…… 후후후!"

얼굴을 붉히며 고개를 돌리는 벨. 부끄럽구나.

"귀엽네―, 벨!"

"그러네요. 빨개진 모습은 뭔가 이렇게, 지켜주고 싶어져 버려요."

"으가―! 너희는 대체 뭐냐―!"

흐뭇하게 보고 있지만 바론은 굳어 있었다.

"저런 압도적인 존재를 앞에 두고 어떻게 그런 태도로 나올 수 있는지 이해가 안 돼⋯⋯. 소환한 건 좋지만 린트 경이 있어서 다행이라 진심으로 생각했다고⋯⋯."

"하지만 바론의 힘이잖아. 저런 수준의 악마를 소환할 수 있었던 건."

"그렇다면 다행이지만⋯⋯."

여전히 살짝 겁먹은 표정으로 다른 사람들을 바라보는 바론. 밀라 씨 역시도 부엌에서는 좀처럼 나오지 않았다.

나는 테임을 해서 그런지 그렇게 위협적으로 느끼지는 않지만.

"주인―! 도―와―줘―."

저 모습을 보고 긴장감을 얻지 못한다는 게 진실일지도 모른다.

그녀들이 쓰다듬는 손길에 한바탕 시달린 뒤, 부스스해진 머리카락 그대로 다시금 벨이 이렇게 말했다.

"그래서, 신국을 멸망시키는 거로군?"

"아니, 그러니까 멸망시키지 말아줘⋯⋯."

이야기가 처음으로 돌아가고 말았다.

"하지만 지금부터 뛰어드는 거겠지? 멸망시키지 않고 어쩌겠다는 것이냐."

"이야기가 진행되질 않으니까 잠시 돌아가 줄래?"

빌레나가 끼어들었다.

악마 소환은 정령과 마찬가지로 그쪽 세계로 돌려보내고 또 언제든지 술사가 소환할 수 있다는 특성이 있었다.

"나는 못 해."

하지만 나는 테임은 했지만 돌려보내는 방법을 모른다.

"나도 못 하겠군……."

마찬가지로 소환한 바론도 속수무책인 상태이고, 벨이 자신만만한 태도로 이렇게 말했다.

"응? 그런 것도 못 하는 거냐, 너희는. 이렇게 하는 것이다."

스르륵 검은 소용돌이가 생겨나고 그곳으로 빨려들듯이 벨이 사라졌다.

"스스로 사라졌네……."

"역시 머리가 좀……."

일단 귀찮은 건 사라졌으니까 다시금 준비를 진행하게 되었다.

"불러내는 것뿐이라면 나도 할 수 있을 것 같아."

"나는 아마도 불러낼 수는 있다……기보다 지금도 빨리 꺼내라고 호소하는 건 알겠어……."

바론은 자신이 소환자니까 무언가 느끼는 게 있는 거겠지.

"뭐, 이걸로 강력한 카드도 손에 넣었으니까 이제는 신국을 박살 내는 건데…… 키라엠을 급습하면서 리리가 민중을 우리 편으로 끌어들인다, 그런 수순이면 되겠지?"

바론이 걱정하던 어둠 마법 쪽도 스페셜리스트인 악마가 추가되었다.

이제 이 이상은 바랄 수 없겠지.

"그러네요. 국왕에게 이야기를 하고 시급히 신국을 제압해버리죠."

"빨리 끝낼 수 있다면 좋겠군. 시간이 걸린다면 바로 변경백 가문이 움직이겠지."

바론의 말도 지당했다.

"그건 이다음에 갈 인사와 국왕과의 알현 결과에 달려 있을까."

"그러네요."

그렇다면 국왕에게 바랄 것은 신국 일에 우리 말고 다른 사람이 개입하지 않도록 하라는 이야기가 될까.

정말로 비하이드에 대한 대책이 될까……?

"국왕과의 대화는 리리한테 맡기게 되겠지만, 신국에 대한 불간섭 정도라면 어떻게든 되겠지?"

"그러네요. 하지만 좀 더 효과적인 대화가 가능하다고 생각한다고요?"

리리가 사납게 웃으며 이렇게 덧붙였다.

"국왕과 대화를 나누기 전에, 움직이면 성가신 비하이드에게 못을 박으러 갈까요."

바론의 얼굴이 굳어졌을 만큼, 리리는 나쁜 미소를 띠고 있었다.

길을 타고 셋이서 변경백 집으로 향했는데…….

"네놈들은 뭐야?!"

이 대사, 어디선가 들은 적이 있는데……. 아, 교황 때인가.

"처음 뵙겠습니다. 비하이드 변경백."

"호오…… 성녀님 아니십니까."

리리가 얼굴을 내밀자 노골적으로 성적인 눈빛이 되고 안색이 바뀌었다.

적대하는 상대가 때려눕혀도 죄책감이 없는 상대라서 다행이라고 생각해두자……. 리리도 싫다는 듯 얼굴을 찡그렸다.

"하지만 아무리 성녀님이시라도 저택에 드래곤을 타고 들어오시다니 곤란하군요. 용건이 있으시다면 맞이할 사람을 보냈을 것을……."

"걱정하지 마시길. 변경백의 이동수단으로는 한정된 시간 안에 만나는 것도 어려울 것 같았으니까요."

비하이드는 맞이할 사람을 보내겠다고 그랬지만 본래의 입장을 생각하면, 성녀를 만나고자 한다면 본인이 나갈 필요가 있을 만큼 격에 차이가 있다. 리리의 대답은 자신이 움직이지도 않는 뻔뻔스러운 태도에 대한 견제도 담겨 있었다.

"바쁘신 모양입니다만 이야기가 있으시다면 저택으로 들어오시지요……."

"그럼 실례하죠."

리리의 신호에 나와 빌레나도 내렸다.

"그쪽은?"

"모르시나요? 제 파티입니다만."

"호오……? 성녀님은 무척 예전에 모험가를 은퇴하지 않으셨는지……. 뭐, 종자 같은 존재일까요."

리리는 종자라는 말에 울컥한 모습을 내비쳤지만 뭐, 괜찮겠지.

따라가려고 했더니 비하이드가 거칠게 말했다.

"누가 마부에 불과한 네놈에게 문턱을 넘어도 된다고 했지?"

마부?

"더러운 테이머가……. 내 영토에 발을 들이는 것조차 역겨운데……."

아……. 그렇게 생각했을 때에는 이미, 두 사람에게서 미처 감출 수 없는 살기가 넘쳐났다.

"자, 성녀님과 동행 분은 이쪽으로. 알겠느냐, 네놈은 거기서 한 걸음도 움직이지 말라고!"

"지금, 뭐라고?"

"허?"

빌레나에게는 뿔이, 리리에게는 날개가 나 있었다.

S랭크의 틀을 뛰어넘은 심상치 않은 프레셔를 한 몸에 받은 비하이드는 풀썩 주저앉았다.

"허, 허……? 무슨 일이……."

"우리 주인님께, 지금, 뭐라고?"

"주인……님?"

죽음의 미소를 띤 리리와 나를 교대로 보며 공포에 떠는 비하이드.

"어―어―. 평범하게 대화에 응했다면 조금 더 살 수 있었을 텐데."

빌레나는 마력을 억누르지 못해서 몸이 빛나기 시작했다.

"주인님, 예정과 다르지만 이제 이건 괜찮겠죠?"

"참고로 내가 멀리면, 멈출 거야?"

미소로 답하는 리리. 안 되는구나…….

◇

"해…… 해홍합히다……."

잔뜩 두들겨 맞아서 부어오른 얼굴은 추하게 뚱뚱한 배 둘레를 방불케 했다.

이번에는 리리가 직접 때리고 직접 회복시킨다는 폭거에 나섰기에 빌레나는 살짝 부족한 모양이었다. 다만 이 이상 하면 육체는 무사해도 정신이 죽어버린다며 떨떠름하게 빌레나는 참고 있었다.

"그리고 굳이 오늘 온 거, 때리려던 게 아니었잖아……."

"에헤헤…… 그만."

아니 뭐, 못을 박는다는 의미에서는 더할 나위 없는 효과가 있다고 생각하지만……. 국왕과 이야기하기 전에 이렇게까지 해도 괜찮을까……?

아니, 이미 늦었나…….

"이렇게까지 할 생각은 없었지만 목적은 달성했잖아?"

"뭐……."

못을 박아두기는커녕 한 걸음만 잘못 내디뎠다가는 아예 끝을 낼 뻔했지만 뭐, 됐나.

"테이머를 부당하게 취급하도록 뒤에서 조종하던 건 알아요."

"뭐……."

"우리는 이다음에 국왕을 알현하는데……."

"기다려…… 기다려주세요! 그게…… 그건……!"

필사적으로 리리에게 매달리려고 하는 비하이드 변경백.

리리가 아무렇지도 않게 말했지만 그런가……. 수도와 비교해도 명백하게 혹독했던, 플레멜에서 테이머의 처우를 생각하면 그런 일이 있었더라도 이상하진 않다.

결정적인 근거는 아까 나를 대하던 태도였을 테지만. 그건 뭔가 이상할 만큼 테이머에 대한 증오가 느껴졌다.

"사죄드리겠습니다……. 하지만……저기……."

"예, 알고 있어요."

리리가 미소로 얼굴을 치료했다.

"허……?"

용서를 받았다고 생각했는지 비하이드가 안도한 표정을 지었다.

"이제까지 테이머를 부당하게 취급했던 것, 철회하겠다면 불문으로 붙이죠."

"괘, 괜찮습니까……?"

"예. 증거도 은멸하더라도 상관없어요."

"냐하하. 뭐, 우리도 악귀는 아니니까!"

뿔은 나 있지만, 그렇게 웃으며 빌레나가 말했다.

그런 빌레나의 태도를 보고, 리리가 얼굴을 가져다 대고 내게 속삭였다.

"증기를 은멸하려고 움직이면 반드시 바닥이 드러날 테니까요. 게다가 이게 시간 벌이가 돼요."

"그런 건가."

비하이드 변경백이 취할 수 있는 선택지는 필연적으로 좁혀진다.

이제부터는 어쨌든 증거 은멸로 분주할 테고, 그다음에는 우리와 대립할지 우리에게 붙어서 살아남을지를 선택할 수밖에 없다.

"그, 그럼…… 앞으로도 모쪼록, 모쪼록……."

"예예―."

"충고는 했으니까 말이죠?"

"예! 잘 압니다!"

"그럼 돌아갈까."

"그러게……."

이제는 어떻게 해도 구원의 길이 없는 비하이드를 불쌍하게 생각하며 그 자리를 뒤로했다.

◇

비하이드 저택에서 돌아온 뒤로 며칠.

빌렌트한테서 연락이 있어서 우리는 다시 수도로 돌아갔다.

길드 마스터 빌렌트, S랭크 모험가 빌레나, 성녀 리릴나시르, 신국 기사단장 바론, 그리고 나.

장소는 왕성이다. 고용인을 따라 기나긴 복도를 걸어가는 중,

홀로 이 자리와 어울리지 않는 나는 시종일관 조마조마했다.

복도라고 했지만 이건 이미 홀이라고 불러도 이상하지 않은 넓이고, 양옆의 그림이나 도예품이 엄청 고가라는 것은 어찌어찌 알 수 있었다. 뭣하면 지금 밟고 있는 카펫조차……. 아니, 이 이상 생각하는 건 그만두자.

"반드시 필요해!"

빌레나에게 도망치고 싶다는 눈빛으로 호소했지만 절대로 놓치지 않겠다고 얼굴에 적혀 있었다.

"너무 안 어울리지 않아?"

평생 인연이 없다고 생각했던 성에 발길을 들인 것은 물론, 국왕과 알현까지. 게다가 리리 일행이 왔다는 명목 탓에 만찬회라고 한다.

"예절 같은 거 전혀 모르는데……."

"걱정하지 않아도 모험가에게 그런 건 기대하지도 않아."

함께 와준 빌렌트가 그렇게 조언해주었다.

어째서 이런 멤버에 이런 게 섞여 있느냐는 기분은 내가 가장 크게 느끼고 있었다. 그러니까 그렇게 노려보지 말라고…… 귀족 여러분…….

"이쪽으로."

안내받은 방으로 들어가서는 앉을 자리도 몰라서 빌렌트의 도움을 받으며 어떻게든 자리에 앉았다.

이윽고 국왕 폐하와 종자들이 들어왔다.

그린트 라 디탈리아. 빌렌트와 비슷한 나이로 보였다. 이러니

저러니 해도 빌렌트는 전직 모험가, 큰 키에 의외로 체격이 좋은 빌렌트와 비교하면 한 아름 작은 체구지만 복도에서 본 귀족처럼 한심스럽게 배가 튀어나왔다든지 그렇지는 않은, 총명해 보이는 외모였다.

다른 사람들을 보고 따라서 머리를 숙이는 사이에 식사가 나왔다. 그와 동시에 국왕이 입을 열었다.

"신국에서 먼 길 오시느라 수고하셨소. 도착하자마자 인사를 못 드린 걸 사죄하지."

"천만의 말씀이십니다."

외유 모드인 리리가 제대로 대응했다. 이런 걸 보면 성녀구나, 감탄했다. 밤의 모습에서는 상상할 수 없는 모습이었다.

"자, 오늘은 반 이상이 모험가야. 딱딱한 것들은 빼도록 할까?"

"배려 감사합니다. 폐하."

그 말에 살짝 힘이 빠졌다.

나온 요리도 음료도 이 세상 것으로 여겨지지 않을 만큼 맛있다. 예의라느니 주변 이야기라느니 더는 신경 쓰이지 않았고, 그리고 문제없는 정도는 빌렌트가 가르쳐주었다.

"그래서, 빌렌트. 사람들은 물렸다고."

식사를 진행하고 얼마 후, 국왕이 그렇게 말했다. 주위에 있는 고용인은 신용할 수 있는 인간이란 의미겠지.

자신에게 이야기가 돌아오자 빌렌트는…….

"그럼…… 무엇부터 이야길 하면 좋을지…….."

"우선은 이 멤버 선정의 이유부터 해야겠군. 예하가 오시지 않은 이유도 포함해서.”

빌렌트와 국왕 그린트는 예전부터 아는 사이라나.

국왕에게는 빌렌트로부터 이것저것 이야기했다고 그랬지만 아무래도 전부 전달하진 않은 모양이네. 뭐, 이렇게 직접 보고서야 이야기할 수 있는 게 많기도 했다.

우선은 편한 부분부터 소개하기로 했는지 빌렌트가 리리와 빌레나 소개에 들어갔다.

“성녀 리릴나시르, 그리고 요전에 S랭크가 된 빌레나는 내 제자이고.”

“호오. 그랬나. 소문은 들었다만 이렇게 얼굴을 마주하는 건 처음이었군.”

리리가 미소를 짓고 빌레나가 냐하하 웃었다. 둘 다 얼굴은 알려진 모양이었다.

이어서 바론 소개.

“멸룡 기사단장 바론. 신국의 요인으로, 오늘 올 수 없었던 교황을 대신해서 왔지.”

“흠…… 그렇군. 신국 최고 전력으로 이름 높은…….”

바론도 이런 자리에는 익숙한 모양이라 의연한 표정 그대로 인사했다.

“그래서, 역시 그자가 신경 쓰이는군.”

국왕의 시선이 내게 향했다.

백발이 눈에 띄는 나이이면서도 기백은 충분한 모양. 특히 눈빛에 담긴 힘은 내 속까지 꿰뚫어보는 것 같이 굉장했다.

"우리 수도 길드 기대의 신인이라 해도 되겠지. 린트라고 한다."

빌렌트의 재촉에 머리를 숙였다.

"됐다됐어. 익숙하지 않은 짓은 할 것 없다."

국왕이 웃으면서 그렇게 말해주었다.

"이미 레어종인 더블 스킬 드래곤을 테임한 드래곤 테이머지."

"호호. 우리나라에 드래곤 테이머가 나타난 건 몇 년 만인가……."

"굉장한 건 그것만이 아니라고? 놀라도록 해라. 드래곤보다 강한 종마를 네 마리가 거느리고 있다."

"뭐라고?!"

국왕이 무심결에, 그런 모습으로 일어섰다.

그리고는 냉정해졌는지 입가를 훔치며 천천히 앉았다.

"하지만…… 드래곤보다 강하다고……? 좀처럼 없지 않나, 그런 존재는."

"여기에 세 사람이나 있지 않나."

"그건 그렇지만…… 설마?"

눈을 크게 뜨고서 나를 들여다보는 국왕.

"후후. 내 쪽에서 부탁했거든."

"저도 그래요."

"저는…… 저도 그렇습니다……."

세 사람이 끼어들었다. 바론도 마지못한 태도이지만 리리의 미소에 겁먹은 것처럼 목소리를 짜냈다.

"흠…… 그런가……. 허나 전례가 없는 일이겠지. 그렇군, 그래서 그런가. 네가 이곳에 온 것은."

"그렇사옵니다."

소심한 나는 일단 익숙하지 않은 존댓말을 썼다.

"또 한 사람은 어디에 있지? 그 주머니에 보일락 말락 하는 귀여운 생물이라고 그러면 그건 그것대로 놀랍다만."

그 말에는 리리가 대답했다.

"강하지만 말이죠, 이 아이도. 하지만 명확하게 랭크가 높은 건 따로 있습니다."

"큐!"

"보여줘, 린트 군."

리리와 빌레나가 시키는 대로 카게로를 소환했다.

"큐쿠―."

내게 달라붙는 카게로를 쓰다듬는 사이, 국왕이 금세 정체를 간파했다.

"설마 제랑종인가…… 재앙이 아닌가."

"적의를 가지고 인간의 마을에 나타난다면, 말이야. 하지만 지금은 보다시피 귀여운 존재겠지."

빌렌트가 득의양양하게 국왕에게 말했다. 국왕도 조용히 고개를 끄덕이고…….

"만져 봐도 되겠나?"

"물론이죠. 다녀와, 카게로."

"호오. 카게로라고 하나…… 오오…… 신기한 존재로군. 불꽃같은데도 이건…… 오오…….”

카게로의 감촉에 황홀한 표정을 드러내는 국왕. 그의 눈에는…….

"큐르케도 만지시겠어요?"

"괜찮겠나?"

"큐!"

파닥파닥 큐르케도 국왕 곁으로 날아가더니 그의 무릎에 착지해서는 자, 쓰다듬으라며 거만하게 몸을 젖혔다.

"그렇군…… 이쪽은 겉모습 그대로 폭신폭신하군. 기분이 좋아."

"원래는 슬라임이지만요."

"뭐라고?! 아니…… 그렇다면……."

"알아차렸나? 린트 군은 테이머로서, 나라에 이름을 새길 거라 생각한다."

빌레나의 말에 국왕을 나를 보고, 그대로 시선을 빌렌트에게 옮겼다.

"내가 본 이들 중에서도 압도적인 재능을 가졌다는 건 알아. 이미 B랭크 인정은 내렸지만, 시간문제겠지, S랭크가 되는 것도."

빌렌트한테 칭찬받으니 기쁘네. 나를 보는 국왕의 시선도 변했다.

"그렇군. 놀라운 일이야."

그러면서 국왕이 카게로와 큐르케를 쓰다듬고 다정한 눈빛을 드리웠다.

한동안 그런 뒤, 손을 멈추고 국왕이 이렇게 말했다.

"하지만 나를 놀라게 만들려고 온 건 아니겠지?"

그건 그랬다. 물론 이것만을 위해서 온 것은 아니었다. 본론은 아직 멀었는데…….

"물론 그렇지만…… 정말로 놀랄 일은 지금부터라고."

빌렌트가 말했다시피, 계속 놀라게 만들겠구나.

"뭐냐, 이제 와서 사소한 일로 놀라진 않는다고."

큐르케와 카게로한테서 손을 떼고 다시금 빌렌트를 돌아본 국왕이 그렇게 말했다.

그 시선을 받은 빌렌트는…….

"신국의 현재 상황은 어디까지 알고 있지?"

"너한테 들은 정보 이상은 가지고 있지 않아. 신국의 쿠데타, 그곳에서 도망친 성녀와 교황, 그리고 그것을 지키는 멸룡 기사단, 이었던가."

"미안하군. 그건 무척 예전의 정보다."

국왕의 말에 빌렌트가 시원스레 대답했다.

"뭐라고……?"

"미안하네. 그러니까 굳이 이렇게 자리를 마련토록 한 게야."

"흠…… 듣도록 하지."

"지금부터는 성녀에게 양보할까."

빌렌트가 리리에게 시선을 향했다.

그 시선에 리리가 설명을 시작했다.

"우선, 교황의 신병은 저희가 구속하고 있어요."

"허……?"

갑자기 벌린 입이 다물어지지 않는 모양인 국왕.

개의치 않고 리리는 계속 말했다.

"이미 교황에게 아군 따윈 없었으니까요. 저는 애당초 자유로워지고 싶었으니까 이번 쿠데타는 마침 좋은 기회였고, 바론은 쿠데타를 일으킨 추기경파였죠."

"······잠깐잠깐. 머리가 따라가질 못해······. 잠깐 기다려······ 그러니까 그대들은 쿠데타에 편승했다는 의미인가?"

"그렇지는 않아요."

리리의 대답에 더욱 혼란스러워하는 국왕.

"저희는 이다음, 쿠데타를 일으킨 추기경 키라엠을 쓰러뜨리러 신국으로 들어가요."

"······다른 사람을 물린 건 실패였을지도 모르겠군······. 대신을 동석시켰어야 했어······."

"자자, 우리는 딱히 병사를 넘겨달라든지 이 일에 협력하라든지, 그러는 게 아니니까."

빌레나가 가벼운 느낌으로 그렇게 말했지만 국왕의 머리 위에 떠 있는 『?』가 늘어날 뿐이었다.

"그럼, 무엇을······?"

"저희가 신국에서 무엇을 하든 눈을 감아주셨으면 해서."

리리의 말에 국왕은 입을 다물었다.

"······그렇군······ 그렇게 나왔나."

국왕은 의자에 기대어 한숨을 내쉬었다.

"뭐, 애당초 옆 나라니까 마음대로 할 생각이지만."

빌레나가 말했다.

"이웃 나라의 일이니 이미 짐이 참견할 수 있는 범위는 아니지만······ S랭크 넷을 거느린 파티에게 자유를······ 이건······ 자칫하면 우리나라도 기울어질 수 있는 이야기야."

한숨을 내쉬는 국왕에게 리리가 웃음을 건넸다.

"그럼 폐하. 동맹을 맺지 않겠어요?"

"신국과, 말인가? 그런 불안정한 상황에서?"

"아뇨, 저희 파티와 말이에요."

"한 나라가 일개 파티와 동맹이라니…… 아니, 처음부터 그것
이 노림수였나……."

지금 그 말로 전부 이해한 국왕이 뒤에 있던 종자에게 귓속말
을 하고, 그 종자가 방을 나갔다.

"……나라가 파티와 동맹을 맺는 건 불가능하지."

물론 알고 있었다는 것처럼 리리가 고개를 끄덕였다.

마침 종자가 돌아와서 종이 한 장을 국왕에게 건넸다.

"하지만 짐 개인이라면 이야기는 다르지."

"예."

"이것은 짐, 그린트 라 디탈리아와 모험가 린트가 이끄는 파티
사이에 맺은, 개인의 협력 관계."

"그렇군요."

"정말이지…… 맺지 않으면 쓸데없이 위협이 번진다. 맺으면
신국을 그대들이 빼앗는 건 더욱 간단해진다. 그렇게 나오는가.
이럴 거라면 트라림을 불렀어야 했어."

"국왕의 오른팔, 인가요."

"그건 이미 내 반쪽이야. 만에 하나 그 녀석이 나라를 등진다면
이런 나라 따윈 순식간에 멸망하겠지."

트라림 재상. 평민부터 올라가서 나라의 넘버 투까지 다다른

지장(智將). B랭크 모험가 시절에 어느 귀족에게 발탁된 것이 시작이라고 들었다. 상당히 머리가 잘 돌아가는 인물이라며 국민들에게 인기도 있었다.

"후후. 서쪽으로도 경계해야만 하는 넓은 나라는 큰일이네요."

이렇게 어째선지 나는 국왕과의 협력 관계를 맹세하게 되었다.

물론 마법을 통한 효력이 있는 계약. 상호불가침을 맹세했다.

"이것으로 신국의 운명은 결정되었나."

빌렌트가 한숨을 내쉬었다.

"뭐, 사실은 별로 달라지지도 않았지만."

"그렇군요. 주인님께서 신국으로 가는 시점에서 이미……."

두 사람의 태도에 여러모로 포기한 표정인 국왕이 깊은 한숨을 흘렸다.

"하아…… 뭐, 그렇겠군. 짐이 막더라도 그대들에게는 장벽이 늘어난 정도로밖에 안 느껴질 테지……. 빌렌트, 제자의 고삐는 단단히 붙잡아둬라."

"무슨 소리냐. 그러니까 이렇게 굳이 온 게 아닌가. 내버려 뒀다면 지금쯤, 신국에는 새로운 지도자를 중심으로 전력이 불어났다는 급보가 흘러들었을 참이야."

"그도 그런가…… 감사하마."

후우, 깊고도 깊은 한숨을 내쉬며 의자에 몸을 기대는 국왕.

"신국은 이미 우리 게 되어버렸다고 생각하면 되니까 말이지?"

"그대들을 보면 그렇게 되겠지……."

국왕은 그렇게 대답하는 것이 고작이었다.

빌레나가 상대라면 국왕도 휘둘리는구나, 그렇게 생각했더니
어쩐지 마음이 편해졌다.

신국으로

"드디어……."

우리는 수도에서 일단 신국으로 들어가는 입구라고도 할 수 있는 플레멜의 집으로 돌아왔지만, 다시금 신국을 향해 출발하게 되었다.

우리가 일어서는 사이, 밀라 씨가 말을 꺼냈다.

"나는 집을 지키면 되는 거지?"

"응응, 그러려고 동료로 삼은 거였으니까 말이지─!"

"동료……."

"집을 잘 부탁해요."

"알았어."

밀라 씨가 미소 짓고, 우리는 신국으로 출발했다.

집에는 시케스도 있으니까 이쪽은 걱정하지 않아도 괜찮겠지.

내가 마침내 시작되는 신국과의 공방전에 점점 더 긴장하는 가운데, 빌레나가 문득 이런 소리를 했다.

"아, 한동안 못 만날 테니까 가슴이라도 주물러두면 어때?"

"예?"

빌레나의 말에 굳은 밀라 씨.

"주인님, 모처럼의 기회니까 괜찮지 않아요?"

리리도 어째선지 부추기기 시작했다.

가슴께를 손으로 가리고 겁먹은 듯 뒷걸음질 치는 밀라 씨.

"싫어하니까 말이지……."

"시, 싫지 않아. 자."

어째선지 돌변해서 가슴을 내밀었다. 잘은 모르겠지만 주물러주고 여행을 떠나게 되었다.

"자, 마음대로 해도 돼. 애당초 이런 옷이니까 언제든지 훤히 보이는 거나 마찬가지야……."

"그럼 이제 꺼내버리면 되잖아!"

말하기가 무섭게 빌레나가 밀라 씨의 안 그래도 방어력이 없는 메이드 옷을 확 들추어서 가슴을 훤히 드러냈다.

"꺅……."

"오, 순진한 반응."

"평소부터 보일락 말락 할 정도의 옷이라도 훤히 드러나면 부끄러운 거군요."

"다, 당연하잖아! 너희 같이 수치심이 이상해진 사람과 똑같이 취급하지 마!"

이에 대해서는 밀라 씨에게 비교적 동의했다. 빌레나, 갑자기 가슴 챌린지를 했으니까. 스릴이 있어서 흥분하기는 했지만, 이렇게 평범하게 부끄러워하는 것도 좋았다.

드러난 가슴을 팔로 가리려고 했지만 위치가 어긋나서 유두가 가려지지 않는 것도 포함해서, 무척 좋은 것을 보았다.

"그럼 주물러버리자—."

"……자, 할 거면 해."

다시금 밀라 씨가 가리는 걸 포기하고 가슴을 내밀었다.

사양 않고 만지자 적당한 사이즈의 가슴이 내 손 안에서 말랑말랑 형태를 바꾸었다. 그럴 때마다 얼굴을 새빨갛게 물들인 밀라 씨가 "응" 하고 작게 소리를 흘리는 것도 포함해서, 무척 좋았다.

"린트 군, 커졌네."

"빌레나?!"

얼른 발밑으로 온 빌레나가 내 바지를 내리고 아들을 물기 시작했다. 스스로도 참을 수 없었는지 그곳을 문지르며 머금었다.

"그럼 저는 뒤에서……"

리리는 마찬가지로 웅크리며 애널을 핥기 시작했다. 이쪽도 사타구니로 손을 뻗고 있었다.

"어…… 나, 나도 뭔가 하는 편이 나을까……?"

남겨진 모양새가 된 바론에게 빌레나가 이렇게 말했다.

"린트 군이랑 키스는 어때?"

"키스……"

그러고 보니 막상 한 적이 없었구나…….

"괘, 괜찮겠나?"

어째선지 바론이 그렇게 물었다. 참고로 이러는 동안에도 계속 밀라 씨의 가슴은 주무르고 있었다. 아무래도 밀라 씨도 살짝 아래쪽이 젖어 있는 것을 느꼈다.

"바론이 괜찮다면, 할까."

"이제 와서 새삼스레 신경 쓸까 보냐."

그러면서 천천히, 바론의 단정한 얼굴이 내게 다가오고…….

"응……"

단련된 외모와 차이마저 느껴지는 부드러운 입술이 맞닿았다.

"제대로 입으로 봉사하는 이미지로 혀를 쓰는 거라고요? 바론."

"음…… 이, 이렇게?"

리리의 말에 당황하면서도 혀를 넣는 바론. 순순히 따르는 게 귀여워서 그만 장난을 치고 싶어져서는……

"응?! 음…… 웃…… 으으으응……!"

내 쪽에서도 입 안을 범할 정도로 혀를 난폭하게 움직였다. 성실한 바론은 떨어지지 않고 그대로 받아들였다.

"정말이지! 내 가슴에 집중해!"

"어……? 으음?!"

그 모습을 보던 밀라 씨가 갑자기 내 얼굴을 바론한테서 빼앗듯이 자기 얼굴로 가져다 대고……

"응…… 으응…… 푸하…… 하아…… 응…… 나한테, 집중할 생각, 들었을까?"

요염한 미소를 띠며 밀라 씨가 그렇게 말했다.

하지만 그 틈에 이번에는 바론이 내 얼굴을 가져갔다. 바론도 키스가 마음에 든 모양이네.

"냐하하. 다들 참을 수 없게 됐나?"

"……그러네요. 하지만 시간도 한정되어 있으니까 주인님이 가신다면 끝으로 하죠."

리리가 그렇게 말하자 짠 것처럼 빌레나의 페이스도 올라갔다.

두 사람은 스스로 하니까…… 나는 밀라 씨와 바론 걸 만질까.

"응?! 하앗……"

"앗…… 잠깐…… 나는 그게…… 응…….."

교대로 키스를 하며 두 사람을 보내고자 그곳을 만졌다.

나도 공략당하는 상황이니까 필사적이었지만…….

"앗…… 안 돼…… 응…….."

"으음…… 입을…… 막고…… 응…… 아앗…….."

두 사람 다 분위기를 탔는지, 밀라 씨는 스스로 유두를 만지고 바론도 내 손에 비비듯이 허리를 움직이기 시작했다.

이 페이스라면…….

"이쪽도 페이스 올려버릴까?"

빌레나가 그렇게 말했다. 나도 한계에 가까우니까…….

"가자고."

"응…… 앗앗…….."

"앗…… 으응."

""아아아아아아아아아아아아아아아아아아아아아아아.""

두 사람이 절정에 다다른 것을 확인하고…….

"빌레나, 싼다…….."

"응…… 촵한하고?"

추웁추웁 페이스를 떨어뜨리지 않고 빌레나가 대답했다. 리리도 이미 애널에 혀가 들어올 정도로 격렬했다…….

"간다!"

"응…… 으음…… 응…….."

"하아…… 하아…….."

빌레나를 봤더니 입에 정액을 머금은 걸 보여주듯이 입을 벌리고…….

　"……응…… 잘 먹었습니다."

　꿀꺽, 만족스럽게 삼켰다.

◇

　"그럼 갈까."

　다시금 준비를 갖추고 길이 있는 옥상까지 나왔다.

　"밀라 씨, 부탁할게."

　"돈을 받은 만큼의 일은 해."

　옥상의 바람 탓에 펄럭펄럭 메이드 옷과 비슷한 얇은 천이 펄럭여서 이래저래 보일락 말락 했지만 표정만큼은 다부지니까 괜찮겠지.

　그건 그렇고…….

　"정말로 길이 잘 수 있는 공간이 있었구나……."

　옥상은 나무들이 울창하고 길이 숨을 수 있을 정도로는 광대했다. 밖에서 보니까 새삼 집이 얼마나 넓어졌는지 알 수 있네.

　애당초 오두막이었던 방이 바로 옥상으로 이어져 있으니까 여긴 정원 같은 감각이었다.

　"기—일."

　빌레나가 길에게 달려가자, 길 역시도 기쁜 듯이 머리를 내밀어 쓰다듬는 손길에 맡겼다.

　처음에는 겁먹은 것 같더니 무척 친해졌구나.

"길도 상태가 괜찮은 것 같아서 다행이에요."

"그르르으으으."

리리의 쓰다듬는 손길이 기분 좋은 듯 그런 목소리를 내는 길.

확실히 이제까지는 차분하게 지낼 장소도 없었다고 생각하면 길에게도 좋은 일이겠지.

"내가 소환을 익혔다면 조금 더 편했을 텐데……."

"그르르."

신경 쓰지 말라는 것처럼 길이 울음소리로 답해주었다.

◇

"길, 커졌구나."

나, 빌레나, 리리, 바론. 네 사람이 타도 문제없도록 길에게 안장을 달았지만, 전혀 신경 쓰는 기색도 없이 순조롭게 하늘을 날고 있었다.

등에 네 사람을 업고 있지만 무게를 신경 쓰지는 않는 모습이었다.

빌레나나 리리 같은 변화는 없더라도 몸은 틀림없이 훌륭해졌다. 암컷이었던 것도 영향이 있을지도 모른다. 드래곤은 암컷이 더 크니까.

"아무리 그래도 길을 타고서 신도까지 가지는 않는 게 낫겠지?"

"그러네―. 어떻게 생각해? 리리, 바론."

"지금은 국경을 수비할 여유는 없을 테지만 신도로 가기 전에는 내리는 편이 낫겠죠."

"그렇구나. 키라엠의 사정권 안으로 들어간다면 우리만 가는 게 낫겠지. 이 드래곤이 강하다는 건 인정하지만 마법사를 상대로 표적이 큰 건 리스크다."

그런가. 지금부터 갈 장소는 국민 전원이 마법사인 땅이구나…….

"그럼 신국에는 길을 탄 채로 들어가기로 하고, 중간부터는 뛰어갈까."

"그렇군요."

"나도 키라엠의 기척은 추적해두겠어. 위험을 느끼면 알리도록 하지."

각각이 길 위에서 임전 태세를 갖추며 대화를 나누는 사이에 숲을 빠져나가서 신국의 영토가 보였다.

트인 장소로 내려서서 마침내 신국으로 침입했다.

"여긴 어디쯤이야……?"

"아슬아슬하게 신국 영역, 이긴 하네요."

"미안하군. 하지만 이미 이 부근부터 어둠 마법의 기척을 느꼈어."

바론의 진언으로 예정보다 빨리 착륙했는데, 가까운 시점에서 우리도 눈에 보이는 이변을 깨달았다.

밤, 마도구가 없는 농촌은 정말로 캄캄해질 텐데도 이 부근만 빛이 넘쳐나는 것이었다.

아무리 전원이 마법사라고 해도 밤에 이만큼 빛이 발생하는 것은 이상했다. 그런 생각을 하고 싶지 않지만 무언가가 불타는 것처럼도 보였다.

"가자!"

빌레나가 뛰쳐나가려고 했지만…….

"기다리세요. 여긴 이미 적지니까 불필요한 트러블에 끼어드는 건 위험도 있다고요?"

리리의 말도 지당했다. 이미 신국으로 들어온 이상, 섣불리 날뛰었다가 선수를 빼앗기는 형태가 되는 것은 위험하다.

하지만 저 빛, 십중팔구 농촌은 습격을 당하고 있다.

"가자."

내가 말을 꺼냈다.

"주인님……."

"가야겠지……."

다음으로 말을 꺼낸 것은 바론이었다.

"애당초 예정 그대로이지 않나. 가는 곳곳에서 신국의 새로운 지도자를 인정하게 만드는 거지?"

바론이 웃었다. 요컨대 눈앞에서 습격을 당하는 신국 백성을 지키고 싶다는 마음만큼은 리리에게도 전해졌다.

"어쩔 수 없네요…… 기사단장님은."

"홋…… 나한테는 성녀 경 쪽이 훨씬 가고 싶어 하는 것처럼 보였다만."

그러더니 두 사람은 맹렬한 스피드로 빛을 향해 달려갔다. 나도 빌레나에게 끌려가려나 싶었지만 그녀는 내 손을 잡을 기척은 없었다.

"아마 린트 군, 이제는 쫓아올 수 있다고?"

"빌레나의 진심을, 말이야?"

"그게 말이지, 린트 군. 저 두 사람이 달려가는 거, 보였잖아?"

"보이기는 보였지만."

확실히 이전이었다면 두 사람은 그저 사라진 것처럼만 보였을 가능성은 있다. 카게로의 빙의 없이도 눈으로 쫓을 수 있는 것은 명확한 성장이었다.

"후후. 달려볼까?"

"그래…… 카게로."

"큐쿠—."

다시 카게로를 두르고 달려갔다. 몸이 놀랄 정도로 가벼웠다. 풍경이 엄청난 스피드로 사라졌다.

"이것이……."

아직 달리는 스피드로 쫓아갈 뿐이기는 하지만 S랭크 수준의 세 사람이 보는 풍경을 쫓아갔다.

틀림없이 나는 강해졌다.

"여자들은 남겨둬라! 쓰든지 팔 수 있다! 남자는 죽여라!"

"어째서 우리가 이런 꼴을……."

"이럴 바에는 교황이 있는 편이 나았어! 젠장! 젠자아아아앙."

다다른 마을에는 지옥 같은 광경이 펼쳐져 있었다.

"이럴 정도일 줄이야……."

바론은 풀 페이스 중갑기사 스타일이 되어 날뛰는 도적들을 덮쳤다.

"주인님, 부상자가 있다면 교회로! 싸울 수 있을 것 같다면 제압을 부탁드려요!"

그것만 말하고 리리도 순식간에 뛰어갔다. 작은 농촌이라도 신국이라면 교회가 존재한다. 그리고 도적들도 신국 백성이다. 교회에는 좀처럼 손을 대진 않는다.

다른 사람들은 이미 각 방면에서 도적을 제압하러 다니고 있었다.

나도 당장에라도 당할 지경인 가족을 발견하고 달려갔다.

"뭐냐? 너──그억."

"이 자식! 커헉……."

"이 녀석…… 포위해라!"

상대는 일곱 명, 두 사람은 바로 무력화할 수 있었다.

앞으로 다섯 명.

"죽어라아아아아아아!"

도끼를 들고 돌진한 남자를 카게로의 가호에 몸을 맡기고 있는 힘껏 내던졌다.

앞으로 네 명.

지금이라면 이 정도 상대는 문제없다. 말하는 동안에 큐르케가 상대의 등 뒤로 돌아 들어가서…….

"큐—!"

"으……."

앞으로 세 명…….

"이 녀석은 뭐냐?! 동료를 모아라! 포위해!"

"아니, 그럴 필요는 없다……."

동료를 부르려던 참에 말을 탄 남자가 나타났다. 거의 알몸에 가까운 거친 자들 가운데서는 말을 탄 것만으로 이질적인 존재였다. 사실 실력도 이제까지의 남자들과는 확연하게 구분되었다.

"두목님?! 어째서 이곳에?!"

"네놈이 저 괴물들의 우두머리라고 그러더군? 다른 녀석과 비교하면 압도적으로 약한 주제에 말이야!"

그렇구나. 상대는 이 집단의 두목인가보다.

빌레나가 나를 향해 미소로 엄지를 척 드는 모습을 보면 일부러 이쪽으로 돌렸다는 건가.

말을 탄 남자는 계속 말했다.

"나는 이래 봬도 말이야, B랭크 모험가라는 직위도 가지고 있단 말이지."

"그건 큰 문제네……."

B랭크 모험가가 어째서 도적의 두목이 되었냐고……. 게다가 습격하는 도적단 쪽이 농민의 숫자보다 압도적으로 많다는 것도 신경 쓰였다.

그만큼 신국은 황폐해졌나……?

"B랭크 모험가의 힘, 모를 리는 없겠지. 네놈이 인질이 되어서

저 녀석들과 좋은 걸 하게 해준다면 목숨만큼은 구해줄 수도 있다고?"

"그렇구나……."

"네놈도 모험가라면 알겠지? B랭크한테는 거역할 수 없는 벽이 있다는 것 정도는."

그건 틀림없이 그랬다. B랭크라는 것은 정말로 모험가 중에서도 한 줌인 존재.

나도 최근에 그런 존재가 되었다고는 해도 아직 실감이 없었다.

그게 말이지, 그만큼 상위 모험가는 동경의 존재로서 빛나는 실적과 실력을 쌓은 자만이 도달하는 것이니까.

아이들이 이야기하는 모험가, 음유시인이 이야기하는 모험가는 누구라도 B랭크를 넘는다.

그렇기에 눈앞의 존재가 그렇다는 것은, 조금 인정할 수 없는 부분이 있었다.

"그런데 저기 세 사람, 제대로 봤어?"

"어? 아무리 격 위의 존재라도 말이야. 파티 리더가 인질이어서야 얌전히 있겠지?"

"그런가……."

저 세 사람이 싸우는 모습을 보고도 실력 차이를 모르는 건가…….

이러고서 B랭크라면 나도 조금 더 자신을 가져도 될지도 모르겠네. 여기서 만날 수 있었던 건 행운이었을지도 모르겠다. 내게 자신감을 가지게 해주는 상대니까.

"그래서? 여자를 넘길 각오는 됐나?"

"아니, 네가 나한테 이길 수 있다면 그렇게 해."

"허?"

"카게로."

다시 카게로를 둘렀다.

상대에게 맞추어서 빙의하거나 해제해서 별도로 행동하는 것 정도는 간단히 할 수 있게 되었다.

역시나 분위기가 바뀐 것을 느낀 모양이지만 이미 상대도 뒤로 물러날 수는 없었다.

"뭐야, 그거…… 이 자식……."

"안 올 거야? 그럼 내가 간다?"

"윽……."

말을 물리려고 고삐를 당겼지만 말 쪽이 굳어버려서 움직이지 못했다. 카게로의 프레셔에 밀린 거겠지.

땅을 박차서 말 위의 남자까지 단숨에 거리를 좁혔다.

"멍청한 놈! 공격은 위에서 밑으로 하는 게 정석이다!"

"힘의 차이가 없다면, 말이야!"

정령 빙의 상태라면 S랭크인 카게로를 B랭크가 상대하게 되는 셈이었다. 위든 밑이든 관계없다.

"뭐야?!"

남자가 들고 있던 사벨이 허공으로 튕겨 나갔다. 하지만 겁먹지 않고 허리춤의 단도로 손을 뻗었다. 그런 부분의 전환은 역시나 대단하다고 생각하지만 지금의 나는 그에 대응할 수 있을 만큼의 힘을 가지고 있었다.

허리로 향하는 손을 비틀고 기세 그대로 말 위에서 떨어뜨렸다.

"그아아아아아아아아."

부러졌을지도 모르겠다. 하지만 그대로 팔을 붙잡고 주위를 경계했다.

"젠장! 다들 무기를 내려라! 우리 패배다!"

간단히 항복한 것에 기시감을 느꼈다. 아아…… 바론과 싸웠을 때다.

"자, 보다시피 이렇다! 무기도 버렸어! 네놈도 손을 놓아라!"

"이것 참, 이 상황에서 잘도 거만하게 구는구나?"

"그아아아아아아아아아아아."

흘끗 보인 것은 나이프. 아마도 무언가 발라져 있었다.

그래서 다른 한쪽 팔도 받아뒀다.

"젠장……."

팔을 못 쓰게 되고서도 마법으로 무언가 할지도 모르니까 방심할 수는 없지만, 완전히 전의를 잃은 것을 확인하고 일단 전투를 끝냈다.

습격당한 가족이 부상을 당한 모습을 보고는 교회로 도망치라고 손짓발짓으로 전하자 몇 번이고 머리를 숙이며 금세 이 자리를 떠났다.

"네놈들은 대체 뭐냐……. 지금 이 나라로 굳이 뛰어드는 멍청한 모험가 주제에 그 힘……."

"저 세 사람을 보고도 몰랐던 거야?"

"내가 본 건 수인 괴물이 우리 부하를 난도질하는 것뿐이야. 정말이지…… 무슨 정신머리면 저런 괴물을 기를 생각이 드는 거냐…… 빌어먹을."

그렇구나…….

"약탈은 몇 번째야?"

"어어?"

"몇 번째야?"

"흥. 우리도 원래는 변경에서 살고 있었어! 지금은 이렇게라도 안 하면 우리 생활비도 못 번다고! 모험가 길드는 의뢰가 없으면 움직이지도 못하잖아! 나라가 황폐해지면 구석진 곳부터 이렇게 되는 거야! 빤한 일이지."

그렇구나……. 다만 뭐 그래도, 그걸 기회로 제멋대로 저지른 이 녀석들을 용서할 수야 없다.

"너희 같은 녀석이 생겨나지 않도록 해야겠네……."

"허?"

이후로 나라를 움직이게 될 바론에게도, 오늘 이곳에서 도적을 제압할 수 있었던 것은 어떤 의미로 좋은 일이었을지도 모르겠다. 그렇게 되어서는 안 된다는 결의를 굳히기 위해.

때마침 교회에서 리리의 목소리가 울렸다.

"여러분, 성녀 리릴나시르예요."

마을 각지에서 놀란 목소리가 터져 나왔다.

"아니, 성녀님이야?!"

"성녀님은 추기경과 같이 있다며."

"멍청이. 그건 추기경이 흘린 소문이겠지. 행방불명이라던데."

그런 이야기가 되어 있었나.

"신탁이 내려졌어요. 역적 키라엠에게 천벌을 내리고 나라에는 새로운 지도자를."

그건 그렇고 잘 들리네. 교회에는 확성 마법이 있는 걸까. 굉장한 기술이다.

"새로운 지도자의 이름은 린트. 이 동란에서 여러분을 구하고자 이 땅에 강림하셨어요."

도적들이 나를 빤히 보고 있었다. 이름을 댄 것은 아니지만 리리가 이 파티의 일원이었다는 사실은 짐작했을 테고, 그 리더가 나라는 사실은 알고 있었으니까 말이지…….

"역적 키라엠을 치고 새로운 지도자를 세우려면 힘이 필요해요! 신께서는 그를 위해 제게 새로운 힘을 주셨어요!"

교회 지붕에서 밤인데도 불구하고 빛이 넘쳐나는 게 보였다.

연출을 위해서 리리가 마법을 사용한 걸 테지만 효과는 확실했다. 신성한 후광이 비치는 그 모습에 마을 사람들은 자연스레 무릎을 꿇고 기도를 올렸다.

"신의 힘을, 이곳에."

빛나는 리리가 그 빛에 감싸였다. 그리고 그 실루엣에서 날개가 생겨났다.

"오오…….'

"황송합니다…… 황송합니다……."

"성녀님께서 마침내 신께……."

이렇게 보면 정말로 굉장하구나……. 날개가 난 리리는 그야말로 신의 사자에 걸맞은 풍격을 갖춘 천사가 되어 있었다. 게다가…….

"오오……?! 상처가!"

"말도 안 돼…… 너! 무사했어?!"

"다리가 움직여……! 움직인다고!!!"

광역으로 일제히 회복 마법을 사용한 듯했다. 성 속성 적성 S+ 5단계는 어마어마하다……. 이런 숫자를 단번에 치료해버린 모양이었다. 그중에는 빈사의 중상자도 있었다는 것을 주위의 반응으로 알아차렸다.

피아 구분 없는 마법이었으니까 내가 부러뜨린 팔도 원래대로 돌아왔지만 새삼스럽게 무언가를 시도할 생각은 없는 것 같았다.

오히려…….

"이 녀석은…… 설마 성녀님의 파티에 손을 대고 말았나……."

전의는 완전히 꺾인 모양이었다.

리리와 바론에게 들었지만 이 나라의 인간은 신앙을 위해서라면 스스로 죽음을 선택하는 것도 꺼리지 않는다나.

지금은 나라가 혼란스럽고 그 신앙의 대상이 없으니까 어긋나고 만 것도, 리리가 알기 쉬운 방침이 되어주며 다시 앞을 향해 나아갈 수 있다고 말한다. 그야말로 그 말 그대로의 모습이 그곳에는 있었다.

이러면 내버려 둬도 괜찮겠지. 도적들은 구속만 해서 이 자리에 방치하고 일행과 합류하고자 교회로 향했다.

◇

"리리, 그렇게 광역으로 마법을 썼는데 아무렇지도 않아?"

"주인님 덕분에 일찍이 없었을 만큼 힘이 넘치니까요."

정말로 괜찮은 모양이다……. 회복 마법은 소비 마력도 클 터. 그것을 광역으로, 그만한 위력으로 사용했는데도…….

평범한 인간이라면 마력이 떨어져서 몇 번을 죽을지 모르는 수준이다…….

그런 생각을 하는 사이, 뒤에서 빌레나가 뛰어들었다.

"린트 군 수고했어ㅡ!"

"어어……."

"오, 일부러 적의 두목을 그쪽으로 돌린 보람이 있었을까ㅡ?"

빌레나가 그렇게 말할 정도의 변화는 생겨났을지도 모르겠네.

"조금 자신감은 붙었을지도 모르겠어."

"냐하하. 그건 잘됐네."

그러는 사이에 바론도 모습을 드러냈다.

다시금 리리가 입을 열었다.

"생각하던 것 이상으로 이 부근은 황폐해진 모양이었어요……."

"나로서는 이대로 이 주위를 버려두고서 가고 싶진 않군."

바론은 괴로워하는 마을 사람이 있다면 그것을 내버려 두고 싶지는 않다고 한다.

"바론은 예전 평가로는 변변치도 않은 녀석이란 느낌이었는데, 상식인이고 의외로 이렇게 다정한 모습도 있구나."

솔직히 의문스럽게 여겨졌으니까 그렇게 말해봤는데…….

"눈앞에서 이런 일이 벌어지는데 내버려 두면 꿈자리가 사납겠지."

"뭐, 눈앞에서 보지 않고서는 깨닫지 못하는 구석도 있으니까요, 바론은……. 뇌까지 근육일 테니까요."

"윽……."

리리가 단호하게 잘라 말했다. 짚이는 바는 있는지 바론 역시 아무런 대답도 못 했지만, 그게 뭐라고 할까, 리리도 말로는 그러면서도 표정은 온화하구나.

"린트 군, 어떻게 할래?"

빌레나가 물었다.

눈앞에서 벌어지는 이 폭동을 막아야 할지, 당초의 예정대로 키라엠에게 가야할지. 하지만…….

"이 부근의 문제를 처리한 다음에 가자."

키라엠의 준비가 갖추어지고 만다는 문제는 있지만, 이제 이 멤버라면 그쪽은 지나치게 걱정하지 않는 편이 낫겠지.

실제로 신국을 통치하게 된 다음의 일을 걱정하는 편이 나을 듯했다.

"키라엠의 성격을 생각하면, 여기서 한동안 싸우고 있으면 저쪽에서 모습을 드러내도 이상하진 않아요."

"그런가?"

"예. 오히려 신도에는 실험 시설도 많을 테고, 신도는 어둠 마법이 약하니까요. 밖으로 나와서 싸우는 이점은 상대에게도 있지 않을까요."

그렇구나…….

"뭐, 조금이라도 주변을 돕는 게 기분은 좋잖아!"

"그러게."

그래서 촌장에게 인사만 하고 도적은 포박해서 길에게 감시를 부탁한 뒤에 다음 마을, 또 다음 마을로 진격을 개시했다.

◇

"감사합니다…… 감사합니다, 성녀님."

마을 열 곳을 통틀어서 다섯 곳이 그야말로 동란이 벌어지고 있었다. 그중에는 마을 사람들 사이의 분쟁이 격화되어 내전이 벌어진 곳조차 있는 지경이었다.

마을 열 곳 중에서 무사했던 것은 비교적 유복한 마을 두 곳뿐. 세 마을은 이미 불탄 허허벌판이 되어 있었다. 구할 수 있는 만큼은 구했지만 피해는 헤아릴 수 없었다.

어찌어찌 나아가는 사이에 신도도 가까워져서…….

"슬슬 키라엠도 움직이려나."

"그렇겠네요."

그런 말을 입에 담았을 때였다.

"이건……?!"

검은 문 같은 것이 눈앞에 나타났다.

이상한 그 광경 앞에서 바론이 나를 지키듯이 앞에 섰다. 든든한 전위다.

어째선지 큐르케도 함께 앞으로 나섰지만. 뭐, 든든한 건 든든하다.

"이것 참. 성녀 경. 활약은 신도까지 널리 알려졌습니다."

검은 문, 그 안에서 장신의 남자 하나가 나타났다.

이어서 대량의 무장한 집단이 마찬가지로 검은 공간에서 나타나더니 주위를 둘러쌌다.

"예, 한심스러운 중앙을 대신해서 일을 좀⋯⋯."

"후후. 이것 참 매섭군. 애석하지만 나도 이래 보여도 바빴던 터라⋯⋯."

리리와 대치하고 있는 것이 아마도 전 추기경 키라엠이겠지.

"린트 경."

바론이 작게 귓속말했다. 지금은 투구를 벗어서 모르는 사람이 본다면 그저 다크 엘프다. 키라엠에게 이 모습은 드러낸 적이 없다고 한다.

"다들 알아차렸을 거라고는 생각하지만⋯⋯ 주변에 감도는 저 공기⋯⋯."

"어둠 마법이구나."

바론이 지적했다시피 키라엠 주변에는 새카말 정도로 탁한 보라색 마력파가 소용돌이치고 있었다.

"바빴다고는 해도 성녀 경에게 수고를 끼친 죄는 무겁겠군⋯⋯. 이봐."

"예!"

키라엠이 무장집단 중 한 사람에게 말을 건넸다.

"그렇군……. 네놈의 목숨, 우리나라에 바쳐라."

"예! 기꺼이!"

무슨 의미인지 생각하기도 전에, 불려 나온 병사가 자신의 가슴에 검을 박았다.

"뭐야?!"

이 행동에는 리리도 바론도 놀라서 소리쳤다.

"병사 하나의 목숨으로 부족하다니…… 어쩔 수 없습니다. 이봐! 네놈!"

"예!"

키라엠의 목소리에 응하여 병사 하나가 가슴에 검을 박으려고 움직였다.

"기다리세요. 그 이상은 필요 없습니다."

"그렇습니까그렇습니까……. 용서해주신다니, 역시 성녀 경은 관대하시군."

경박한 미소를 짓는 키라엠.

어쩐지 이상하다……. 아마도 병사는 세뇌당했을 테지만 키라엠은 그것으로는 설명되지 않았다. 그렇게 생각했더니 빌레나가 귓속말했다.

"별의 책이겠네, 틀림없이."

"별의 책……?"

"응. 린트 군 책에도 적혀 있지 않았어? 폭주했을 때의 내용."

"폭주……."

테이머가 힘을 제어할 수 없게 된다면 주변 몬스터의 존재 진화나 활성화만이 진행되어 몬스터들이 미쳐 날뛰는 결과가 된다는 내용이, 확실히 있었다.

"격투가는 있지, 힘에 삼켜지면 육체가 붕괴한다고 적혀 있었어."

"그럼 저건 주술사의 책이 폭주한 건가."

"어디까지나 내 생각이지만 말이야."

별의 책, 주술사의 책이 키라엠에게 있고 그 힘에 삼켜졌다면 설명이 된다.

평범한 인간은 눈에 보일 정도로 검은 마력을 방출할 수는 없으니까.

"어둠 마법에는 상대를 강제적으로 복종시키는 스킬도 많으니까 말이지."

빌레나가 중얼거리는 것을 듣고 키라엠의 얼굴이 우리에게 향했다.

"호오. 제대로 예습이 된 녀석도 있는 모양이군."

"키라엠!"

리리가 자신에게 주의를 기울이려고 목소리를 냈지만 키라엠은 신경 쓰지 않았다.

"후후. 자자, 저는 새로운 신탁이란 것도 들었으니까요. 거기 있는 남자였던가, 교황을 대신해서 세우겠다는 건."

키라엠과 눈이 마주쳤다.

애당초 호리호리한 장신의 독특한 위압감에 더해서 눈 밑의 다크서클, 그리고 어둠 마법 특유의 새카맣게 보일 정도인 보라색 마력이 안면에까지 반영되어 있었다.

"흐음…… 딱히 아무것도 안 느껴지는 애송이다만 꼭 그리하겠다면 여기서 죽일 수밖에 없겠군."

"훗……. 보는 것만으로는 아무것도 모르는 무능력자라는 소리군요, 당신은."

리리의 도발에 키라엠이 한순간 짜증 어린 표정을 드러냈지만 금세 분위기를 바꾸어 이렇게 말했다.

"제가 준비도 없이 왔다고 생각하진 않으시겠지요. 지금 신국 주위에는 유래가 없이 강력한 몬스터들이 있어서 말입니다."

그러더니 조금 전과 마찬가지로 검은 문이 나타나고 꺼림칙한 마기에 뒤덮인 네발짐승이 나타났다.

"물론 제가 만든 것들입니다만."

카게로 정도라고 할 건 아니지만, 만났을 무렵의 길이라면 좋은 승부가 되지 않을까 싶을 정도로 강하다……. 랭크로 따지자면 A+ 몬스터겠지.

"도적 따위에게 실컷 유린당하는 농촌으로서는 대응하기 곤란하겠군요."

"설마……."

"예, 지금은 각지에서 제 신호를 기다리고 있겠죠."

나라를 모조리 인질로 삼았나.

아무리 그래도 그렇게까지 광범위로 취할 수 있는 수단은 없다고 생각했는데…….

"저로서도 뭐, 성녀 경께서 이 정도 전력으로 오는 경우는 예상하지 않았습니다만, 이만한 숫자로는 대응할 수 없겠지요."

그러더니 키라엠 주위에는 검은 문이 무수히 나타나고, 각각에서 본 적도 없는 몬스터들이 연신 튀어나왔다.

키라엠의 행동에 리리가 슬며시 미소 짓는 게 보였다. 그렇구나. 각지에 흩어져 있었다면 대처할 수 없었지만 굳이 이곳으로 모아준 것이었다.

"후후후…… 훌륭하죠. 이건."

몸이 복잡하게 다른 생물들끼리 이어져 있었다. 이른바 키메라다.

또 하나 이변이 있었다. 조금 전에 자해를 요구당한 병사의 시체가 검게 뒤덮여서 사라진 것이었다.

"이건…… 어둠 마법의 대가를 세뇌한 인간에게 떠넘기는 건가."

"너무해……."

바론의 말에 빌레나가 그렇게 말했다.

"자, 이걸 앞에 두고서 뭔가, 남길 말은?"

키라엠이 기분 좋게 말했다. 확실히 랭크 A+ 몬스터들이 백 마리 정도나 있다면 어지간한 상대로는 대항할 수 없겠지.

하지만 지금 상대하는 것은 그런 어지간한 상대가 아니다. 모두가 랭크 S 수준. 압도적인 힘을 지닌, 역사에 이름을 새길 모험가들.

"설마 이 정도 전력으로 우리를 막을 생각인가요?"

"흠……. 그렇군, 이 정도로는 허세를 부릴 수 있다고."

그러더니 키라엠은 현재의 세 배 수준으로 소환을 진행했다.

병사도 세 사람이 쓰러져서 사라졌지만 그건 이미 포기할 수밖에 없겠지…….

"후후, 어떻습니까? 이래도 아직 허세를 부릴 수 있겠습니까?"

"이걸로 전부?"

"예, 그렇군요. 하지만 그걸 알았다고 해서——."

리리가 웃었다. 키라엠의 말을 믿기에 충분한 무언가 확신을 얻은 모양이었다.

키라엠은 이때, 계속 인질을 잡고 있었다면 그래도 아직은 살 수 있었을 것이다.

물론 말을 모두 믿을 생각은 없지만, 나라를 뒤덮은 꺼림칙한 오라가 모두 이곳으로 모여들었다는 것은 우리도 피부로 느낄 수 있었다.

"주인님."

리리가 내 쪽을 돌아보며 웃었다.

"응——? 뭘 하려는 겁니까, 그런 아무 도움도 안 되는 애송이가."

키라엠의 표정에는 여유가 있었다. 다만 나도 준비할 시간은 충분히 받았다. 이만큼 시간이 있다면 상대가 삼백을 넘는 키메라 대군이라도 어떻게든 된다.

게다가 숫자를 따지자면 작열개미들 쪽이 단연코 많았으니까 말이지!

"테임!"

"바보 같은 짓을…… 이런 숫자를 단번에 테임하다니…… 그러기는커녕 이 몬스터, 한 마리가 A랭크를 넘는 위험도인데도."

키라엠의 말도 지당하지만 중요한 걸 간과하고 있었다.

테임에 응하느냐, 그에 대한 저항력은 테임의 대상인 개체에게 달려 있는 것이다. 이 녀석들 본인이 지금의 상태를 벗어나길 바란다면 테임의 성공률은 부쩍 올라간다.

"자, 우선은 그 바보 같은 남자부터 해치워버려라!"

손을 들어 몬스터들에게 지시를 날리는 키라엠. 하지만 이미 그 지시에 따를 존재는 없었다.

"허……? 이봐! 뭘 하는 거야! 빨리 하란 말이다!"

"푸풉……. 얼간이구나, 저 아저씨."

"윽…… 이 자시이이이이이이이이익."

빌레나의 도발에 넘어가서 몸을 내민 키라엠. 그의 앞에는 어둠 마법을 위한 문장이 새겨져 있었다.

"어둠 마법에는 어둠 마법으로 대항하는 게 좋겠군."

바론이 손을 맞대고 기도하는 듯한 포즈를 취했다. 이건 그때, 벨을 소환했을 때와 같은 포즈였다.

하지만 그것을 모르는 키라엠은 드높이 웃었다.

"후하하하. 신에게 기도하느냐! 괜찮겠지, 마음대로 해라!"

신경 쓰지 않고 빌레나를 보는 키라엠. 득의양양한 표정으로 빌레나에게 덤벼들고자 팔을 뻗고, 그리고──.

"이렇게나 미천하고 제대로 소화하지도 못하는 어둠 마법이라는 것도, 좀처럼 볼 수 없는 모습이겠네."

작은, 하지만 지상에서 가장 뛰어난 어둠 마법의 스페셜리스트가 키라엠이 혼신을 다한 공격을 한손으로 받아냈다.

"허……?"

키라엠이 믿을 수 없다는 눈빛으로 눈앞의 검은 소녀를 바라봤다.

"무슨 일인가 싶었더니 정말로…… 시시한 남자구나."

한 손으로 받아낸 그 주먹을 **붙잡지 않고** 받침점으로 이용해서 키라엠을 허공으로 띄워 올렸다.

"뭐냐?! 무슨 일이……."

"어둠 마법을 사용해놓고도 모르는 건가?"

"설마……."

키라엠은 현실을 받아들이고 싶지 않은지 아직도 저항했지만 이미 벨의 시선에서는 벗어나버렸다.

"주인, 나를 저쪽에 가둬놓고 이런 타이밍에 불러내다니……."

"아니, 그건 본인이 멋대로 돌아갔을 뿐이잖아."

"시끄러워! 어쨌든! 이 녀석을 정리하면 그에 걸맞은 답례를 준비해라!"

"예예."

여전히 딴청을 부리면서 키라엠을 땅바닥에 내동댕이치는 벨.

"크헉! 이 자식들…… 잘도…… 잘도! 그 교황에게서 나라를 구해낸 남자에게 잘도! 내가 죽어도 국민은 인정하지 않는다! 이 나라는 모두가 신교도! 이딴 남자가 지도자라니 그런 바보 같은 소리도."

"저는 천사가 되었으니까요……. 그런 만큼 얼마든지, 할 방법이 있다고요."

날개를 과시하듯 움직이는 리리.

"뭐……라고……."

눈을 크게 뜨는 키라엠. 조금 전까지도 하던 일이니까 괜찮을 거라고는 생각했지만, 이 모습을 보면 천사화의 은혜로 신교도를 아군을 끌어들이는 것에 문제는 없겠네.

절망한 키라엠이 주위를 두리번두리번 둘러봤다.

그리고 비스듬히 앞에 서 있던 바론을 알아차리고 소리 높였다.

"오오! 투구가 없으니까 몰랐지만 네놈, 그 갑옷, 바론이 아닌가! 잘 왔다, 자, 이 역적들을 박살내라!"

키라엠의 눈에서 어둠 마법의 기척이 방출되었다. 어쩌면 바론 본인도 알아차리지 못한 사이에 이렇게 세뇌를 당했던 것일지도 모르겠다.

하지만 지금의 바론에게는 적잖이 유치하기 짝이 없는 마법이었다.

"이제까지 몇 명이나 그렇게 자유를 빼앗았느냐?"

"허?"

"이제까지 몇 명이나 그렇게 목숨을 빼앗았느냐?"

"흥…… 내게 도움이 된 것이다. 영광스러운 일이겠지. 그보다도 네놈, 어떻게 내 마법을…….'

바론은 더는 용건이 없다고 그러듯이 그 자리를 떠났다. 이어서 벨이 남자 앞에 버티고 서더니 나를 흘끗 보고 이렇게 물었다.

"있잖아, 주인. 이 녀석, 이제 받아도 될까?"

"받아?"

"봤을 테지? 어둠 마법의 원천을."

그 말에 가장 빨리 반응한 것은 키라엠이었다.

"자, 잠깐만……?! 설마……."

"어쩔 수 없어. 이건 이제 살려둘 수는 없잖아?"

리리에게 확인하는 벨.

"그러네요."

"그럼 이렇게 고귀한 마족의 양식이 될 수 있다는 것, 자랑스럽게 생각하면서 가도록 해."

"자, 잠깐만! 기다려줘! 대신할 거라면 얼마든지……! 아직 나한테는 천을 넘는 대용품이…… 이 나라의 국민은 전부, 내가……!"

"구제할 길이 없어……. 내게 도움이 된 것이다. 영광스러운 일이겠지?"

"뭐…… 그건…… 으아아아아아아아아아아아아아아아아."

그렇게만 말하고 벨이 방출하는 검은 마기에 휩싸여 사라졌다.

"키메라도 마찬가지야. 저것들은 이미 오래 가진 못해. 괴로움에서 해방해주는 편이 나아."

"그렇, 구나……."

일단은 내 테임으로 지배하에 둔 삼백을 넘는 몬스터들. 각각이 A 클래스 이상인 만큼 강력한 힘을 느꼈지만 저러고서 오래 살기는 어렵겠지.

이어져 있기에 알 수 있지만 그들도 끝을 바라고 있었다.

"적어도 평안히 잠들어라."

그렇게 말하자 조금 전과 마찬가지로 검은 안개가, 조금 전과는 달리 꺼림칙하지도 않고 온화하게 몬스터들을 뒤덮었다.

"그건 그렇고 이걸로 린트 군, 더더욱 강해졌네."

"조금은 강해졌을 테지만, 테임한 본체가 사라진다면 효과는 떨어질 테니까."

테임하고 풀어주기를 반복하는 것만으로 강해질 수 있다면 조금 더 방도가 있겠지만 그렇지도 않으니까.

"후후. 통상이라면 그렇겠지. 하지만 어때? 힘이 사라진 것처럼 느꼈나?"

벨이 득의양양하게 말하기에 확인해봤더니 확실히 힘이 사라진 느낌이 없었다.

"어둠 마법으로 태어난 자들이다. 어둠 마법으로 돌아갔다. 하지만 그 과정에서 힘의 흐름을 조금 만졌거든. 주인과 내게 힘이 흘러들도록."

빈틈없이 자기도 몫을 챙기는 만큼 악마답네.

"이거, 저 병사들은 어떻게 된 거야?"

"어둠 마법의 효과가 사라져서 잠들었다, 조만간 깨겠지."

"깨어나더라도 키라엠 없이 무언가 행동을 벌일 것 같지는 않아요. 방치하면 되지 않을까요."

리리가 꺼낸 말에 따르게 되었다.

"참고로 이 녀석, 이상한 기술을 걸어뒀다고. 저쪽이다. 서두르는 편이 좋을 테지."

벨이 손가락으로 가리킨 곳은 신도 방향이었다.

"그거, 벨의 힘으로 어떻게 되지는 않을까?"

"모르겠군. 우선은 현지로 가보는 편이 낫겠지."

그렇구나…….

"그럼 갈까."

"뛸까요…… 저는 먼저 날아갈게요."

"길도 불러둘까. 키라엠도 없으니까 가까이 와준다면 돌아가는 건 편하겠지."

"응? 주인, 못 나나?"

"무슨 나는 게 당연하다는 것처럼…… 리리가 이상할 뿐이지 다들 날진 못하니까 말이지?"

"후후후. 그렇다면 내 힘을 흘려 넣지. 날개를 쓸 수 있다면 돼."

"날개……?"

확인할 틈도 없이 벨한테서 힘이 흘러드는 것을 느꼈다. 미처 컨트롤할 수 없을 정도인 힘의 격류가 내 몸을 덮쳤다.

"윽……."

"주인, 무리하지 말고 흐름 그대로 따라라."

"알았, 어……."

힘에 따르듯이 힘을 빼자 등 쪽에 열기가 어리는 것을 느꼈다.

"그래그래, 그걸로 됐다. 이것이 마족이 가진 이동 수단 중 하나다!"

정신이 들자 등에 검은 마족의 날개가 나 있었다.

날개를 보고 가장 먼저 생각한 것은…….

"이거, 탈착 가능하지?!"

"후후후! 그럼 가자고!"

안 들리는 모양이었다. 자신도 어느샌가 날개를 꺼내어 준비를 갖추었다.

"그럼, 경주하자고—!"

빌레나가 준비운동을 하는 옆에서 바론이 적당히 해달라는 표정을 짓고 있었다.

지상팀이 바론과 빌레나, 하늘에서 나와 리리와 벨. 그렇게 신도를 향해 두 그룹으로 움직이기 시작했다.

"오오…… 어려운데, 나는 거."

"주인, 손을 잡아라."

"후후, 앳되어서 귀엽네요. 주인님."

두 사람에게 반쯤 이끌려가는 형태로 도움을 받아서 어떻게든 점점 하늘에 익숙해졌다.

그러는 사이에 지상팀은 이미 출발했다.

"괜찮아요. 달려가면 아무래도 장애물에 부딪히니까 스타트가 늦어도 저희 쪽이 빨리 도착해요."

그런가, 그런 생각을 하며 지상을 봤더니 빌레나가 장애물인 나무들을 모두 쓰러뜨리며 나아가는 모습이 보였다.

"뭐, 뭐어…… 저렇게 하는 만큼 스피드는 떨어지니까요……."

어이없다는 표정인 리리에게 격려를 받으며 서둘러 지상팀을 쫓아갔다.

"신선하네…… 난다는 건."

"후후. 저도 처음에는 자유자재로 나는데 고생했어요."

"익숙해지면 드래곤보다 빨리 움직일 수 있어서 편리하다고."

실제로 벨의 스피드는 눈이 동그래질 정도였다. 나와 리리가 직진하는 궤도상에서 빙글빙글 선회하면서도 같은 속도로 나아가고 있었으니까.

"흠…… 먼저 가서 보고 와도 괜찮을지도 모르겠군."

"괜찮겠어?"

"그래. 그 대신에 또 맛있는 걸 먹여줘."

그러고는 날아가는 벨.

맛있는 거……라고 그러는데, 아까 먹은 건 키라엠과 몬스터였 단 말이지…….

"뭐, 나중에 생각할까."

"그래요."

리리가 웃으며 내 옆을 날았다.

"무척 안정된 거 아닌가요?"

"그러게. 똑바로 간다면 혼자서도 날 수 있겠어."

내가 날아가는 것에 서서히 익숙해졌을 무렵…….

"오오……!"

"저게 신도예요."

나타난 거대한 건축물에 무심코 목소리를 높였다. 왕국 수도에 서도 볼 수 없었던 광경이 그곳에는 펼쳐져 있었다.

"주인님께선 처음이셨군요. 저것이 신국이 자랑하는, 대성당이 에요."

"어어, 이건 굉장해……."

무슨 마법으로 만들었는지 알 수 없는, 얼핏 검소하면서도 장 식 하나하나에서 터무니없는 가치를 느꼈다. 이것이 나 같은 초 보라도 느낄 수 있다는 사실이 무엇보다도 굉장한 점이라고 생각했다.

"지상팀도 도착한 모양이니까 합류할까요."

"그러네."

흑막은 사라졌지만 벨이 말한 무언가가 있다는 사실은 내 피부로도 느낄 수 있었다. 그만큼 신도는 어쩐지 꺼림칙한 공기에 뒤덮여 있었다.

"간신히 쫓아왔나……."

역시나 빌레나를 따라가는 것은 바론에게도 큰일이었는지 호흡이 다소 거칠었다.

빌레나는 준비운동도 되지 않는다는 듯이 태연한 만큼, 역시 같은 S랭크라도 차이가 있는 거겠지.

먼저 도착해서 상황을 보고 온 벨이 돌아왔다.

"주인. 역시 대규모 의식 마법이 준비되어 있었다."

"어떤 마법이야?"

"성당 안에는 어째선지 대량의 인간이 있었다. 그것들을 제물로 이용해서 우리의 세계를 억지로 여는 마법이야."

"우리의 세계…… 그건……."

"방치한다면 신도에 악마가 마구 풀려날 테지."

터무니없는 걸 준비했구나…….

벨은 이런 모습이라서 잊고는 하지만 이래 봬도 순수한 전투력은 빌레나 세 사람은 된다고 할 힘이 있다. 악마라는 건 그런 존재다.

"해제할 수는 있겠어? 그 의식."

"그게 말이다, 주인⋯⋯."

좋지 않은 예감이 들었다.

"저건 장소가 너무도 좋지 않아. 대성당이라니, 아무리 강력한 칠대악마인 나라도 힘을 마음대로 쓸 수가――."

"그러니까 신국에서 악마는 도움이 안 되는 거구나――."

빌레나가 간발의 차도 없이 딴죽을 걸었다.

"시끄러워! 이만한 마법의 전모를 파악할 수 있었다는 것만으로도 좋다고 생각해라! 게다가 힘이 봉인되어 있더라도, 그 의식으로 악마가 소환된다면 나름대로 피해는 발생한다고."

"그런 의미로 말하자면, 나도 거기서 힘을 발휘하긴 어렵군."

"뭐, 그걸 포함해서 바론은 컨트롤을 당해버렸던 거겠지."

"그랬을지도 모르겠군⋯⋯."

애당초 어둠 속성에 적성이 있다면 신도에서는 힘을 발휘하기 어려운 상황이 되어 있다나. 바론은 이런 느낌이라서 깨닫지 못한 모양이지만 벨이 그런다면 틀림없겠지.

힘을 발휘할 수 없었기에 바론은 세뇌 당하듯이 키라엠을 따랐다.

키라엠도 어둠 속성의 적성이 높았지만 바론과는 다르게 주저 없이 산 제물을 이용해서 효과를 높였으니까 말이지⋯⋯.

다만 그런 키라엠이 굳이 우리를 찾아온 것도, 신도가 그런 구조였기 때문이라 할 수 있다.

"그래도 이 땅은 의식에는 걸맞아. 어둠 마법의 힘이 약해지는 땅이라고는 하지만, 제물을 모으면 강력한 악마도 불러낼 수 있을 테지."

"이야기를 정리하면, 벨과 바론은 평소보다 힘이 떨어진다. 내버려 두면 악마가 넘쳐 나온다. 벨이라도 의식은 막을 수 없다는 건가."

신도에서 가장 힘을 발휘할 수 있는 건…….

"제가 움직일 수밖에 없겠죠."

"천사의 힘이라면 대처할 수 있을지도 모르겠군."

"그렇군요…… 광역 저주 해제…… 신도에 있는 사람들에게 제 존재를 알릴 기회라고 생각하기로 하죠."

그러더니 리리는 대성당 상공으로 날아올랐다.

"린트 군, 우리도 혹시 모르니까 대성당으로 갈까."

"그래."

희생양 없이 술식은 전개할 수 없을 테지만, 애당초 이 신도에 준비된 술식 장치를 어떻게든 해버리면 그것만으로도 이 상황을 수습할 수 있을 터.

신도에서는 힘을 발휘할 수 없는 벨과 바론은 일단 대기시키고 둘이서 대성당으로 향했다.

"정말로 린트 군, 순식간에 강해졌네."

달리면서 빌레나가 말을 건넸다.

"빌레나랑 만난 뒤로는 어지러울 정도로 많은 일에 말려들어서 그저 버텼을 뿐이었는데…… 그렇구나."

"후후. S랭크를 제대로 따라올 수 있다는 게 굉장한 일이야."

"그야 꽤나 속도를 조절해주고 있겠지? 지금도."

진심으로 빌레나가 속도를 낸다면 아무리 나라도 못 따라간다.

빌레나의 속도는 S랭크 중에서도 일급이니까.

"아무리 그래도 지금의 린트 군이라면 뿌리치는 건 어려울 것 같은데 말이지."

"뿌리치려고 하진 말아줘…… 놓치면 곤란하니까."

"후후…… 뭐, 됐나. 자, 도착했어!"

대성당 입구에 섰다. 정면에서 보는 것보다도 압도적인 장엄함에 살짝 압도됐지만 그런 소리를 할 때가 아니겠네.

"이봐! 누구냐?!"

"키라엠 님과 면회하고 싶다면──."

정말로 일반 시민으로밖에 안 보이는, 장비도 갖추지 않은 병사가 나타났지만 빌레나가 무시하고 날려버렸다.

괜찮나……? 뭐, 괜찮을까. 나중에 리리가 광역 마법으로 일제히 회복시키겠지.

"린트 군도 힘 조절 안 해도 되니까!"

"어어……."

빌레나의 기세를 보면 오히려 인질까지 구별 없이 날려버릴 것 같았다. 상대에게 힘을 조절할지를 따지기 전에 빌레나를 말리는 것에 집중하는 편이 낫겠다는 생각마저 들었다.

"침입자다!"

"키라엠 님이 안 계실 때……."

병사들이 속속 모여들었지만, 한 사람이 위를 올려다보고 소리를 내지르며 우리 쪽으로 주의가 쏠리지 않았다.

"이봐! 저걸 봐!"

"허? 이런 바쁠 때…… 어?"

병사들의 눈이 대성당 정상으로 향했다.

리리가 나타났구나.

"여러분, 성녀 리릴나시르예요."

이제까지와 마찬가지로 확성 마법을 사용했다. 신도는 확성 마법 장치가 배치되어 있는 모양이라 구석구석까지 목소리가 전해지는 듯했다.

"린트 군, 서두르자."

빌레나를 따라갈 수 있다면 위쪽으로 정신이 팔린 병사들을 뿌리치는 것은 어렵지 않았다.

간단히 침입하더니 빌레나가 이렇게 말했다.

"이럴 때, 최후의 발버둥으로 앞뒤 생각 안 하고 무언가 저지르기 일쑤니까."

"그렇구나……."

"린트 군, 인질 구출이랑 의식을 멈추는 거, 어느 쪽이 좋아?"

미소로 묻는 빌레나.

"내가 인질 쪽으로 갈게."

"후후후―, 취향인 아이가 있다면 가르쳐줘―!"

"그러려고 가는 것 같이 말하지 말아줘……."

이곳에 와서도 역시나 긴장감이 없는 그대로, 둘로 나뉘어서 지하의 감옥으로 향했다.

◇

빌레나와 헤어져서 감옥이 있는 장소까지 갔다. 그럴 터였는데.

"어라? 린트 군?"

"응? 빌레나가 어째서 여기 있는 거야."

"응—, 어쩐지 술식의 냄새를 따라갔더니 여기였어."

술식이란 건 냄새가 나나……. 너무나도 새로운 사실이다…….

"뭐, 이런 것도 예상은 하던 것도, 있을지도."

빌레나의 시선 앞에는 감옥에 묶인 생기 없는 사람들이 있었다. 키라엠은 이미 도망칠 수 없는 인질을 만들었다는 것이다.

"너무하네……."

술식은 인질 자신에게 설치되어 있어서 빌레나의 감각이 올바르다고 증명되었다. 이번에 한해서는 빗나가길 바랐지만…….

"어떻게 할까. 린트 군."

부수는 것 전문인 빌레나에게 이 상황을 타파하는 건 어렵겠지. 그렇다고 내가 뭔가 할 수 있는 것도 아니었다.

"전문가를 부르자."

악마 소환은 한 번 테임해버리면 정령 소환과 원리는 마찬가지. 카게로를 부르는 것과 같은 요령으로 벨을 소환했다.

"뭐냐, 주인……. 아, 이건가."

인질을 보고 금세 이해하는 벨.

"악취미인 남자로군……."

"어떻게 안 될까?"

"뭐, 빠른 방법은 여기에 있는 자들을 모조리 죽이는 걸 테지만…… 주인이 그걸 바라지 않는다면…… 두 가지 방법이 있다."

"오오."

역시 악마, 어둠 마법으로는 의지가 된다.

게다가 이런 단기간에 인간에게 가까워졌다는 사실에 감동했다.

"하나는…… 성녀의 광역 회복 마법을 이용한 저주 해제인데……."

마침 위에서 이야기하던 리리의 말이 끊어진 타이밍이었다.

신도에서는 쿠데타에 말려든 부상자가 다수 있다는 건 안다. 그래서 리리는 신도 전역에 이르는 초광역 회복 마법을 구사했다.

정말로 신의 사자 같네…….

"정말이지…… 광역 회복이라면 듣기에는 좋지만, 이건 악마에게는 성 속성의 무차별 공격이야……."

벨은 그러면서 표정을 찡그렸다. 우리는 피로가 회복되는 것 같은 감각을 느꼈지만 벨에게는 공격 마법이 되는구나. 대단한 효과는 아닌 모양이지만.

그리고 이것은 이번 어둠 마법에 대해서도 똑같은 소리를 할 수 있었다.

"전혀 안 통하네."

빌레나가 인질이 된 인간들을 보고 말했다. 몸에 묘한 문장이 여전히 새겨져 있었다.

"흠……."

"그래서 벨, 비장의 수단?"

"그렇군……. 이건 그다지 추천할 수는 없지만…… 주인 일행이라면 어떻게는 되겠지."

"무슨 소리야?"

벨이 손을 뻗어 어둠 마법을 전개했다.

신도에서는 힘이 방해를 받는다고 그랬지만 어느 정도는 가능한 모양이었다. 터무니없는 그 마력의 여파를 받아서 주위에 바람이 몰아쳤다.

"본래라면 내가 모든 사기와 저주를 덧씌우면 되겠지만 그럴 정도의 여유는 없어. 이 녀석들한테 담긴 사기와 저주를 밖으로 한꺼번에 방출하겠다."

"그런 일이 가능한가……."

"가능해. 다만 주인, 이 작전에는 문제가 있어서 말이다……."

인질들은 아직 생기는 돌아오지 않았지만 검은 사기는 서서히 가시는 모습을 볼 수 있었다.

그 대신에…….

"아, 알 수 있을지도."

"이해가 빠르구나. 그런 거다. 주인, 힘내라."

"어?"

대성당을 꿰뚫고서 검은 덩어리가 밖으로 튀어나갔다.

"키라엠이라는 녀석이 사용한 어둠 마법의 술식, 이 자들한테서 흡수한 마력, 그것들을 증폭시키는 저주, 게다가 내 마력도 실려 있다."

"마지막이 크지 않나?"

"그렇지는 않다고?"

시선을 피하는 벨. 많든 적든 영향이 있다는 이야기구나…….

악마의 마력으로 생겨난 마인 같은 존재를 상대해야만 한다는 것이다. 당연히, 강하다.

"뭐, 그런 거다. 조심히 덤벼라. 아마도 주인 일행의 파티를 모아서 싸울 필요가 있겠지."

"빌레나만으로 부족한가……."

이제까지의 상대는 어떤 녀석이든 빌레나 혼자서 박살을 낼 수 있었는데.

"린트 군, 아마도 그 말 그대로일 거야."

그러더니 빌레나가 주먹을 내질러 충격파를 펼쳤지만 검은 덩어리에게 부딪히고는 튕겨 나갈 뿐, 전혀 대미지가 들어가는 것처럼 보이지 않았다.

"이런─."

검은 덩어리가 천천히 움직이기 시작했다.

신도를 집어삼키려 하고…….

"괜찮을까, 저거……."

저 부근, 아무도 없겠지……?

없었다고 믿자. 대성당과 높이로 맞설 수 있는 괴물과 주변을 신경 쓰며 싸우는 건 무리다.

"주인님! 빌레나!"

"리리."

"죄송해요. 제가 전부 집어삼킬 수 있을 정도의 힘이 있다면 좋았을 텐데……."

확실히 최선은 리리의 마법으로 어떻게든 하는 것이었지만, 리리를 책망할 수는 없겠지.

검은 덩어리를 올려다보는 리리.

때마침 바론도 쫓아왔다.

"심상치 않은 일이라고 느껴서 민간인은 모두 이곳 대성당으로 모았다만⋯⋯."

"그게 좋겠죠. 여기만 지키면 된다는 걸 알 수 있다면 움직이기 편해요."

자⋯⋯ 모인 건 좋은데, 저 상대와 어떻게 싸울지⋯⋯.

"파티전이네―."

테임 부스트를 발동한 빌레나와 리리.

내게도 날개가 달리기도 했으니, 바론이 이렇게 말했다.

"흠⋯⋯ 지상과 하늘에서 연계도 취할 수 있겠지, 이러면."

"그러네요."

빌레나, 리리, 바론, 벨, 그리고 나와 카게로에 큐르케. S랭크 수준의 인재가 모인 역사상 보기 드문 호화 파티였다.

"하지만 저거, 어둠 마법의 덩어리 아니었나? 성녀 경의 마법으로 어째서 못 없애지."

"저 녀석한테는 이미 속성 같은 개념은 없어. 조금씩 깎아낼 수밖에 없다고."

바론의 말에 벨이 대답했다.

"아! 그럼 아까 그건 제대로 대미지가 들어간 거구나!"

"아마도⋯⋯ 하지만 말이야."

자신 없다는 듯 말하는 벨. 이 상황에 나름대로 책임을 느끼긴

하는 모양이었다.

"이미 이런 상황에서, 신도의 피해는 무시하고 싸울 수밖에 없겠죠."

"어쩔 수 없지……."

리리와 바론이 그렇게 말한다면 따르기로 할까 싶었는데…….

"주변의 피해를 막아내는 것 정도는 힘을 발휘할 수 없는 신도라도 어떻게든 된다. 주인, 뒷일은 맡기겠다."

"벨?"

대답을 했을 때에는 이미 벨의 모습은 사라진 뒤였다. 책임을 느끼다보니 그런 거북함 때문에 도망쳤다는 느낌이 강했다. 의외로 귀여운 녀석이구나……. 틀림없이 우리 중에서는 가장 강할텐데.

일단 벨이 괜찮다고 그런다면 괜찮겠지. 마음껏 싸우자.

◇

"첫 파티전이네, 린트 군!"

빌레나는 어떤 때라도 즐거워 보였다.

"전위는 바론한테 맡기고, 주인님은 어디가 좋으실까요?"

"그렇게 마음대로 정하는 거야?"

파티는 밸런스를 잡는 것이 무척 중요하다고 들었는데.

참고로 테이머가 미움을 받는 이유는 이 파티에서 중위밖에 못한다는 점도 있었다.

전위 직업과 후위 직업은 스페셜리스트이지만 중위는 굳이 말하자면 있든 없든 상관없다. 기대를 받는 것은 빌레나 같은 대화력이나 리리 같은 만능이다.

테이머는 대부분의 경우에 어중간해진다. 다만 지금의 나라면……

"예를 든다면 말이지만, 주인님의 경우에는 길을 타고 용기사로서 전위부터 후위도 가능하고, 카게로의 화력을 살려서 후위에서 고정포대까지도 가능하네요."

"큐르케한테 무슨 일이 있었을 때에 수비 요원이 될 테고."

바론도 전위에서 중위까지 가능한 기사. 빌레나도 범위는 같은 격투가. 리리는 회복이라면 후위지만 근본적인 스테이터스가 높으니까 뭣하면 계속 스스로를 회복하면서 전위까지 맡을 수 있다. 선택지가 너무 많아서 최선을 모르겠다.

"용기사가 좋을까?"

꿰뚫어본 것처럼 빌레나가 말했다.

뭐, 동경이 없지는 않다. 게다가 때마침 불러둔 길이 와주었다.

"후후. 주인님, 모처럼의 기회니까 해버리죠?"

"음. 전위는 맡겨."

"그럼 갈까."

"그르르!"

길이 머리를 숙여 나를 태웠다. 나도 카게로를 두르고 길이 자유롭게 움직이며 공격할 수 있는 준비를 갖추었다. 큐르케에게 가드를 맡긴다면 완전히 유격에 집중할 수 있으니까 카게로의 불꽃을 완전히 공격으로 할당할 수 있다.

자루밖에 없는 마법검을 여기서 살릴 수 있겠지.

"좋아…… 가자고."

우선 바론이 땅을 박찼다. 다음 순간에는 검은 덩어리까지 육박, 도끼를 휘둘러서 충격파를 만들어냈다.

"나랑 싸웠을 때는 진심이 아니었나……?"

"주인님의 테임 덕분이겠죠."

리리가 그러면서 천사화를 발동하여 하늘로 날아올랐다. 광역 회복을 상시 해방해서 우리를 지킬 생각인 듯했다.

동시에 무수한 성 속성 마법을 적에게 발사하는 만큼 너무나도 대단했다……. 바론이 말하기로는 지금 맞서는 적과 어느 쪽이 괴물인지 알 수 없는 수준이라고 그랬는데, 그 기분은 알겠네.

상대 역시도 바론을 귀찮다는 듯이 뿌리치며 어둠 마법을 리리에게 날렸지만 반 이상이 상쇄되고, 나머지는 리리에게 맞지 않고 허공으로 사라졌다.

"좋―아, 그럼 갈까! 린트 군!"

"응."

길에게 신호를 보내서 하늘로 날아올랐다.

리리에게 날아가던 어둠 마법이 이쪽으로 방향을 돌렸지만 길이 곡예비행을 선보여서 모두 피했다. 일부는 큐르케가 되돌려주었기에 상대도 대미지를 입은 모양이었다.

"그건 그렇고, 이거 전위만으로 충분하지 않을까……?"

"후후, 힘이 넘치네, 바론."

빌레나는 그러면서 바론을 엄호하듯 충격파를 날리고, 이따금 자신도 상대에게 들이닥쳐서 대미지를 입혔다.

"우리도 할까!"

"그르르르르으으아아아아아아아아아아아아."

마그마 형태인 길의 브레스.

상대가 처음으로 꺼려하는 기색을 드러내고──.

"바론!"

마치 폭발하듯이 자신의 몸 일부인 검은 덩어리를 배리어처럼 전개했다. 여기서 보면 방어이지만 가까이서 싸우는 바론에게 저 건 어엿한 공격이었다. 이제까지 그렇다 할 움직임을 드러내지 않았기도 한 터라 바론은 정면으로 검은 격류에 말려들었다.

"카게로, 하자!"

"큐큐쿠──!"

손바닥에 불꽃을 두르고 그대로 존재하지 않는 검 날을 만들어 내어 서서히 뻗었다.

끝도 없이 뻗은 마법검은 이제는 창에 가까웠다.

"간다!"

창 형태 불꽃이 나선을 두르고 검은 배리어에 부딪쳐 튕겨 나 왔다.

"으──랴!"

불꽃 창의 위력으로 휘청거린 상대를 향해 빌레나가 무수한 충 격파를 날렸다. 점점 검은 덩어리가 몸을 빼앗기며 흩어졌다.

"바론은?"

"괜찮아요, 주인님."

리리의 광역 회복이 사라졌는가 싶었더니 그 힘은 정면으로 공격을 당한 바론에게 갔나 보다.

역시나 원형만 남아 있다면 치료하겠다고 할 만큼의 힘이었다. 회복을 받은 바론에게서 빛이 방출되었다.

"우ㅇㅇㅇㅇㅇㅇㅇㅇㅇㅇㅇㅇㅇㅇ."

나랑 싸웠을 때와 마찬가지. 지면을 향해 휘두른 도끼에서 땅을 기는 빛의 용이 생겨나서 검은 덩어리를 잠식했다.

기회다.

"한 번 더 간다, 카게로."

"가자고—!"

"저도."

각각의 공격이 검은 덩어리에 부딪치고 튕겨 나갔다. 마구잡이로 펼쳐진 어둠 마법을 큐르케가 받아쳤다.

"큐큐—!"

폭발 탓에 시야에서 상대가 사라졌다.

아무리 그래도 이만한 공격을 받았다, 상대도 상당한 대미지를 받았을 터…….

아니, 경계를 풀어서는 안 된다.

그렇게 생각했을 터였는데…….

"어?"

이 멤버가 전원 모여서 싸울 필요가 있다는 사실을 조금 더 진지하게 받아들였어야 했다.

"주인님!"

눈앞으로 들이닥치는 검은색 팔 같은 무언가.

검은 덩어리는 거구라서 움직임이 둔하다고 믿은 것도 화가 되었다. 실체가 없는 마력의 덩어리라면 물리 법칙에 좌우되지 않는다는 건 알았을 텐데.

"린트 군!"

빌레나가 어떻게든 팔을 물리치려고 움직이는 것이 보였다. 바론은 움직이지는 못했지만, 얼굴을 찌푸리고 있었다. 세계가 느리게 보였다. 큐르케도 때를 맞추지 못하는데도 필사적으로, 이쪽으로 검을 뻗으려 했다.

길이 말려들게 만든 것을 미안하게 느끼며 모든 것을 포기하려던 그때였다.

"정말이지, 수고를 끼치는 주인이로군."

"벨······!"

"이렇게까지 약해졌다면 지금 상태로도 충분히 상대할 수 있겠지."

내게 들이닥치던 팔이 튕겨 나가는가 싶었더니 그 기세 그대로 주위에 무수한 마법진이 전개되었다.

"보도록 해라, 주인. 칠대악마의 실력을!"

벨이 그렇게 말하자 마법진에서 하나하나가 카게로나 빌레나의 필살 일격이라 할 수 있을 정도인 위력이 난발했다.

"으······가······?"

검은 덩어리가 한순간만 신음을 터뜨리고는 아무것도 못 하고 줄어들었다.

"끝이다."

벨의 등 뒤에 극대의 마법진이 떠오르고…….

──쿠웅

둔중한 소리와 함께, 벨이 발사한 마법이 검은 덩어리를 집어삼키고 사라졌다.

◇

"주인님! 괜찮으세요?!"

"어, 어어…… 아무렇지도 않아. 벨 덕분에……."

"다행이야……!"

눈물을 글썽이며 리리가 끌어안았다.

그만큼 그 공격은 위험했던 거겠지……. 다행이다.

빌레나도 곧바로 뛰어 와주었다.

"린트 군! 다행이야……."

"역시나 그건 죽는가 싶었다고……."

바론도 걱정해주지만, 대미지는 오히려 바론 쪽이 컸을 텐데…….

"바론이야말로 괜찮아?"

"그래, 그러니까 전위지."

허세가 아니라 정말로 대미지가 없는 모양이었다. 리리의 회복도 물론 굉장하지만 바론 역시도 굉장하네…….

"큐……."

"그르르."

"미안해, 너희도 무서웠지……."

큐르케는 그 이후로 네 곁을 떠나려 하지 않았다.

길도 상당한 공포를 느꼈을 텐데도 나를 걱정하듯 얼굴을 가져다 댔다. 쓰다듬어주자 기분 좋게 울었다.

"정말이지…… 방심하니까 그렇게 되는 거다."

"덕분에 살았어."

벨도 말투는 그런 식이지만 무척 걱정해주고 있다는 것은 전해졌다.

그건 그렇고…… 주위에 모두가 모여 있었는데도 죽음을 각오했을 정도로는 강적이었다. 애당초 벨이 만들어낸 부분도 있다는 부담감 때문인지 묘하게 안절부절못하며 불안해 보이는 벨을 쓰다듬고 주위를 둘러봤다.

"반파라는 느낌인가."

"그만큼 날뛰었는데도 이 정도로 그친 걸 칭찬하도록 해라."

"고마워, 벨."

쓰다듬자 기분 좋은 듯이 눈을 가늘게 떴다.

아직 할 일은 남아 있을 테지만 일단 싸움이 끝났다는 것만큼은 분명한 듯했다.

◇

그 후, 곧바로 리리는 전후 처리로 분주하게 돌아다니고 바론도 사태 진정을 꾀하고자 별도로 행동하게 되었다. 지금은 무장 세력을 제압하며 신도의 상황을 확인하는 참이었다.

빌레나도 재미있어 보인다며 바론을 따라갔지만, 나는 대성당 안에 있는 어느 방을 지키라는 말을 들었다. 리리가 말하기를…….

"주인님은 이 나라의 수장이 되실 테니까 가볍게 모습을 드러내지 않으시는 편이 좋아요."

그렇다는 것이었다.

"따분하네."

"조금은 쉬어도 벌 받을 건 없겠지. 인간은 일을 너무 많이 해."

"큐——."

어째선지 큐르케도 벨에게 찬동하듯이 울며 내 주위를 팔랑팔랑 날아다녔다.

뭐, 확실히 오랜만에 같이 놀 수 있는 좋은 기회인가.

"그러고 보니 악마는 다들 그렇게나 노출도 높은 옷이야?"

"어째서 그런 화제만 꺼내는 것이냐!"

아니, 뭐…… 신경 쓰이거든.

다시금 봐도 디자인이 너무 야하다. 혹시 이러면서 몸매가 발군인 악마가 나와준다면 나도 악마 소환을 배우고 싶다는 생각이 들 정도였다.

"정말이지…… 복장 따윈 악마에 따라서, 그렇게밖에 못 말하겠군. 이건 움직이기 편하면서 순수한 힘으로 지지 않으니까 가능한 장비다. 평범한 악마는 조금 더 차분하겠지."

"그런가……."

"노골적으로 아쉽다는 표정이기는……."

"참가로 벨은 성장할 전망이 있을까?"

"끝도 없이 실례되는구나……. 딱히 형태에 집착하는 건 아니다. 할 생각만 있다면…… 자."

"어……?"

벨이 어른이 되었다.

하지만…….

"역시 이 모습이 편하군."

"어어?! 조금 더 유지해줘도 되잖아."

"시끄럽다! 주인은 이 몸이라도 욕정할 수 있겠지!"

"그건 그거! 이건 이거!"

로망과 관련 있는 부분이다.

한순간 보여준 벨의 어른 모드는, 그건 참으로 발군의 몸매를 가진 미녀였다. 지금의 땅딸막한 모습에서는 전혀 상상할 수 없는 볼륨도 있었다.

그런 누님과 한번 해보고 싶은 것은 남자라면 당연하다고 생각한다.

"자, 멍청한 짓을 하고 있었더니 순식간에 끝났잖으냐."

벨의 말에 돌아봤더니 다른 사람들이 돌아오고 있었다.

"어서 와."

"기다리시게 했네요. 한동안 여기서 지내게 될 거라고 생각하니까 대성당도 수복해서 생활할 수 있는 환경을 갖추었으니까 이쪽으로."

"한동안 이쪽에서……?"

"비하이드의 움직임이 있을 때까지 이쪽에 있어야만 하고, 또 이곳의 부흥도 말이지?"

"아, 그런가."

아무리 그래도 대귀족인 비하이드와 왕국 안에서 붙을 수는 없다.

신국으로 쳐들어오는 건 시간문제일 거라고 해서, 우리는 부흥을 진행하며 기다리게 되었다.

◇

"그건 그렇고 빌레나 경이 있으니 잔당 사냥도 순식간이었군."

대성당의 어느 방. 자택과 비슷한 구조의 침실에 모인 우리는 다시금 이번 일에 대해서 대화를 시작했다.

우선은 서로의 보고부터 시작했는데.

"냐하하. 뭐, 정말로 싸울 힘이 없는 상대였으니까 말이지—."

"이제 대부분 붙잡혔던가? 키라엠파는."

"그러네. 하지만 우리 입장에서는 교황파조차도 적일 테니까 아직 남아 있어."

"그건 기대되네."

빌레나가 웃는 것을 보고 바론도 어이없다는 듯 쓴웃음 지었다.

"리리 쪽은……?"

"국내에 신용할 수 있는 유력자에게는 제 쪽에서 말을 건네었으니까, 이 쿠데타에서 붙잡히거나 몸을 숨긴 인간도 내일은 움직일 수 있을 테죠?"

"굉장하네……."

바론과 빌레나가 주로 적을 쓰러뜨리기 위해서 움직인 반면에 리리는 아군을 모으기 위해서 움직인 하루였나 보다.

유력자는 이미 키라엠의 마수에 걸려든 자도 많았던 모양이지만, 그래도 바론을 중심으로 나라를 돌릴 수 있을 정도로는 남아 있었다고 한다.

"건물은 리리의 재생 마법으로 이미 대부분 고쳤으니까, 순식간이네. 정말로."

한 발 앞서 움직인 리리와 바론, 빌레나 덕분에 정말로 고작 하루 만에 대부분의 일은 끝난 모양이었다.

"남은 건 국민을 움직일 수 있느냐, 겠네요."

리리가 내게 웃음을 건넸다.

"그런가…… 내가 열심히 해야 하나……."

명목상이라고는 해도 나라의 수장으로 추대되는 것이다…….

"뭐, 애당초 쿠데타가 일어날 정도의 나라였으니까 걱정하지 않아도 수장이 바뀌었다고 싫어하진 않을 거야!"

"그렇군. 우리가 잔당을 사냥하는 동안에도 키라엠이 저지른 일은 국민들에게 이미 소문이 돌고 있었어. 이제 국민의 마음은 성녀 경에게만 향하겠지."

빌레나와 바론이 그렇게 말하며 격려해주었다.

"제 쪽도 이미 추후로 나라를 움직일 사람들과 이야기를 하고 왔는데, 주인님을 신의 사자로서 교황 대신에 새로운 나라의 대표로 세우는 것에 이론은 나오지 않았어요."

"굉장하네⋯⋯."

보통은 상층부가 비어 있다면 몰래 쟁탈전을 벌이지는 않을까 싶었는데⋯⋯.

"아, 권력 투쟁을 바란 것은 키라엠이나 교황 중 어느 쪽에 붙느냐는 것이었으니까 이걸로 사라진 건가."

"그런 거예요. 남아 있는 건 순수하게 이 나라를 생각하고 신을 믿는 경건한 사제뿐이니까요."

무척 평화적으로 갈 수 있겠다고 생각했지만 현실은 그렇게 무르지 않다는 것을 바론이 설명해주었다.

"그래도 혼란은 계속된다. 다행히도 교황 일당이 살아있으니까 그쪽을 이용하지."

바론의 말은 넌지시 교황 처형을 의미했다.

그런 역할은 앞으로도 바론에게 계속 떠넘기게 되겠구나⋯⋯.

"미안하네⋯⋯."

"신경 쓰지 마라. 명목상이라고는 해도 린트 경은 수장이야. 이래저래 얼굴은 내밀어야 할 거라고."

"대역 같은 걸 준비하는 편이 나을까?"

어디까지 진심인지 쉽게 알 수 없는 빌레나의 말은 일단 흘려 넘겼다.

"뭐, 대부분의 일은 바론과 남은 위정자들에게 맡기게 되겠네요."

명목상의 수장은 나.

정신적인 지주는 리리.

그리고 실질적인 수장으로 바론이라는 포진이었다.

"그럼 슬슬 별도로 행동인가—? 린트 군이 인사 같은 것만 하면 일단 왕국으로 돌아간다든지?"

그리고 보니 쿠엘도 끝나면 오라고 그랬지, 빌렌트나 국왕에게도 이것저것 설명이 필요할 테고.

"그런가. 한동안은 못 만나게 되나."

"흥…… 한 번은 죽이려고 한 상대라고?"

바론은 그러면서 웃었지만 어쩐지 쓸쓸했다.

그리고 상식인 멤버의 손실이 컸다.

"나라가 조금 더 안정된 다음에 합류일까—?"

빌레나가 그렇게 말하자 바론도 웃으며 대답했다.

"그렇군. 그때는 또, 잘 부탁한다."

그러자 그때까지 조용하던 벨이 끼어들었다.

"응? 그대들에게 거리의 문제 따윈 없는 거나 마찬가지잖나?"

"아무리 그래도 신도와 어디로 갈지 모르는 우리는 함께 하긴 어렵다고 생각하는데……?"

신도에서 일이 있는 바론을 모험에 데려가는 건 어려울 테고, 그렇다고 바론이 필요해질 법한 강적과 붙을 타이밍에만 때마침 불러내는 것도 이제부터 나라를 맡길 경우에는 현실적이지 않다.

그때만 올 수 있다면 모를까, 이동까지 생각하면 일단 불가능하겠지.

그렇게 생각했는데…….

"전이를 습득하면 되겠지."

"전이라니, 그렇게나 간단히 가능해?"

"다행히도 어둠 마법의 적성이 있잖느냐, 저 자에게는. 그리고 성녀, 그것도 회수해서 왔을 테지?"

"잘도 알았군요……."

그거라니 뭐야? 그렇게 생각했더니 리리가 수납 주머니에서 서적 몇 권을 꺼냈다.

서적에는 예의 독특한 문양이 그려져 있었다.

"별의 책……."

"키라엠이 가지고 있다는 건 알았으니까요. 바로 회수했어요."

"그렇다면…… 주술사의 책인가."

"예. 페이지는 전부 갖추어지지 않았지만 주인님과 갔던 그 유적에서 손에 넣은 서책과 연결하면 대략 보완할 수 있다는 걸 알았어요."

"그건……."

비하이드령에도 주술사의 책이 있었다는 이야기였다.

그보다도…….

"키라엠과 비하이드의 인연은 어둠 마법과 관련이 있나?"

"그럴 가능성은 높아졌어요."

그렇다면 또다시 이만한 적과의 충돌을 각오할 필요가 있다는 건가…….

"아, 전이 이야기였나."

이야기가 벗어나고 말았다. 벨이 이야기를 되돌렸다.

"음…… 그게 있다면, 적성이 있는 이 녀석이라면 금세 배울 수 있다."

"벨, 별의 책에 대해서 잘 알아?"

"안타깝게도 주인이 기대하는 것 같은 정보는 가지고 있지 않아. 다만 그 서책은 옛날에 이쪽으로 소환되었을 때에 본 적이 있어서 말이다. 독특한 기척이니까 알았을 뿐이야."

그런가……. 하지만 뭐, 벨의 보증이 붙었다면 그만큼 신뢰할 수 있겠지.

리리가 수납 주머니에서 꺼내어 바론에게 건넸다. 벨의 말에 따라서 몇 페이지인가 넘기더니 바론이 무언가 영창하기 시작했다.

"린트 군은 저거, 읽을 수 있어?"

"아니, 낙서로밖에 안 보여."

"냐하하―. 나도 그래―."

적성이 없으면 낙서가 되는 서책.

그 동굴 같은 유적에 계속 놓여 있던 이유도 이것이었으니까.

그런 생각을 하는 사이에 바론이 소리 높였다.

"오오, 이건……."

"후후. 어둠 마법의 진가는 이계 조작이니까 말이다. 지금 자신이 있는 공간처럼 컨트롤하지 못해서야 그건 이룰 수 없지."

바론 뒤에는 키라엠이 사용했던 전이 문이 열려 있었다. 그 안에는 리리에게 마개조 당한 우리 집이 보였다.

"뭐야…… 이거?"

그곳에는 예의 외설스러운 메이드 옷을 입고서 청소를 하는 밀라 씨의 얼굴도 보였다.

군이 저 복장으로 지내고 있나. 성실하네……. 아니, 사실은 버릇이 들었다든지 그렇다면 조금, 그건 그것대로 좋지만.

"오─, 굉장하네! 이거!"

"어, 뭐야?!"

"이건 편리하군요……. 자, 주인님. 언제든지 밀라의 가슴을 주무를 수 있어요."

"하아…… 뭐, 너희가 영문 모를 사람들이라는 건 새삼스러운 이야기도 아니지……. 자, 만질 거야?"

만졌습니다. 밀라 씨도 완전히 익숙해진 모양이었다.

일단 밀라 씨한테 상황을 설명하고 다시금 벨의 강의가 이어졌다.

"그래서 말이다, 주인. 이 자가 이것으로 자유롭게 오갈 수 있게 되었는데, 군이 따지자면 주인이 불러낼 기회가 많겠지?"

"뭐, 가능하다면 그런가……?"

확실히 이래서야 바론이 있다면 자유롭게 오갈 수 있겠지만, 바론이 파티에서 떨어질 경우가 많으니까 그다지 의미는 없다.

"정령 소환을 익힌 주인이라면 불완전하지만 종마 소환의 유사품은 가능하겠지?"

종마 소환.

테이머라면 동경은 계속 있었다.

그리고 벨이 말했다시피 유사품 정도라면 아마도 가능하리라는 예감이 있었다.

큐르케 정도라면 다소 떨어진 곳에 있어도 소환할 수 있겠다고 생각하던 참이었다.

"이 자에게 사용해봐라."

벨이 바론을 가리키고 말했다.

"사람에게 사용하는 건 뭔가…… 저항감이 있네."

"그 저항감을 버려라. 나나 엠제랑과 똑같다. 이 자는 주인의 수족, 그것을 바라는 자다."

바론과 눈이 마주쳤다. 벨의 표현은 조금 신경이 쓰였지만 바론의 표정에서 부정하는 의사는 느껴지지 않았다.

"그럼……."

"이미지가 아직 굳어지지 않았을 때에는 스킬을 말로 꺼내면 된다. 역전의 테이머들이 다들 최강의 카드라 칭송하는 필수 스킬. 주인은 이젠 지상에서 가장 뛰어난 테이머 중 하나. 확실하게 익혀두어야겠지."

벨의 말에 다른 사람들도 싱긋 미소 짓고 있었다. 아무리 그래도 뭐, 슬슬 나도 자신감도 붙었다고는 해도 이런 필수 스킬이나 모험가로서의 경험치를 생각하면 아직 멀었다고 생각할 수밖에 없었다.

우선은 한 걸음씩…….

"서먼!"

눈앞에 있던 바론이 빨려 들어가듯이 전이 문을 지나서, 내 등 뒤에서 내뱉어지듯이 굴러 나왔다.

"전이 문을 꺼낸 상태라면 이렇게 되겠지만, 한동안은 주인의 소환을 깨달은 다음에 문을 꺼내어 어시스트하는 게 낫겠지."

굴러 나온 바론이 엄청난 자세가 되어 있었기에 손을 내밀었다. 곧바로 리리가 회복했다.

"그렇구나……."

뭐, 하지만 이러면 바론은 필요할 때에 파티로 함께할 수 있는 것이다.

"그럼 바론은 린트 군의 집에서 출근할 수도 있겠네!"

"그렇겠군."

"참고삼아서 물어보는 건데, 바론이 옷을 갈아입는 도중이라든지 그럴 때 갑자기 불러낼 수도 있는 거지?"

"고도의 노출 플레이네요."

빌레나와 리리가 간계를 꾸미고 있었지만 벨이 그것은 부정했다.

"아무리 그래도 소환당하는 쪽도 대항할 순 있으니까 말이다. 지금의 역학 관계라면 싫을 때에 응하지 않을 정도의 자유는 있어. 오히려 지금은 주인이 익숙하지 않은 탓에, 부른 다음에 전이 문으로 보조해서야 아슬아슬하게 가능한 참이니까."

"본래의 종마 소환이라면 어때?"

"그렇군…… 기본적으로는 쌍방의 동의로 소환은 성립된다. 역량 차이가 있다면 또 다르겠지만."

"잠깐만, 벨. 그래서는 린트 경이 강해졌을 때에는 마음대로 불러낼 수 있다는 걸로 들리는데……."

바론이 식은땀을 훔쳤다.

한편 벨은 웃으면서 이렇게 대답했다.

"그만큼 강해지면 될 뿐이다."

바론은 고개를 푹 숙였다.

그래도 현시점에서 성장 가능성이 큰 것은 바론이다. 주술사의 책은 적성을 생각해서 바론이 가지고 있다. 저걸 습득할 수 있다면 또다시 차원이 다르게 강해지겠지.

"강해지지 않는다면……."

"뜻은 훌륭하다만 지금 그래봐야 불안할 뿐이야……."

바론을 알몸으로 강제 소환할 수 있다고 생각하면 그건 그것대로 즐겁겠네.

"좋은 미소네요, 주인님."

"뭐, 귀찮은 짓은 안 해도 노출에 살짝 눈을 뜬 것 같기도 하지만 말이지? 바론."

"눈을 뜨다니 누가!"

강하게 부정하는 바론. 그런가, 그렇다면 괜찮을지도.

"그러고 보니 그 별의 책은 완성된 건가요?"

"아니, 상당한 부분이 빠진 것처럼 보이는군."

"혹시……."

리리가 꺼낸 것은 같은 문양이 그려진 종이였다.

"이건……! 빠져 있던 부분이 메꿔졌어!"

"다행이네요. 주인님과 같이 간 그 유적의 서책이에요."

"이걸로 딱 페이지는 갖추어졌는데…… 딱히 빠져 있는 페이지에서 의미가 느껴지진 않는군."

"어쩌면 키라엠과 비하이드가 나눠가진 걸까?"

"그렇다고 치기에는 너무 제각각이었으니까 나누어 가진 게 아니라 서로 다투던 거라고 생각하면 이상하진 않겠죠."

"확실히 그런가."

어쨌든 이것으로 비하이드 가문, 키라엠 각각의 어둠 마법보다 강력한 것을 이론상 쓸 수 있게 된 것이기도 했다.

"내가 빨리 사용할 수 있지 않고서야 의미는 없지만 말이야."

"그 점은 괜찮겠지. 이 세계의 존재로서는 압도적인 적성이 있어."

"그, 그런가……."

벨의 보증에 부끄러운 듯이 얼굴을 피하는 바론. 리리는 그것을 다정하게 지켜보고 있었다.

에필로그

　신국에서 명목상의 수장으로서 인사를 마치고, 나는 또다시 플레멜 길드를 방문했다.

　쿠엘이 말한 이야기하고 싶던 것, 그것이 묘하게 신경이 쓰여서 왕국으로 돌아오자마자 혼자 길드로 향했다.

　지난번과 마찬가지로 들어오자마자 응접실로 초대받았다.

　지난번과 다른 것은 이제 나를 얕잡아보는 모험가가 없었다는 사실일까. 역시나 플레멜의 모험가는 다들 정보의 중요성을 이해하고 있는 모양이었다.

　"이것 참, 정말로 해낼 줄이야…… 그렇지?"

　쿠엘은 이제는 웃음밖에 안 나온다는 모습이었지만 루미 씨는 더 이상 말할 여유조차 없어 보였다. 표정이 굳어 있었다.

　"자, 굳이 와주어서, 그것도 가장 먼저 와주어서 정말로 다행이야."

　쿠엘이 웃었다.

　"서두르는 편이 좋겠다고 생각했으니까 말이지……."

　"그래, 그 직감은 실로 옳아. 여하튼 너희의 다음 적은 이미 움직이기 시작했으니까 말이다."

　쿠엘의 표정에서 평소의 익살이 많이 줄어들었다.

　"비하이드 변경백이 움직였나."

　그 이름을 꺼낸 순간, 루미 씨의 어깨가 한순간 들썩인 것 같았다.

왕국을 대표하는 대귀족. 그들 일부가 명확하게 적대한다는 사실이, 입 밖으로 꺼낸 순간에 묵직하게 덮쳐들었다.

　"용서할 수 없었을 테지. 테이머가 활약한다는 게."

　쿠엘은 알고 있는지는 제쳐두고, 우리도 먼저 공격을 가했으니까 무어라 말할 수 없는 부분은 있었다.

　하지만 아무래도 신경이 쓰이는 이야기도 있었다.

　"어째서 비하이드 변경백은 그렇게까지 테이머를 미워하는 거야?"

　내 물음에 쿠엘은 기다렸다는 듯이 이렇게 대답했다.

　"이야기를 나누지 않겠느냐. 비하이드 가문에서 벌어진 비극에 대해서…… 말이지?"

　플레멜 길드 마스터인 쿠엘의, 피에로 같은 화장 안쪽에서는 이제껏 본 적도 없을 법한 격정이 엿보였다.

　그리고 나는 전전대 비하이드 변경백이 일으킨 비극을 알게 된다.

　그것은 테이머로서의 자세를 생각하게 만드는 큰 사건이었다.

후기

신세를 지고 있습니다. 스카이팜입니다.
2권, 어떠셨을까요.

1권에 이어서 인터넷 연재본에 대량 가필을 추가하였습니다.
린트의 눈부신 성장을 함께 즐겨주셨다면 다행입니다. ……뭐,
1권 시점에서 무척 단련이 되었습니다만…… 2권에서도 꽤나 훈
련을 받아서 더욱 강해졌다고 생각합니다.
작중에서는 S랭크 수준이라는 평가까지 받고 있는 바론을 상
대로도, 종마와 함께라면 이길 수 있는 모습을 보여주었습니다.
그리고 파티 멤버로는 점점 강한 캐릭터가 추가되어 개인만이
아니라 파티로서도, 점점 모험가의 출세 가도를 달려가는 상쾌한
모습을 즐겨주셨으면 합니다.

그리고 물론 야한 장면도 제대로 추가하였습니다.
2권은 신 캐릭터로 바론과 벨이라는, 히로인 두 사람이 곧바로
야한 꼴을 당했습니다만 이것으로 드디어 수인, 성녀, 다크 엘프,
악마까지 린트 군의 파티도 점점 더 이상한 멤버로 구성되지 않
았는가 싶습니다.

1권에서 등장한 빌레나와 리리는 굳이 따지자면 린트 군을 잡

아먹을 것 같이 강한 캐릭터였지만 바론과 벨은 공략을 당하는 쪽입니다.

전신 갑옷의 기사, 그것도 적이었던 바론이 촉촉한 눈으로 용서를 청한다든지 살짝 야외에서 지독한 일을 당하고 만다든지, 제가 무척 좋아하는 시추에이션을 적을 수 있었습니다.

벨은 본래의 힘은 작중 최강이면서도 일상 장면에서는 마음대로 희롱당하는 무척 유쾌한 캐릭터입니다.

빌레나는 거유, 리리는 폭유, 바론도 커다란 가운데 귀중한 로리 담당!

게다가 악마니까 합법입니다!!!

캐릭터 디자인이 올라왔을 때부터 잔뜩 들떴습니다. 이런 야한 모습의 로리 캐릭터가 가장 강하고 가장 나이가 많으면서 가장 상식의 범주에서 성장하고 있습니다.

뭐, 그렇게 새로운 캐릭터들의 활약도 있었습니다만 빌레나는 여전히 가벼운 분위기로 야한 것도 배틀도 소화해내고, 작가 동료에게 "이런 몸으로 성녀는 무리가 있지"라는 말을 들은 리리도 표지를 포함해서 활약해주었습니다.

『탈법 테이머』는 인터넷 연재 당시에 없었던 야한 장면도 포함해서 대량의 가필을 통해 완성에 이른 작품입니다. 그리고 이 가필 이상으로 서적판『탈법 테이머』를 지탱해주시는 것이 오쿠마 네코스케 선생님의 멋진 일러스트입니다.

항상 정말로 감사합니다. 러프를 포함해서 일러스트를 볼 때마다 전부 멋져서 감격했습니다. 앞으로도 잘 부탁합니다!

또한, 담당해주신 편집 K 씨.
이번에도 대량의 가필로 크게 신세를 졌습니다. 인터넷 출신 작품이라고는 여겨지지 않을 만큼 이인삼각으로 나아갈 수 있어서 감사가 끊이질 않습니다.

그리고 본서에 관여해주신 모든 분, 감사합니다.
마지막으로 이렇게 본서를 손에 들어주신 여러분, 정말 감사합니다.
모쪼록 계속해서 잘 부탁드립니다!

스카이팜

제2권 발매 축하합니다.

DAPPOU TAMER NO NARIAGARI BOUKENTAN Vol.2
© 2021 by Skyfarm / Ookuma Nekosuke
All right reserved.
First published in Japan in 2021 by MICRO MAGAZINE, INC.
Korean translation rights reserved by Somy Media, Inc.

탈법 테이머의 벼락출세 모험담 2

2022년 5월 14일 1판 2쇄 발행

저　　　자 스카이팜
일 러 스 트 오쿠마 네코스케
옮 긴 이 손종근
발 행 인 유재옥
본 부 장 조병권
담당편집 정영길
편 집 1 팀 이준환 김혜연 박소연
편 집 2 팀 정영길 조찬희 박치우
편 집 3 팀 오준영 곽혜민 이해빈
미　　　술 김보라 박민솔
라이츠담당 한주원 이승희
디 지 털 박상섭 최서윤 김지연
발 행 처 ㈜소미미디어
인쇄제작처 코리아피앤피
등　　　록 제2015-000008호
주　　　소 서울 마포구 토정로 222, 403호(신수동, 한국출판콘텐츠센터)
판　　　매 ㈜소미미디어
마 케 팅 한민지 최정연 박종욱
물　　　류 허석용
전　　　화 편집부 (070)4164-3962, 3963 기획실 (02)567-3388
　　　　　　판매 및 마케팅 (070)4165-6888, Fax (02)322-7665

ISBN 979-11-384-0815-8 04830
ISBN 979-11-384-0652-9 (세트)